D1874593

rororo

Noch nie sind die Mitglieder der vielleicht wichtigsten und repräsentativsten deutschen Schriftstellerfamilie des 20. Jahrhunderts so einträchtig und schon gar nicht so gleichberechtigt versammelt gewesen – vier Generationen, von der exotischen Frau Senatorin Julia bis zu Thomas Manns Lieblingsenkel Frido: Alle haben sie geschrieben.

Neben den Leseproben aus dem literarischen Schaffen der «Großen» bietet dieses Lesebuch ein vielstimmiges Porträt der Familie und ihrer Zeit – und beiläufig eine Chronik der zentralen deutschen Themen des zwanzigsten Jahrhunderts: Untertanenmentalität, die Identitätssuche des Bürger- und Künstlertums, «Bruder Hitler» und der Aufstieg des Dritten Reiches, Emigration ins Exil oder Anpassung ans Regime, das Ringen um ein neues Selbstverständnis nach dem Zweiten Weltkrieg.

FAMILIE MANN

Ein Lesebuch

Ausgewählt von
Barbara Hoffmeister

Rowohlt Taschenbuch Verlag

Ungekürzte Ausgabe
Veröffentlicht im Rowohlt Taschenbuch
Verlag GmbH,
Reinbek bei Hamburg, Januar 2003
Copyright dieser Ausgabe © 1999 by
Rowohlt Taschenbuch Verlag GmbH,
Reinbek bei Hamburg
Text- und Bildquellennachweis
siehe Seite 460–463
Umschlaggestaltung Susanne Heeder
(Foto: Literaturarchiv Monacensia, München)
Satz Palatino PostScript (PageOne)
Gesamtherstellung Clausen & Bosse, Leck
Printed in Germany
ISBN 3 499 33193 4

Inhalt

JULIA MANN

geb. da Silva Bruhns
Angra / Brasilien 1851 – 1923 Wessling / Oberbayern

Wächst als Tochter des ausgewanderten Lübecker Kaufmanns und Plantagenbesitzers Johann Ludwig Hermann Bruhns und einer Brasilianerin portugiesischer Abstammung, Maria Luiza da Silva, die ersten Lebensjahre in Brasilien auf. 1856 Tod der Mutter; 1858 Übersiedlung zur Großmutter nach Lübeck; 1869 Heirat mit dem Lübecker Kaufmann und späteren Senator Thomas Johann Heinrich Mann. Fünf Kinder: Heinrich (1871), Thomas (1875), Julia (1877), Carla (1881) und Viktor (1890). Nach dem Tod des Mannes (1891) Übersiedlung nach München 1893. Sie stirbt ein Jahr nach ihrem siebzigsten Geburtstag in einem Dorf südlich von München.

Julia Mann (Dodo) schrieb für die eigene Schublade: kleine Skizzen, Märchen für die Kinder und vor allem ihre *Erinnerungen* an die exotische Kindheit in Brasilien bis zu der Zeit ihrer Verheiratung mit Thomas Johann Heinrich Mann in Lübeck.

«Sie war von ausgesprochen romanischem Typus, in ihrer Jugend eine vielbewunderte Schönheit und außerordentlich musikalisch. Frage ich mich nach der erblichen Herkunft meiner Anlagen, so muß ich an Goethe's berühmtes Verschen denken und feststellen, daß auch ich ‹des Lebens ernstes Führen› vom Vater, die ‹Frohnatur› aber, das ist die künstlerisch-sinnliche Richtung und – im weitesten Sinne des Wortes – die ‹Lust zu fabulieren›, von der Mutter habe», berichtet Thomas Mann 1936.

Ihr jüngster Sohn Viktor bereitete die Veröffentlichung ihrer 1903 verfaßten Erinnerungen noch vor, Thomas stimmte in einem Brief an den Verlag von 1951 ebenfalls zu, sie erschienen dann erstmals 1958.

Ausgewählt wurden die ersten zehn Seiten: das Leben in Brasilien, die Überfahrt nach Europa und Ankunft in Lübeck.

Erinnerungen aus Dodos Kindheit

Im Urwalde, nahe dem Atlantischen Ozean, südlich des Äquators, war es, wo Dodo das Licht der Welt erblickte. «Unter Affen und Papageien», wie ihr der Pai (Vater) später in Deutschland erzählte. Sie erschien, als Pai und Mai im Begriffe waren, von einer kleinen Küstenstadt in die andere überzusiedeln. Eine Negerschar nahm sich der drei älteren Kinder und des Gepäckes an und marschierte voraus, während Pai und Mai, welche zu Pferde waren, unter Zurückbehaltung einer Anzahl von Negern zu ihrer Bedienung, eine ausgedehnte Pause in der Reise machten. Danach ging es in das neue Domizil, wo Dodo zwischen Meer und Urwald aufwuchs.

Ihr Vater war ein großer, blondhaariger Deutscher, der schon mit sechzehn Jahren nach «drüben» gegangen war, um dort durch Handel mit Plantagenerzeugnissen sich Vermögen zu erwerben. Später hat er Senhorinha Maria Luiz da Silva, die Tochter eines Plantagenbesitzers, kennengelernt und die Fünfzehnjährige geheiratet. Von fünf Kindern war Dodo das vierte, und das einzige, welches, gleich dem Pai, blondes und leicht gelocktes Haar hatte. Ihre schwarze Amme hatte viel Freude an dem Haar der Kleinen; sie wickelte es in Papilloten, um nach ihrem Geschmack recht krause Lokken zu erzielen. Das Kind war viel bei der Mai, aber auch unter Aufsicht ihrer schwarzen Anna oder der Mulattin Leokadia. Es lief im Hemdchen, das durch einen Gürtel gehalten wurde, barfuß umher; einmal vorn hinaus an den Meeresstrand, um von den mächtigen Steinen die Muscheln und kleinen Austern zu lösen, die sie zum Rösten ins Haus an den Herd brachte; dann wieder hinter das Haus an den Rand des Urwaldes, wo sie herabgefallene Kokosnüsse und Bananen sammelte. Ersteren entnahmen die schwarzen Diener mittels glühend gemachter Spieße, die sie in die drei Nußaugen bohrten, die süße Milch für Dodo und ihre Geschwister. Ach, was gab es dort nicht an schönen und guten Dingen! Außer Kokos und Bananen noch die Pinhão, die Mani, die Ananas, die großen dunkelroten saftigen Granatäpfel, die Guayava und die süße große Limona, aus denen Mai so herrliche Jalea kochte, und so ferner. Und wie reizend war es im Garten, wenn die Kleine zwischen den reichfarbigen, wie pontische Azaleen duftenden Blumen stand und an ihr vorüber, wie goldene Fünkchen, die «Beija-flor» (Kolibri) schossen; wie herrlich, wenn sie an der anderen Seite des Hauses auf dem Bache in einer Art Waschzuber Kahn fuhr, wie so schön und ernst die schwarz-grau gefiederten und krummgeschnäbelten Urubu auf den Büschen am Bachesrand saßen und hoheitsvoll auf Dodo schauten, wenn sie an ihnen vorüberfuhr. Und vom Urwalde her ertönte fast ununterbrochen das wilde Geschrei der Brüllaffen und Papageien.

Auch mit dem Mulattenkinde Luiziana und mit Brüderchen Nené spielte sie. Zwischen Mauerritzen fanden sie die winzigen runden Eidechseneier und weiterhin auch größere, ebenfalls ganz runde und weiche Natterneier. Vom Gürteltierschwanz brachten die Schwarzen ihr, um sie zu schmücken, die kleinsten Ringe, die sie sich an alle Finger steckte.

Mittlerweile waren die drei älteren Geschwister in ein hauptstädtisches Pensionat mit Schule gebracht. Kamen sie dann auf Besuch nach Hause und sprachen französisch, so staunte Dodo sie an, konnte sie doch noch nicht einmal ihr Portugiesisch deutlich sprechen. Pai ließ eine große Mühle betreiben, durch welche Zuckerrohr gepreßt wurde; diese Mühle bestand aus drei oder vier großen Balken, welche von Pferden gedreht wurden. Die Mühle befand sich unterhalb der Wohnräume, in welche einmal eines der Pferde fröhlich über die Treppe heraufsprang und Dodo heftig erschreckte. Eines Tages, als Dodo wieder vom Meere hereinging, kam sie gerade dazu, als ein junger Neger, der auf einem der sich drehenden Balken gesessen hatte, durch einen unglücklichen Zufall zwischen diesen und die Wand geraten war und gequetscht wurde. Sie vergißt niemals dieses von Jammergeschrei erfüllte Ereignis. Es ließ ihre Mai den Neger in ihr Wohnzimmer bringen, bettete ihn auf eine Matratze auf den Boden und pflegte ihn eigenhändig mit «Mengão», einer Art Mais- oder Haferschleim; und sie verband ihm seine Wunden selber, die liebe Mai!

Einmal wurde Dodo von hier aus auch zu den Großeltern auf die Ilha Grande gebracht, wo dieselben eine große Plantage besaßen.

Großmai war strenge, sie sah nicht gern, wenn die Kleine viel mit den Negern verkehrte und aus deren Fleischtöpfen das gesalzen-getrocknete Fleisch, die Carne seca, mit den schwarzen Bohnen dazu aß; und gerade diese Speise liebte Dodo so sehr; aber Großmai zog die kleine Ungehorsame dann bei den Ohren zu sich ins Zimmer hinein, wo sie, am Boden sitzend, zuschauen mußte, wie die Großmai klöppelte. Das war Strafe für die kleine Freiheitliebende. Der Großpai war milde. Allen schwarzen, gelben und weißen Kindern der Plantage machte er gern Vergnügen. Dodo denkt noch mit Entzücken daran, wie an einem Abend der Großpai, umgeben von einer großen Schar Kinder und Erwachsener, viele kleine längliche Papierröllchen nacheinander anzündete und sie in weiten leuchtenden, zischenden Bogen ins Meer hinausschießen ließ; das war ein wilder Jubel aus kleinen und großen harmlosen Kinderherzen! Der Pai besuchte seine Dodo auf der Ilha. Sie war stolz auf ihren stattlichen, ernsten Pai! Er flößte ihrem Kindergemüt ein großes Etwas ein, ein Gemisch von Ehrfurcht, Liebe und Bewunderung. Sie hat auch empfunden, wie lieb der Pai sie hatte, und wie er es ihr, trotz der schlimmen Entfernung, welche die meiste Zeit trennend zwischen ihnen lag, stets wieder zeigte. Auf der Ilha Grande war es wunderschön! Nie wieder hat Dodo so starken, frischen Orangenblütenduft geatmet wie vor dem Haus der Großeltern, Manuel Gaëtano da Silva und Donha Maria, wo dieser Duft Bäumen entströmte, in Dodos Erinnerung so groß wie Linden. Sie ging zur Plantage auf Wegen, die zu beiden Seiten mit Ananas bepflanzt waren, von denen die Schwarzen ihr oft die reifsten schnitten und mundgerecht machten, indem sie sie schälten und am Brunnen unter den Wasserstrahl hielten. Und dann die Zuckerrohrpflanzungen! Da gab man ihr ein Stück des frisch geschnittenen Rohres zum Aussaugen des Saftes; dabei schaute sie dem Ernten des dicken riesigen Rohres mit der großen federbuschartigen Krone zu, an dessen Gestalt sie später in Deutschland beim Anblick des mit kleinerer buschiger Krone gegipfelten Schilfrohres erinnert wurde. Welche Menge von Negern arbeitete dort! Und wie fleißig mußten sie unter immerwährendem Antrieb der Aufseher sein! In den Kaffeefeldern arbeiteten wieder andere – aber diese Pflanze hat Dodos Interesse nicht so sehr besessen wie das süße Zuckerrohr. Auf einem ihrer einsamen Streifzüge sah sie, quer über dem Wege vor ihr, den buntglänzenden, dicken Leib einer, wie ihr schien, sehr großen Schlange sich sonnen. Zitternd und schreiend, als ob das Tier schon hinter ihr herstürme, um sie zu verschlingen, lief sie heimwärts! Sie schrie, bis die Schwarzen erschienen und, wie Dodo vorschwebt, dem Untiere zu Leibe gingen. Noch erbebt sie jedesmal beim plötzlichen Anblick einer wenn auch noch so kleinen Schlange mit ebensolchem Grauen wie damals, als die Boa in ihrer frühesten Kindheit einmal ihren Weg kreuzte. Dann der Abschied von der Ilha: es war schon ziemlich finster, als die Kleine an das Meer hinuntergebracht wurde. Sie saß auf dem Arme eines Negers, der vorsichtig von einem großen Stein den nackten Fuß auf den nächsten setzte und so weiter über viele Meerblöcke, bis er das Kind im Canoa untergebracht hatte. Das Meer brandete stark und überflutete und machte noch schlüpfriger die Blöcke, über die man Dodo trug; und es peitschte das Canoa hin und her. Dann ruderten die Schwarzen mit ihr fort, bis an Pais Haus auf dem Festlande. Daß diese Begebenheit immer wieder in Dodos Erinnerung auftaucht wie ein nächtliches Traumbild, kommt wohl daher, daß alles so ernst und schweigend vor sich ging, daß Dodo sich allein, ohne Pai, Mai oder die Großeltern, befand und daß Vollmond und glänzende Sternbilder märchenhaftes Licht über dies Erlebnis des Kindes gossen. Bald darauf müssen sie in die Hauptstadt gezogen sein, aber sie lebten, soweit die Erinnerung reicht, auch in Parati und in Buona vista und in Angra dos Rios. Von der Zeit erinnert Dodo den fürchterlichen Tropenregen, der durch die Jalousientüren in das Haus drang, wo die Neger beständig mit großen Schaufeln das Wasser fortschaffen mußten. Der Regen wird wohl unerwartet früh oder sehr plötzlich heruntergekommen sein, sonst hätte man sich vielleicht besser vor seiner Gewalt schützen können. Doch hübsch sah's aus, als lauter Canoas voller Menschen durch die Straßen fuhren.

Dann der Karneval – die vielen bunten Masken; das wilde Treiben draußen; die verschiedenen Musikinstrumente, deren sich die Masken bedienten. Da erklangen Gitarren, Mandolinen, Harmonikas; Trompeten, Tuben und Trommeln erdröhnten. Dodo und Nené, die zu

Hause bleiben mußten, wurden auf Stühlen an die Jalousietüre gestellt, durch die sie auf das Getriebe hinausschauten; das war herrlich! Aber Dodo sah auch voller Erstaunen, wie eine sehr bunt und kurz gekleidete Dame stehenblieb, ganz dreist ihren Fuß auf einen hohen runden Stein setzte, um ihr Schuhband zu befestigen, und dann weiterging. Da sie nach Dodos Begriffen gar nichts Damenhaftes an ihren Bewegungen hatte, wird es wohl ein verkleideter Herr gewesen sein. Plötzlich schmetterte ein harter, ohrenzerreißender Ton, den man aus einer Muschel stieß, zu ihnen hinein, und da war's wohl mit dem Hinausschauen der beiden aus, denn sie fuhren vor Schrecken zurück gegen die Stuhllehne und stürzten rücklings auf den Boden, wo die treue schwarze Amme sie wohl aufgesammelt haben wird. In den Tagen des Karnevalstrubels stand die Mai mit ihnen auf dem Balkon und hatte in einem Körbchen viele bunte Wachsbällchen, die sie auf die Masken hinunterwarf, wo sie zerplatzten und wohlriechendes Wasser ausströmten.

Die großen Kirchenfeste haben ebenfalls tiefen Eindruck auf die kleine Dodo gemacht. Da führte Pai seine Kinder in die Kathedrale, wo sie mit ihren kleinen Rosenkränzen knieten. Am Pfingstfest war es: da flogen in der Kirche viele weiße Tauben hoch über den Andächtigen umher, und helle Frauenstimmen ertönten aus der Höhe, und das klang wie Engelschor. Von den Singenden war nichts zu sehen; nur erinnert Dodo deutlich, einen Augenblick ein helles Frauenkleid gesehen zu haben, als man da oben eine Luke öffnete, um die Tauben auszulassen. Vor Ostern wurde der Judas Ischariot, in Form einer großen Strohpuppe mit schrecklicher Grimasse, Kopf nach unten, unter wütendem Lärmen durch die Straßen geschleift, und im Fanatismus schlug das Volk auf das Scheusal los, bis es endlich ganz zerfetzt war.

Kaum sechs Jahre alt, erlitt Dodo den härtesten Verlust, der ein Kind treffen kann: ihre Mai starb! (…)

Die Kleine hatte in der letzten Zeit, wo die Mai meist in der Hängematte lag, besonders viel um dieselbe herum gespielt und ist ihr auch mit kleinen Handreichungen hie und da beigesprungen. Dann kam eines Tages der Pai, ernster noch als sonst, und führte die sich sträubende Dodo und Nené – die älteren Geschwister waren fort im Pensionat – in das Zimmer nebenan: da lag ihre schöne Mai, ihre Mai! mit tief geschlossenen Augen, ganz bleich, ganz starr und kalt, umgeben von hohen, flammenden Kerzen; Haar und Körper mit Blumen geschmückt und im Arm ein ganz kleines totes Kind. Dodo empfand Grauen, sie drängte weinend zur Türe zurück und hat nicht einmal zum Pai aufgeschaut, ob auch er weine.

Etwa ein Jahr hierauf war es, als der Pai mit seinen Kindern und der schwarzen Anna auf einen französischen Segler ging, um in seine deutsche Heimat zu reisen, wo noch seine Mutter und andere nahe Verwandte lebten; und wo die Kinder gute Schulen besuchen sollten. Dodo braucht ja nichts von dem, was sie nicht erinnert, zu erwähnen, doch muß sie hinzufügen, daß sie damals aus dem schönsten Hafen der Welt fuhr; wäre sie doch älter gewesen, um diesen Anblick voll und ganz genießen zu können. Zwei Monate dauerte die Überfahrt, während welcher die Kinder anfangs drei Tage lang seekrank waren, dann gar nicht mehr, denn sie gewöhnten sich an die unaufhörlich auf Riesenwogen schaukelnde Bewegung des Seglers. Dodo sah die Haifische, die sich fast beständig und sehr zahlreich in Nähe des Schiffes aufhielten; den Pottwal, aus dessen Kopf der fettige Strahl drang; ferner den Schwertfisch, den die Matrosen erlegten und an Deck heraufzogen; und viele fliegende Fische. Haushohe Wellen legten zuweilen das Schiff so auf die Seite, daß einmal der kleine Nené, der sich bei dem Steuermann aufhielt, fast aus einer der runden Luken an seiten des Schiffsbords ins Meer gestürzt wäre, hätte der Mann ihn nicht blitzschnell am Kittelchen gehalten. Ferner vergißt Dodo niemals den freundlichen Capitain, der ihnen oft von seiner guten Schokolade und den großen harten Schiffszwiebäcken gab. Die Kinder wurden bei hohem Seegang von ihrer Schwarzen auf Deck nebeneinander hingelegt und mit Pais großem Reisemantel zugedeckt (an welchem Dodo noch die großen Metallschließen an kleiner Kette erinnert), dann durften die mächtigen Sturzwellen kommen und auf die Kinder niederklatschen! Auf der Linie war's lustig: nur eine unliebenswürdige englische Familie ausgenommen, ließ sich jeder bereitwillig «taufen». Das geschah auf diesem Schiffe so, daß die Matrosen, welche sich alle phantastisch und sehr komisch teils als Affen und wilde Männer verkleidet hatten, aus langen, wassergefüllten Schläuchen spritzend, hinter Kindern und Erwachsenen liefen. Aus jedem geheimsten Versteck wurde man mittels Wasserstrahlen vertrieben. Das gab ein Lachen und Kreischen und schützte vor Krankheit, die den Reisenden auf Segelschiffen am Äquator sonst leicht befällt. Gekleidet waren wir nur mit dünnen waschbaren Stoffen. Der kleine Nené wurde sogar in eine wassergefüllte Tonne, die früher Mehl enthalten hatte, gesteckt und lief dann weiß und naß umher. Einen Neger, der oft, um die Kinder zu amüsieren, auf Händen und Füßen umhersprang, nannten sie «Macao» (Affe) und ließen ihn den Spaß so oft wiederholen, bis er seiner überdrüssig wurde. Vom Aberglauben dieser Schiffer erinnert Dodo eine kleine Probe: Wenn das Meer ruhig ward, erzählten sie der Kleinen von der Madre de Deus (Mutter Gottes), welche das Schiff geleite und nun sichtbar sei. Dann zeigten sie ihr im blauen Schatten, den das Schiff auf das Wasser warf, Gebilde, welche teils die Luft, teils die Kräuselung des Wassers entwarfen, aus denen sie ganz deutlich die Gottesmutter sahen; das sollte Dodo dann auch erkennen; und sie hat sich darum bemüht, bis es ihr schließlich gelang, ein von hüpfenden Wellen fortwährend zerrissenes, aber immer wieder erscheinendes, dunkelblaues Gewand mit Oberkörper daran sich vorzuspiegeln; und wer das gewahr ward, durfte über den Ausgang der Reise beruhigt sein. Nach zwei Monaten Fahrt gab es eine freudige Erregung, als man endlich Land sah. Frankreich war es, die Heimat dieses Schiffes. In Havre landete es, und von dort fuhren Pai und die Kinder nach Hamburg, kurz vorher von einem Dampfer ins Schlepptau genommen. Hier kaufte Pai Spielsachen; unter anderem einen Hasen, der beim Fahren trommelte und mit den Ohren wackelte, und einen Esel, der niedlich geschirrt war und bei der geringsten Berührung freundlich mit dem Kopfe nickte. Da die mitgebrachten, drüben getragenen seidenen Kleidchen (Schwester Mana ein schwarzes Damast, Dodo ein graublau changierendes) ihnen bald zu klein sein würden, auch für die neuen Verhältnisse nicht paßten, wurden ihnen in Hamburg gelbe Nanking-Kleider gekauft. Mit diesen und den großen, von Rio mitgebrachten weißen Panama-Hüten über den dunklen Gesichtern, fielen sie, in Begleitung ihrer Negerin, in der kleinen Stadt – ihr neues

Domizil, in welches sie darauf fuhren – sehr auf. So mußten sie sich gefallen lassen, daß ihnen auf den Straßen ganze Züge von johlenden Kindern nachliefen, bis Anna, um sie wenigstens eine Weile loszuwerden, Kuchen und Bonbons kaufte, das auf die Straße warf, wo es von den Straßenkindern aufgesammelt wurde.

Nun hatte Dodo ihre deutsche Großmai kennengelernt; denn gerade an deren Geburtstage hat der Pai ihr seine Kinder gebracht, die von einer anderen alten Großtante ebenfalls sehnlichst erwartet wurden, indem sie oft in ihrem Plattdeutsch gefragt haben soll: «Wann kamen denn nu Ludwig sin lütten Swatten?!» Sie hatte in Pais Kindern Schwarze vermutet!

VIKTOR MANN

Lübeck 1890–1949 München

Der Jüngste der fünf Geschwister Mann – Bruder Heinrich ist 19 Jahre älter und wird sein Patenonkel – verbringt die ersten drei Lebensjahre in Lübeck und wächst nach dem Umzug der verwitweten Mutter ab 1893 in München auf. Landwirtschaftliche Lehre in Polling, anschließend Ausbildung zum Diplomlandwirt; 1914 Heirat mit Nelly Kilian; Reserveoffizier im Ersten Weltkrieg; Leiter einer landwirtschaftlichen Dienststelle; später in der Bayerischen Handelsbank tätig.

Viktor Mann schreibt aus der Perspektive des Nachzüglers der fünf Senatorenkinder 1949, bis zwei Monate vor seinem Tod, eine Lebenschronik der Familie: ***Wir waren fünf.*** Das Erscheinen seines ersten und einzigen Buches, über das sich die Brüder Thomas und Heinrich nach der Lektüre von Auszügen lobend geäußert hatten, erlebt er nicht mehr.

Ausgewählt wurden Beschreibungen aus der ersten Zeit in München, als «wir alle noch beisammen» waren, zwischen 1893 und circa 1900. Mutter Julia Mann, deren Andenken die Erinnerungen gewidmet sind, zieht in dieser Zeitspanne innerhalb Münchens viermal um; der erwähnte Italien-Aufenthalt von Heinrich und Thomas (S. 41 f.) fand 1895 statt.

Wir waren fünf

Wenn ich des Morgens zur Arbeit gehe und in das Nordende der Münchener Türkenstraße gelange, dort, wo Schwabing an die Innenstadt grenzt und wo die Reste der Kunstakademie ragen, schaue ich im Schreiten nach rechts, denn dort mündet die kurze Rambergstraße, von der nur noch wenige Häuser stehen. Und die zweite Ruine, nur mehr ein niedriger Schutthügel, birgt meine frühesten bewußten Kindheitserinnerungen.

Hier, im Erdgeschoß eines, wie man 1893 sagte, hochherrschaftlichen Hauses, waren wir alle noch beisammen.

Unsere Mutter, Mama genannt, trug einen goldenen Ring, der aus fünf schmalen, übereinanderliegenden Reifen bestand und von einer kleinen Spange mit fünf Edelsteinen zusammengehalten wurde. Er war aus Mamas und unseres verstorbenen Vaters Eheringen gearbeitet, und wenn ich, auf der Mutter Schoß sitzend, nach ihm griff, dann erklärte sie zärtlich:

«Das sind meine fünf: Heinrich, Thomas, Julia, Carla und Viktor.» Und ich plapperte nach: «Heini, Ommo, Jaju, Atta und Viko.»

Für mich Spätgeborenen waren die Geschwister alle schon uralte Große, obwohl der Älteste gerade zweiundzwanzig und Schwester Carla sogar erst zwölf Jahre alt war. Ich konnte sie nur in die Kategorie der Onkel und Tanten einreihen. «Onkel Ommo, ich will Kakao haben!» schrie ich, mitten in der Nacht von einer allgemeinen Unruhe in der Wohnung aufgeweckt (die Köchin war plötzlich am laut klappernden Schüttelfrost erkrankt), und in Onkel Ommos leises Lachen vor meiner Tür tönte Onkel Heinis ruhig-zuversichtliche Stimme: «Ja, du bekommst gleich Kakao und Buttersemmeln.» Zufrieden schlief ich sofort wieder ein.

Ein kleiner heller Schein war in der Finsternis des Kinderzimmers: Er ging von einem Wasserglas aus, in dem ein winziger Docht vermittels eines kleinen Korkfloßes auf Brennöl schwamm. Das mußte so sein, denn ich litt an «pavor nocturnus», dem im festen Schlaf ausbrechenden panischen Schreck vor dem Dunkel. Und einzig das kleine, sternhafte Licht gab dem von der tiefen, unausdenkbar langen Nacht geängstigten Unterbewußten des Kindes Trost und Ahnung der wiederkehrenden Helle.

Wenn am Morgen der Rolladen hochgezogen wurde, erwachte ich, und immer fiel mein erster Blick auf ein Bild an der Wand: eine vieltürmige Stadt mit unzähligen Treppengiebeln, im Halbrund umflossen von einem breiten Gewässer, auf dem Segelschiffe in ganzen Reihen lagen und fuhren.

Das war Lübeck. Ich wußte es. Auch daß wir alle von dorther in die Rambergstraße gekommen waren, wußte ich, ohne fassen zu können, warum wir einen so märchenschönen Ort verlassen hatten.

«Wajum, Jaju, wajum?» fragte ich oft die ältere der Schwestern und begriff die ernst und leise erteilte Antwort nie:

«Weil Papa gestorben ist.» (...)

Mama und die Geschwister haben mir später oft gesagt, ich sei ein sehr komisches Kind gewesen und dazu ein Enfant terrible. Als Beispiel für meine Gabe, die Meinen in Verlegenheit zu bringen, wurde immer geschildert, wie ich einmal Julia blamierte: Sie war mit mir in einem Modegeschäft, um Stoffe auszusuchen, und wurde von der Verkäuferin mit «gnädige Frau» angesprochen. Um der gewandten Phrase den Schein von Berechtigung zu geben, flüsterte die kaum sechzehnjährige Schwester mir zu, ich solle «Mama» zu ihr sagen. Ich aber fragte überlaut mein: «Wajum, Jaju, wajum soll ich Mama sagen?»

Entsetzlich peinlich soll es für Mutter und Schwestern gewesen sein, als ich während eines großen Tee-Empfanges jubelnd in den Salon stürzte und für jedermann sichtbar eine als Taschenuhr geformte und bemalte Blechschachtel an einer Schnur umgehängt trug, weil diese Attrappe die allgemein bekannte Verpakkung der «Wasmuths-Hühneraugenringe in der Uhr» war. Unsere Damen wollten versinken vor Scham. Ich begreife das noch heute nicht ganz, denn meine Schachtel mußte ja gar nicht von ihnen stammen. Aber so leicht geniert ist man damals wohl gewesen.

Komisch also mag ich gewesen sein und auch so ausgesehen haben mit der Löwenmähne und meiner Angewohnheit, eine Hand in den Halsausschnitt zu stecken, weil das «schön warm» war. Besonders die Zusammenstellung meiner ersten kurzen Lederhose mit den langen Lokken und einer blauen Brille, die ich gerade wegen einer Augenentzündung tragen mußte, wird sogar grotesk gewirkt haben. Trotz dieser Komik aber empfinde ich diese Zeit in der Erinnerung als recht problematisch.

Es gab ein stärkeres Alleinsein als das der noch nicht nennbaren Freiheit, die ich mir manchmal erschlich. Wohl waren mir alle Menschen meiner noch kleinen Welt vertraut; wohl war es schön auf Mamas Schoß, wenn sie vom Ole Luk eu, von Negern, Zuckerrohr und Kanufahrten erzählte oder die Liedchen vom kleinen Reiter und vom Marienwürmchen sang; und ebenso bei den Geschwistern. Auch bei den Mädchen in der Küche gab es lustige Unterhaltung und erst recht bei den pfeifenden Soldaten und den so gut riechenden Wunderwesen, den Pferden.

Aber der Abstand zu den freundlichen Erwachsenen war zu groß. Die Dimensionen ihrer Welt waren so riesenhaft wie die der Treppe und der Gartenmauer. Ich war in ihren «Kreisen und Rängen» zwar liebevoll geduldet, aber eigentlich nicht zu Haus, und in meinem eigenen Kreise, auf der Ebene meiner Gedanken und Möglichkeiten, war ich allein. Dies war nicht Freiheit, sondern Einsamkeit. Es fehlten die Gleichaltrigen. Sie fehlten als Gespielen und Freunde, als Beispiele und auch als abhärtende Gegner.

Man ließ mich nicht zu anderen Kindern. Unsere Münchener Bekannten hatten keine, so daß «standesgemäßer» Anschluß fehlte, und die Buben und Mädchen der Nachbarschaft waren angeblich zu wild, schmutzig und roh für mich. Das waren Lübecker Ansichten, aber am strengsten wurden sie durch das bayerische Kindermädchen vertreten, das sogar über jeden von mir aufgeschnappten Dialektausdruck empört war und auch auf Spaziergängen jede Annäherung kleiner Kameraden mit törichtem Hochmut verhinderte.

Solche Isolierung machte unmutig, ängstlich und bis zu einem gewissen Grade böse. Besonders unglücklich fühlte ich mich auf den freudlosen Zwangsspaziergängen mit dem Mädchen, die meist in den Englischen Garten führten. Dieser wunderschöne Park blieb mir deshalb bis in meine Gymnasiastenzeit hinein verhaßt, und ich mied ihn, soweit ich konnte. Erst spätere freundlichere Erinnerungen, besonders die an das Schlittschuhlaufen auf dem

Kleinhesseloher See, konnten die tiefe Abneigung der Kindheit verdrängen.

Die Ängstlichkeit glich dem Scheuen eines Pferdes. Vor einer herankommenden Straßenwalze in der Türkenstraße brach ich ganz wie ein Fohlen aus und rannte, vom Kindermädchen verfolgt, in den nächsten Garten, wo ich erst am Kaffeetisch einer Familie zum Stehen kam und mit Torte gefüttert wurde.

Auch ein weit aufgedrehter Wasserhahn konnte mich zu ähnlich feiger Flucht veranlassen, obwohl mich Seen und Flüsse schon vor Beginn meines Denkens so magisch angezogen hatten, daß ich mit zwei Jahren im Schwarzwald geradewegs in einen felsigen Wildbach hineingelaufen und mit knapper Not von einem befrackten Kellner gerettet worden war. Aber der aus dem Rohr hervorschießende Strahl und auch starker Regen versetzten mich in panische Angst vor der Sintflut, von der man mir Grausiges erzählt hatte.

Das Bösesein entsprang dem primitiven Neid auf die Kinder, die draußen frei toben durften. Ich kauerte haßerfüllt in meiner «Pfefferburg» und warf mit Steinen. Die Angegriffenen vertrieben mich mit besser gezielten Würfen von der vermeintlich uneinnehmbaren Feste. Ich flüchtete in das Gartenzelt, wollte zur Terrasse ausbrechen, als dann die Feinde meine Burg besetzt hatten, und blieb mit den langen Locken am Ausgang hängen wie Absalom an seinem Baum. In tödlicher Angst riß ich mich los, ließ ein tüchtiges Büschel Haare samt den Wurzeln und rannte unter Schmerzensgeheul ins Haus, wo ich von den Großen einfach ausgelacht wurde. Dieses Lachen beleidigte mich zwar, aber es gab auch zu denken, und nun haßte ich mich selbst wegen meiner Feigheit und der Blamage.

Es war wirklich eine problematische Zeit. Sie währte aber nicht lange, da ich den Anschluß an meinesgleichen eines Tages doch erzwang. (...)

Das Kindermädchen wollte meine Emanzipation nicht verwinden und ging. Es gab zu meiner innigen Freude keine Nachfolgerin. Die traurigen Spaziergänge drohten nicht mehr, und mit Mama oder den Schwestern ging ich ganz gerne aus. Sie nahmen mich meist zu Besorgungen in die Stadt mit, und in vielen Geschäften bekam der kleine Sohn der guten Kundin Geschenke: Reklamebilder oder Bonbons, die in München in hübscher Übersetzung «Gutzeln» heißen.

In meiner nun so glücklichen Verfassung schien mir auch daheim bei den Großen alles schöner und lustiger geworden zu sein, und meine Anteilnahme an diesem Lebenskreis wuchs daher nicht nur im Maß meines Älterwerdens. Ich war kein Gefangener dieser Sphäre mehr, und ohne einengende Mauern gefiel es mir recht gut in ihr.

Die Onkels und Tanten, die sich da um das höchste, beste und schönste Wesen Mama scharten, waren mir alle lieb. Am meisten natürlich die Geschwister, und von ihnen wieder Heini und Ommo, die immer nur Gütigen, noch mehr als die Schwestern, die sich gelegentlich zu Mamas Vertreterinnen aufschwingen wollten.

Ommo war schon dagewesen, als mein Denken erwachte. Ein schnurrbärtiger Onkel, der sehr ernst schien, aber immer einen Spaß für mich bereit hatte.

Thomas war 1893 vom Lübecker Gymnasium weg Mama gefolgt und war als Volontär in eine Münchener Versicherungsgesellschaft eingetreten, nur um irgendein berufliches Alibi zu haben.

Eines Tages durfte ich ihn mit Mama in seinem Büro besuchen und war sehr beeindruckt von seinem Drehsessel. Zu Hause vor dem Flügel stand ja ein ähnlicher, aber ich durfte nicht mit ihm spielen. Ich vermutete stark, daß Onkel Ommo sich auf dem seinigen, wenn niemand hersah, schnell ganz hoch hinauf- und wieder herunterdrehen werde.

Er trieb aber in diesem Büro ganz andere «Nebendinge», wie Professor Unrat das genannt haben würde. Unter dem Pult, auf dem Policenformulare lagen, entstand Thomas Manns erste Novelle «Gefallen», in der vier Freunde ausgezeichnet miteinander speisen und über die Weiber sprechen. Einer von ihnen, ein skeptisch Erfahrener, erzählt schließlich ein bitteres Erlebnis mit einer Frau, die zuerst durch Liebe und dann um des Geldes willen «fiel».

Diese – übrigens teilweise gereimte – Story ist leider in die gesammelten Werke nicht aufgenommen worden und vermutlich irgendwann verlorengegangen. Aber damals erschien sie sofort in der modernen literarischen Zeitschrift «Die Gesellschaft», die schon 1893 das tief melancholische Gedicht «Zweimaliger Abschied» des Gymnasiasten «Paul Thomas» gebracht hatte.

Die Novelle aber, die ihr Autor später der Erhaltung nicht wert erachtete, brachte immerhin für den Pro-forma-Volontär eine lebenswichtige Entscheidung: Richard Dehmel – merkwürdigerweise damals ebenfalls in der Assekuranzbranche tätig – las sie, war begeistert und schrieb dem jungen zweifachen Kollegen einen warmherzigen und ermunternden Brief, in dem die Veröffentlichung weiterer Arbeiten in der eben gegründeten Kunstzeitschrift «Pan» angeboten wurde. Das war nicht wenig. Man konnte es Erfolg nennen. Wem der «Pan» offenstand, bedeutete in der modernen Dichtung schon etwas. Ich erinnere mich aus späterer Zeit, daß seine Ausgaben von der Familie sehr ehrfürchtig behandelt wurden. Es waren dicke Hefte großen Formates mit einem Pankopf auf dem Titelblatt und büttenähnlichem, grob gerandetem Papier.

Der Dichter-Volontär zog auch mutig alle Konsequenzen aus diesen glückhaften Auspizien, kündigte seine unbezahlte Stellung und schrieb sich an der Münchener Universität ein. Er belegte Literaturgeschichte, Ästhetik und

Nationalökonomie. Die letztere Disziplin ist ihm schon bei «Königliche Hoheit» sicher sehr zustatten gekommen.

Der Hörer der Alma mater beeilte sich aber keineswegs damit, etwas für den «Pan» zu schreiben, sozusagen auf Bestellung zu dichten. Der Brief des großen Kameraden Dehmel war ihm Bestätigung und Anlaß zum Absprung gewesen. Aber der junge Schriftsteller ließ die Früchte geduldig in sich reifen. Diese disziplinierte, verantwortliche Haltung habe ich, ein ungeduldiger, schlechter Warter, immer sehr bewundert.

Die nächste Novelle «Der kleine Herr Friedemann» kam erst ein oder zwei Jahre später und erschien auch nicht im «Pan», sondern in der «Neuen Rundschau».

Onkel Ommo war also schon in meinem ersten und engsten Gesichtskreis gewesen. Onkel Heini aber trat erst ein wenig später hinzu. Auch ein ernster, doch überaus guter Onkel, dem man vertrauen konnte, wie Mama.

Heinrich war noch zu Papas Lebzeiten nach seinem Abiturium als Lehrling in den Dresdener Buchhandel gekommen und dann zum Verlagswesen, nämlich zu S. Fischer, Berlin, übergewechselt. Zu jenem Verlag also, der später zwar keines seiner eigenen Werke, wohl aber alle des jüngeren Bruders herausbrachte.

Er hatte neben Novellen schon den Roman «In einer Familie» geschrieben, verließ eines Tages den Verlag, besuchte die Berliner Universität und konzipierte das im Berlin der Börsianer, Journalisten und Literaten um 1890 spielende «Schlaraffenland».

Plötzlich kam er zu Mama und gehörte zu uns. Eigentlich war er aber nur auf der Durchreise da. Es zog ihn noch weiter südlich.

Tante Jaju, oder Lula, war ein wortgewandtes Wesen mit stolzer Haltung und ausgesprochenem Hang zur Repräsentation, was sich auch in der Kontrolle meiner nebensächlichen kleinen Person auswirkte. Ich war ihr niemals sauber und gekämmt genug, und als sie einmal mit mir in die Stadt ging und ihr plötzlich mein Anzug nicht mehr gefiel, ließ sie mich, statt umzukehren, kurzerhand in einem Kinderkonfektionshaus neu einkleiden. Ich fühlte, daß sie mich trotz ihres Mäkelns gern hatte, und reagierte daher nicht allzu bösartig auf sie. Es tat mir sogar leid, daß ich mich, auf einem anderen Stadtgang vom Keuchhusten überfallen, auf ihr neues weißes Kleid übergeben mußte, und meine Reue darüber wurde noch größer, als Jaju mich dann während meiner Krankheit im Wechsel mit Mama so liebevoll pflegte.

Carla, meine Tante Atta also, war eine «höhere Tochter» mit Bleichsucht und enormem Appetit. Die Bleichsucht wirkte sich in gelegentlichen Ohnmachten aus, nach denen der Appetit in seine Rechte trat und fünf Semmeln mit Mettwurst spielend überwältigte. Atta mußte Eisenwein trinken, was mir unheimlich war.

Trotzdem hatte schon die Vierzehnjährige große Erfolge bei den jungen Männern der Nachbarschaft. Einer namens Buckel ging in seiner Passion so weit, mich als Postillon d'amour zu benützen. Er versprach mir eine echte Radfahrmedaille! Ich konnte es nicht glauben, daß ich für etwas so Lustiges wie diese verstohlene Überbringung auch noch eine derartige Belohnung erhalten sollte, und als der Jüngling mir die Messingplakette mit dem Hochrad am weißblauen Band wirklich aushändigte, war ich sprachlos vor Glück. Es empörte mich sehr, daß Atta den Brief der ganzen Familie vorlas und alle über Herrn Buckels sicher nur freundlich gemeinten Mitteilungen lachten.

War es das Beispiel der Brüder oder die Luft der Kunststadt – kurzum auch die Schwestern dichteten: Jaju tiefsinnige Verse und Atta Novellen, von denen eine «Die neue Ruine» hieß. Und da ich die ganze Familie so viel mit Papier umgehen sah – mit leerem, das sich langsam füllte, oder mit bedrucktem –, so begann auch ich mich ernsthaft mit diesem offenbar sehr wertvollen Material zu befassen. Ich sammelte Kataloge, Reklameschriften, alte Hefte, kritzelte in ihnen herum und tat, als ob alle ihre wunderlichen schwarzen Zeichen von meiner Hand stammten. Den immer höher werdenden Stapel nannte ich «Post-Aquuraten». (…)

Die Onkels Heini und Ommo waren also in Italien, ein für den Fünfjährigen völlig unvorstellbarer Begriff, der erst durch Mamas Kommentare primitiv-traumhafte Gestalt annahm. Italien war mir dann heiße Sonne auf weißem Marmor. Marmor war ein heller Stein. Infolgedessen war unsere Hofmauer, hinter der damals das freie Feld der Schwabinger Bauplätze begann, in der Mittagssonne für mich Italien.

Briefe wurden vorgelesen: Die beiden lebten in Rom. Rom! Wie das klang! Ommo habe zwei Zimmer in der Via Torre Argentina, nahe am Pantheon. Wiederum klangvoll, doch unbegreiflich. Später kamen noch die Namen Palestrina und Campagna hinzu. Vollends unverständlich und keinesfalls ein Ersatz für die leibliche Anwesenheit von Ommo und Heini.

Immerhin gab es zu lachen, selbst für mich, denn die beiden schrieben lustig und verteilten den Scherz auf uns alle, selbst auf mich. Oft aber mündeten die Briefe in humoristisch geschilderte Geldnot und einem kleinen Pump bei Mama.

Man muß sich exakt vor Augen stellen (wie Mynheer Peeperkorn aus dem «Zauberberg» sagen würde), wie Mama um uns alle besorgt war. Im Winter galt ihre Angst besonders unserem unbedachten Schreiten über glatteisige Straßen und der Gefahr eines Falles nach rückwärts, eines «Hinschlagens» mit gehirnerschütternden Folgen. Was schrieben nun Heini und Ommo eines geldknappen Tages mitten im Sommer in Rom auf ein königlich italienisches Telegrammformular mit Mamas Adresse:

«gräßlich auf den hinterkopf geschlagen
sendet umgehend tausend

h und t»

Welcher von beiden die Schockwirkung dadurch vermied, daß er die Schreckensbotschaft in einem frankierten Kuvert statt über den Draht absandte, blieb ungeklärt, und es gab wieder ein großes Lachen in der Rambergstraße.

So stellten sich dem vier- und fünfjährigen Schwabinger Gassen- und «Herrschaftskind» die italienischen Jahre der großen Brüder dar, wenn es, mit schulterlangen Locken und kakaobekleckertem Latz beim Frühstück sitzend, den Gesprächen der Großen lauschte und krähend in das Gelächter einstimmte.

Was aber damals, da unten im Süden, wirklich geschah, konnte nicht nur ich viel später erst begreifen: das Ringen zweier Dichter um die Erkenntnis ihres Woher und damit um ihr Wohin.

Weit abgesetzt von der Heimat, wo ihnen auch die Münchener Rambergstraße eine Art Ableger der Lübecker Meng- und Roekstraße blieb, im gänzlich anderen Land, zu dem sie sich blutsmäßig gezogen glaubten, rangen die Brüder um Klarheit. Waren sie etwa durch Blutmischung Entartete des alten Geschlechts oder seine kommende Erhöhung und Erfüllung nach einer durch viele Jahrhunderte gehenden Entwicklung? Und wohin gehörten sie, wenn ihr Künstlertum lebensstark war wie die Tüchtigkeit der Ahnen auf rauher See, beim großen Handel, im neuen tropischen Land und bei Staatsverträgen in gotischen Senatssälen?

Was sie wenig später über ihr Verhalten zu ihrem sonnigen Gastland bekannten, waren nicht gerade Hymnen begeisterter Reiseschriftsteller. Heinrich sagte in einer knappen Selbstbiographie, die neben einer großartigen Gulbransson-Karikatur in einem Albert-Langen-Almanach um die Jahrhundertwende erschien: «Sobald ich konnte, ging ich heim nach Italien. Ja, eine Zeitlang glaubte ich daheim zu sein, aber ...» Und Thomas legte seinem Tonio Kröger, dem literarischen Sprossen der Da-Silva-Bruhns-Manns, in den undankbaren Mund: «Die ganze bellezza macht mich nervös. Diese Romanen haben kein Gewissen in den Augen. Nein, ich gehe nun ein bißchen nach Dänemark, ich will die Ostsee wiedersehen. Ich berühre meinen Ausgangspunkt, und das kann ziemlich komisch werden.»

Es wurden die «Buddenbrooks» daraus, aber der Weg führte auch wieder nach Süden, zur «Fiorenza» und zum «Tod in Venedig». Der Weg ging im «Zauberberg» in alle Welt, er ging mit «Joseph» und «Mose» zur Wiege unserer Menschheit und drang mit den «Vertauschten Köpfen» in fernöstliche Mythen vor. Und er kehrte auf unerhört gespannter Brücke zum Herzen Deutschlands zurück, zu «Lotte in Weimar» und zu dem in dunkler Qual geborenen «Doktor Faustus». Siehe da: die ganze Welt und die Heimat in ihrer Mitte.

Beim älteren Bruder drängte nach den ersten dichterischen Versuchen das Da-Silva-Blut zunächst vor zu den «Göttinnen», zu «Flöten und Dolchen» und auch später noch oft, so bei der «Kleinen Stadt». Aber schon «Zwischen den Rassen» verneinte die Festlegung auf den Süden. «Der Untertan» war prophetische, wenn auch in bittere Schärfe gekleidete Sorge um die Heimat, eine Reihe anderer Werke sind Europa, «Professor Unrat» und «Eugenie» führten spät doch wieder nach Lübeck zurück, das Thomas zum Ausgangspunkt genommen hatte.

«Henri IV» ist die große Vergangenheit Frankreichs, und weit drüben, in Kalifornien, entstand überblickend und vereinend «Ein Zeitalter wird besichtigt». Siehe da: in Leidenschaft und Spott, Lust und Klage, lodernder Empörung und Liebe, viel Liebe, die ganze Welt und die Heimat in ihrer Mitte. Zwei Wege, die aus gleicher weltweiter Herkunft in verschiedene Richtungen gingen und doch beide in der Vollendung die Welt umspannten. Die Welt und Deutschland in ihrer Mitte.

Die starke Gemeinsamkeit der Brüder in ihren wegesuchenden italienischen Jahren – etwa 1895 / 97 – war einst Anlaß zu der literarischen Anekdote, die «Buddenbrooks», die Thomas ja damals schon konzipierte, seien eigentlich als Gemeinschaftswerk à la frères Goncourt geplant. Heinrich, so hieß es, sollte das Familienhistorische gestalten, den Aufbau und Anstieg also, und Thomas wären die letzten Akte, der Verfall geblieben.

Heinrich erzählt in seinem Lebensbericht «Ein Zeitalter wird besichtigt» andeutungsweise davon, daß in Rom solche Möglichkeit wirklich einmal im Gespräch erwogen worden sei. Über dieses Stadium hinaus aber ist das Vorhaben nie gekommen.

Ein Gemeinschaftswerk jedoch, das einzige der Brüder, ist damals wirklich im Süden, in Rom und Palestrina, entstanden. Es «erschien» nur im Originalexemplar, von den Autoren handgeschrieben, handillustriert und handgebunden, und die Verfasser widmeten es witzigerweise Schwester Carla und mir, Kindern also, obwohl es in Bild und Wort fast durchwegs «nur für Erwachsene» paßte.

Man gab mir das Buch vorsichtig und unter Aufsicht in die Hand, und ich war sofort begeistert. Die großenteils grotesken farbigen oder schwarzweißen Bilder gefielen mir besser als alles bisher in dieser Art Gesehene. Auf mehreren von ihnen erkannte ich mich sogar selbst, und der zähe Wunsch, über die Texte auf den Sinn des herrlichen Heini-Ommo-Geschenkes zu kommen, war so stark, daß ich an diesem Buch das Lesen schneller lernte, als es die Schule verlangte, in die ich seit ein paar Monaten ging. So wurde es doch zu einem pädagogischen Werk, als welches es sein braver Titel nur ironisch deklariert hatte.

Daß Heinrich in seiner Jugend noch zwischen Malerei und Literatur schwankte, ist aus vielen Biographien bekannt. Ein schon bei unserer Mutter zutage getretenes malerisches Talent war verstärkt auf ihn überkommen, und die Proben dieser Gabe wurden von kundigen Beurteilern sehr vielversprechend eingeschätzt.

Ich sah als Kind solche Proben erstmals auf einem Dutzend feiner Porzellanteller, die Heinrich für Mama bemalt hatte. Es gab da bärtigbunte Sultane, Ritter und Damen anzustaunen, und eines der Bildchen stellte einen ernsten Mann mit Spitzbart dar, wie Heinrich sich ihn damals auch wachsen ließ. «Das ist Heinrich Heine, der Dichter», erklärte Mama dem Vierjährigen, und ich machte «Heini» daraus, zumal ich ja vage wußte, daß mein spitzbärtiger «Onkel Heini» ein Dichter wurde. So glaubte ich lange an ein Selbstporträt Heinrichs und paßte bei Tisch scharf auf, bei welchem Gedeck dieser Kompotteller stand. «Atta ißt Onkel Heini auf!» schrie ich dann plötzlich.

Es ist schade, daß diese hübschen Bilder durch ihr zerbrechliches Material zur Kurzlebigkeit verurteilt waren und bald Opfer unserer Umzüge und Dienstmädchen wurden.

Viel stärker aber trauerte ich um Heinrichs Bilder im Gemeinschaftsbuch. Sie wären alle reif für den einige Jahre später zum erstenmal erscheinenden «Simplizissimus» und die «Jugend» gewesen, und lange danach erinnerte mich manches Werk von Julius Dietz an Heinrichs Malstil.

Thomas hatte ausgesprochenes Zeichentalent, besonders für Grotesken und Karikaturen, bei denen das komische Selbstporträt immer wieder vorkam. Sein illustrierender Anteil am «Bilderbuch» brachte mich später zu manchem Vergleich mit den Zeichnungen von George Grosz, deren Haß und großem Können freilich bei Thomas nur starke Ironie und geringere Technik gegenüberstanden.

Unser Bilderbuch für artige Kinder war sauber und dauerhaft in Pappe und Leinen gebunden, und sein Deckel zeigte eine Federzeichnung von Thomas: eine traumhaft-gespenstische Vollmondlandschaft mit einem Moorweiher, auf dessen traurig-glatter Fläche ein übertrieben melancholischer Männerkopf auftauchte. Ein nächtlicher Badender? Der Geist eines Ertrunkenen? Ein unterernährter Nök oder Nickelmann? Ich habe es nie erfahren können. Es war wohl als L'art pour l'art gedacht und hatte mit dem Inhalt des Buches wenig zu tun.

(…)

Unser neues Heim lag an der linken Straßenseite, kaum hundert Schritte vom «Großen Wirt» entfernt. Das Haus war so «hochherrschaftlich» wie unser früheres an der Rambergstraße und dazu neuer und moderner ausgestattet. Die Etage hatte zwar nur sieben Zimmer, weil die Brüder nach ihrer Rückkehr aus Italien nicht mehr bei uns hausten, erschien mir aber trotzdem als Gipfel der vornehmen Geräumigkeit. (…)

An der Diele lagen nach der Straße zu Mamas großer Salon, das Eßzimmer, durch das man auf einen langen Balkon gelangte, und das Wohnzimmer, der gewöhnliche Aufenthaltsraum der Familie. Nach rückwärts ging es in mein kleines Reich, das man jetzt beileibe nicht mehr Kinderzimmer nennen durfte, ferner in Mamas Schlafraum und in die Zimmer der Schwestern. Ein Gang führte nach der Küche, dem Mädchenzimmer und den sonstigen Nebenräumen.

Der Salon war von zwei Seiten gut belichtet, und der leicht verstaubende und durch Pracht verdunkelnde Makartstil seiner früheren Dekoration war einer freundlichen Klarheit gewichen.

Sein Mittelpunkt war wieder der große Bechsteinflügel, an dem Mama fast täglich spielte und oft mit ihrer nicht starken, aber schönen und musikalischen Stimme sang.

Wenn ich allein bei ihr auf einem niedrigen Hocker saß, durfte ich meist das Programm bestimmen. Meine Wahl war für mein Alter recht anspruchsvoll und umfaßte vor allem alles, was Mama an Griegschen Noten besaß, dann viele Wagner-Szenen vom Holländer über den Feuerzauber bis zum Liebestod, ferner einiges von Chopin und Schumanns Carnaval.

Mama erklärte mir immer wieder mit begeisterter Eindringlichkeit, die nichts Lehrhaftes an sich hatte, den Sinn all dieser Musik, und ich sah, wenn der Flügel klang, Peer Gynt an Aases Sterbebett, die wabernde Lohe um die Walküre, den bleichen Kapitän auf dem Geisterschiff und die Paare des Schumannschen Maskenfestes. Die aus den Tönen hervorwachsenden Bilder waren so schön, daß mir später die Pappkulissen, Blechschwerter, falschen Bärte, echten Tenorbäuche und übermächtigen Sopranbusen der Opernbühnen immer wieder die schlimmsten Enttäuschungen brachten und ich mich dann mit geschlossenen Augen nach meinem Hocker zu Mamas Füßen zurücksehnte.

Manchmal versuchte sich die Mutter an eigenen kleinen Kompositionen. Dann durfte ich nicht stören und schaute still auf die Bilder an den Wänden des Salons.

Über dem seidenbespannten Ecksofa mit dem Teetisch und den kleinen modernen Stühlchen hing im breiten Goldrahmen «Der Golf von Salerno». Blaue Berge senkten sich zu einem noch blaueren Sund, über den ein altertümlicher Segler zog. Im Vordergrund, der von einer Burgruine beherrscht war, wurde von bunten Mädchen Tarantella getanzt, während daneben eine Alte mit der Kunkel spann. Am Strande spannten barfüßige Fischer mit phrygischen Mützen ihre Netze aus, und über dem Ganzen lag ein fremdartig-starkes Licht. Das Sonnenland war mit sehnsüchtigen Augen geschaut und genial dargestellt worden. Erst später habe ich erfahren, daß der Maler ein Verwandter von uns war.

Über ein Pastell von Baptist Scherer, das mich selbst als Fünfjährigen mit langen Locken darstellte, blickte ich immer schnell hinweg, denn ich schämte mich, je so kindisch ausgesehen zu haben. Aber bei einem lebensgroßen Ölporträt des gleichen Malers verweilte ich meist länger. Es zeigte Mama in einem langen Phantasie-Abendkleid, wie sie damals für die Künstlerbälle aufgekommen waren: Schwarze Fabelblumen auf gelber Seide, großes Dekolleté, lange, schwarze Handschuhe und schwarz-gelber Fächer. Im dunkel und stilisiert gehaltenen Hintergrund spreizte sich ein Pfau.

Ich hatte Mama in diesem Kleid sehr bewundert und fand auch das Bild schön und ähnlich. Ebenso urteilten die Geschwister und viele Bekannte, nur Mama selbst dachte anders. Sie fand sich zu auffallend-elegant konterfeit und zu jugendlich für eine Mutter heiratsfähiger Töchter, obwohl sie ja damals wirklich so gut aussah. Sie wollte eben auf keinen Fall – auch nicht auf einem Bild – ihre beiden Mädchen überglänzen.

Ihre Aversion gegen das Porträt wurde immer stärker, je mehr es von anderen bewundert wurde, und nach einigen Jahren begann Mama heimlich, ihr schönes Bild ganz allmählich zu korrigieren. Sie fing mit dem Ausschnitt des Kleides an, der ihr zu frei schien, und milderte ihn vorsichtig durch eine schwarze Spitze, die so gut gemalt war und zum Ganzen paßte, daß wir die Änderung gar nicht merkten. Dann aber, nach Baptist Scherers frühem Tod, ging sie daran, das schöne Gesicht älter zu machen. Sie wollte also mit ihrer heimlichen Pinselkunst herbeiführen, was beim «Bildnis des Dorian Gray» durch Zauber geschah, und das wurde bald entdeckt. Mama wehrte lachend unsere laute Entrüstung ab; wir lachten schließlich mit, aber das Porträt war rettungslos verdorben und kam auf den Speicher.

An einem der hohen Salonfenster stand Mamas Nußbaumschreibtisch mit seinen barock gebuchteten Fächern, Schubladen und Aufsatzschränkchen. Er steckte voll Haushaltsbücher, Briefstöße, Rechnungen, grüner Geldkassetten, wichtiger Papiere und Manuskripte.

Denn auch ein wenig Literatur trieb Mama. Sie schrieb an ihren brasilianischen und lüb'schen Kindheitserinnerungen und verfaßte Märchen. Im engsten Kreis las sie wohl dann und wann etwas davon vor, aber zu einer Veröffentlichung war sie nie zu bewegen. «Für die

Welt werden Heinrich und Tommy genug Schöneres schreiben», sagte sie mit wissend-stolzem Lächeln und schloß Dodos Kindheit wieder in die barocke Lade.

Im Eßzimmer war zwischen dem mächtigen Lübecker Büfett und der Kredenz, die «Stummer Diener» hieß, der alte, schwere Ausziehtisch mit den Löwenpranken jetzt wieder durch ein Einsatzbrett für sechs Personen vergrößert, denn Schwester Julia war als fertige Dame aus ihrem Karlsruher Pensionat zurückgekehrt, und wenn auch die Brüder nicht mehr bei uns wohnten, so nahm Thomas doch fast immer und Heinrich sehr oft die Hauptmahlzeit mit uns ein. Mama hatte also ihre fünf zeitweilig wieder beisammen, und von der Wand schaute das auf Holztafeln gemalte Ahnenpaar aus seinen schwarz-goldenen Rahmen auf die vollzählig tafelnde Familie herunter. (...)

Aus all dieser Teilnahme heraus war ich immer sehr für festliche Einladungen in unserem Heim, und manchmal machte mir schon die Art ihres Zustandekommens großen Spaß.

Wenn wir unter Mamas liebenswürdigem Präsidium um den Eßtisch mit den Löwenpranken saßen, gab es oft lustige Beschwerden über unbeliebte Gerichte: Ein immer sehr heiß servierter Auflauf wurde von Julia als «Höllenspeise» verworfen. Gekochtes Rindfleisch bezeichneten die Geschwister grundsätzlich als «l'Al de Cu» (alte Küh'), und die gute Fleischbrühe mit Sago diffamierte ich als «Froschlaich».

Mama tat komisch-verzweifelt. «Gott, Kinder», klagte sie, «das ist ja bester Mastochse, und ihr werdet noch mal froh um so ein Essen sein.»

Sie bekam schon fünfzehn Jahre später leider völlig recht, aber an solche Möglichkeiten dachte niemand, und so konnte es geschehen, daß die Geschwister im Angriff blieben und nun plötzlich zu meiner lauten Freude ein Fest zwecks Hebung des Menüs verlangten.

«Modder», sagte dann Thomas im breiten Lübeck'sch, «überhaupt, weißt du, wir müssen endlich mal wieder bullern.» (So wurde an der Trave eine protzige Gasterei bezeichnet.) Und Heinrich ergänzte fein, aber dringlich: «Ja, Mama, du mußt wohl eine fête geben.» Worauf die Schwestern einfielen – Carla schon mit rollendem Bühnen-R – und ich schrill die Attacke begleitete, wie ein Querpfeifer den Sturm von Grenadieren.

Vergebens wehrte sich Mama mit dem Hinweis auf Mühe und Kosten solcher Abende; sie lachte schon und versuchte höchstens noch, die Zahl der Gäste in erträglichen Grenzen auszuhandeln.

So ergingen denn wieder einmal Einladungen an die Freunde des Hauses. Manche von ihnen kannte ich ja schon von der Rambergstraße her, wie die Maler Putz und Scherer oder den Oberpostrat und Allerweltskünstler Knötzinger, der nicht nur Geige spielte, sondern ein solches Instrument auch meisterlich bauen konnte und vollkommen echt wirkenden Christbaumschnee aus alten Glacéhandschuhen schabte. Und seine Frau Julia, deren Name Dschulia ausgesprochen wurde und die auch wirklich sehr italienisch aussah. Andere waren dazugekommen: vor allem Thomas' Schulfreund Otto Grautoff, ein Literat und Kunsthistoriker, dessen Humor mein Herz im Sturm gewann und dort sogar Onkel Putz verdrängte, denn ich empfand allmählich, ohne mir darüber noch Rechenschaft geben zu können, den höheren Wert und die stärkere Natürlichkeit von Grautoffs groteskem und dabei oft tiefernstem Spaß gegenüber dem fast gewohnheitsmäßigen, wenn auch brillanten geselligen Jux, der immer irgendwie um des Beifalls willen produziert wird.

Thomas' Freund, der an ihm hing wie – nun wie Kai Graf Mölln an Hanno Buddenbrook – trug einen mächtigen Kopf mit großgeformten Gesichtszügen auf breiten Schultern, und eine frühe Glatzenbildung erhöhte seine Stirn ins Überdimensionale. Glücklich aus Lübecks Enge nach München entwichen, fühlte er sich in einem Haus besonders wohl, das geistige Freiheit doch wieder mit lübischer Tradition verband.

Er war ein liebenswerter und treuer Geselle, der trotz geistiger und körperlicher Nonchalance auf menschliche Würde hielt. Auch im größten Gaudium und bei scheinbarer Lächerlichkeit.

Wenn Otto Grautoff uns mit leidenschaftlich bewegten Worten sein furchtbares Erlebnis beim großen Chirurgen Krecke erzählte, der ihm unter Anwendung einer kurzen Narkose zwei schwierige Zähne extrahiert hatte, barsten die Zuhörer fast vor Lachen. Aber er hatte alle

Einzelheiten tatsächlich und wirklich so grotesk und angsterregend gesehen, empfunden und also erlebt.

«Zehn barmherzige Schwestern», sagte er schaudernd, «und sieben vermummte Heilgehilfen» hätten sich auf einen Wink des zangenbewehrten Professors auf ihn gestürzt, als er beim Anblick der «Schlachtbank» geschrien habe: «Ich will nicht!» Er sei unter lauten Gebeten der Nonnen entkleidet und gebunden worden, trotz seines weinenden Flehens um Erbarmen, und dann habe man ihn nach Anbringung einer entsetzlichen Mundsperre in Chloräthylgasen erstickt.

Das war alles von höchster Komik, aber es war auch grotesker Protest des Menschen gegen Vergewaltigung durch sinnlosen Schmerz. Ich verstand es natürlich erst viel später, aber ich habe auch vorher Grautoff niemals als Spaßmacher und Clown angesehen, ebensowenig wie ich in reiferen Jahren einen Grock, little Pich oder Karl Valentin für lustige Narren hielt. Sie waren für mich Philosophen und Künstler.

Paul Ehrenberg, der Maler, und sein Bruder Carl, ein Komponist und junger Kapellmeister, gehörten ebenfalls zum engeren Kreis, und manchmal kam, soviel ich mich erinnere, Kurt Martens zu Mamas Gesellschaften. Von den Damen entsinne ich mich am lebhaftesten Julias Freundin, Ilse Martens – auch eine Lübekkerin –, und Carlas Intima Lani, einer üppigen Münchener Blondine aus reicher Familie, in hocheleganten Toiletten. Lani studierte Gesang, und ich bezeichnete sie und Ilse als meine Bräute, womit ich keinen schlechten Geschmack bewies.

Ein sonderlicher, aber durchaus liebenswürdiger Gast war Anna Derleth, die Schwester und Verkünderin Ludwig Derleths, der zum Kreis um Stefan George gehörte und damals mehr als eine Art von Prophet denn als Dichter galt.

Anna, ein schlankes, nicht mehr sehr junges Mädchen mit großen, weltfernen Augen und langer Nase, trug selbsterfundene und geschneiderte Reformgewänder, sackartige Gebilde von kühnen Farben mit aufgesetzten Jugendstilmustern. Sie war arm wie eine Kirchenmaus, empfand das aber wegen ihrer völligen Anspruchslosigkeit ganz selten, nämlich nur dann, wenn sie aus irgendwelchen dionysischen Gefühlen heraus einen Einkauf tätigen wollte, über dessen Geldwert sie sich noch nie Gedanken gemacht hatte.

«Ich wünsche ein Gistchen Draubrosinen», sagte sie in ihrem leichten Fränkisch bei Dallmayr, der ersten Delikatessenfirma Münchens. Sie billigte die vorgewiesene Zehnpfundkiste getrockneter Malagatrauben, gab ihre Adresse und fiel erst an der Kasse aus ihren lichten Wolken. Aber sie verlor in solchen Momenten nicht an Haltung, stornierte lächelnd die Bestellung und verließ den Schlaraffenladen mit einem winzigen Tütchen an Stelle des utopischen Kollis.

Ich weiß nicht mehr bestimmt, ob Ludwig Derleth je selbst zu uns gekommen ist. Aber wenn seine Schwester Mamas Einladung folgte, dann war der Bruder zum mindesten geistig auch zugegen, denn sie sprach in Gesellschaft kaum etwas anderes als von ihm, dem «Atler», wie sie ihn nannte. Tatsächlich hatte er ein raubvogelähnliches Asketen- und Fanatikergesicht. Das eingeborene Volk von Schwabing reihte ihn damals etwas zu summarisch unter die «Kohlrabi-Apostel» ein, zählte ihn also zu der unheimlichen Sekte der Vegetarier und Antialkoholiker, weil es sich seine hagere

Blässe statt mit geistigen Exzessen nur mit mangelndem Fleisch- und Biergenuß erklären konnte. Dabei dichtete Derleth später die schönsten Weinlieder auf seine fränkische Heimat.

Während seiner Zeit im «Schwabinger Ursumpf» verkündete er den kommenden Christus-Napoleon, der Kreuz und Schwert im Banner tragen werde. «Hier steht der äußerste Wahnsinn», rief er seiner Mansardengemeinde zu. Und «Ich überantworte Euch die Welt zur Plünderung». Die Gläubigen fielen in Verzükkung.

So ging es einst in Schwabing zu. Die Folgen waren nicht immer harmlos: Auch Lenin hat als Schwabinger Schlawiner angefangen. In seiner und der Krupskaja Schwabinger Exilwohnung wurde die neue Weltordnung entworfen und erstmals im Kreise der russischen Emigranten verkündet. Auch dies war ein Schwabinger Kreis, wie die «Kosmiker» und andere. (...)

Von all diesen Geselligkeiten steht mir am stärksten eine in Erinnerung, die gar keine «Fête» Mamas, sondern nur die bei uns stattfindende Versammlung von Gästen eines Atelierfestes oder einer größeren Faschingsunternehmung war.

Eines frühen Abends, mitten im Münchener Karneval, fand sich eine Menge verkleideter Leute ein, vermutlich, um Mama und die Schwestern abzuholen und dabei eine intime Generalprobe ihrer Kostümwirkung als Apéritif und Auftakt der anbrechenden großen Nacht zu genießen.

Ich erinnere mich nicht mehr an Einzelheiten, weil der Anblick eines der eintreffenden Maskierten alle anderen Eindrücke verdrängte. Es war Onkel Ommo.

Damals war gerade eine andere Art von Masken, eigentlich Maskenköpfe, aufgekommen, die ein Münchener Künstler entwarf. Sie waren aus Trikot gearbeitet und mit anderen Materialien zu festen Formen und Zügen modelliert, geklebt und gemalt. Man zog sie vorsichtig über, steckte den Halsteil in den Kragen und erzielte viel verblüffendere Wirkungen als mit den hergebrachten Larven und Aufsatzköpfen aus Papiermaché.

Es gab eine Anzahl von lustigen Typen dieser Neuheit, und ich hatte in den Auslagen der Spezialgeschäfte schon etliche von ihnen bewundert: einen verkommenen Schnapsbruder, einen blau-roten Choleriker und andere ausgefallene Versionen des Homo sapiens, die mit Skizzen des zugehörigen Kostüms versehen waren.

Thomas aber hatte solchen Rat nicht befolgt und gerade dadurch den Effekt ins Vielfache gesteigert. Ich sehe ihn noch heute so deutlich, wie photographiert, vor mir. In einem vorbildlichen Frack mit geknöpften Lackstiefeln (die man damals trug), weißen Glacés und Chapeau claque. Der Abendanzug kleidete seine schlanke Figur ausgezeichnet. Über korrekter Schleife und hohem Kragen aber saß der schauerlich lächelnde Kopf eines jungen Vollidioten mit Schielaugen, aufgestülpter Nase, übermäßig blöde geöffneten Wulstlippen, Pferdezähnen und einer affenartig niederen Stirn unter wirrem Haar.

Diesen grotesken Kontrast zwischen Maske und Anzug übertrug Thomas auch auf sein Benehmen als armer Irrer im Eveningdress. Er muß es daheim vor dem Spiegel eingeübt haben.

Seine Bewegungen waren nämlich im ganzen durchaus die eines eleganten und gemessenen

Frackherren, so daß ihm von rückwärts kaum etwas Außergewöhnliches anzusehen war. Wendete er sich aber nur halb, so konnte man Schreikrämpfe bekommen. Und wenn er in der gesammelten Haltung eines Salonlöwen wortlos auf dem Seidensofa saß, dabei mit schiefem Kopf das Schauerlächeln einer Dame zuwandte, selbstvergessen langsam einen Glacéfinger hob, um sich am Nasenloch zu kratzen und plötzlich mit glucksendem Kichern den Klapphut herausknallen ließ, lallten die Leute nur noch.

Es war zu viel. Dieses Monstrum an Komik ließ nichts anderes neben sich aufkommen, und es war vorauszusehen, daß es der Mittelpunkt von Festteilnehmern sein würde, die, auf Stühle gesunken, nach Atem ringen mußten. Außerdem konnte der fest anliegende und kaum ventilierte Kopf ein langes Tragen bestimmt nicht zulassen, und Thomas hat daher auf dem Fest selbst die Maske wohl sicherlich nur kurze Zeit aufbehalten.

Solche Erwägungen kamen mir aber erst später. Solange ich den prachtvollen Idioten vor Augen hatte, genoß ich diesen Augenblick mit allen Fasern. Ich verbannte sogar mein Lachen irgendwohin in die Magengegend, wo es mich zu sprengen drohte, und starrte meinen Onkel Ommo an. Ja, das war ein lustiger Onkel! Ich verehrte ihn aus tiefstem Knabenherzen, während ich durch mein Flehen erreichte, daß er den herrlichen Kopf noch eine Zeitlang aufbehielt, wieder das Kichern ausstieß und mir zu Ehren noch einmal den eleganten Finger zur gähnenden Nüster hob.

HEINRICH MANN

Lübeck 1871–1950 Santa Monica / Kalifornien

Volontiert nach einer Buchhandelslehre in Dresden von 1890 bis 1892 im S. Fischer Verlag, Berlin. Lebt als freier Schriftsteller nach Aufenthalten in Frankreich, Italien und Berlin, ab 1914 in München, ab 1928 in Berlin. 1914 Heirat mit Maria (Mimi) Kanova, 1916 Geburt der Tochter Leonie. 1930 Scheidung; «Der blaue Engel», die Verfilmung seines Romans Professor Unrat *mit Marlene Dietrich und Emil Jannings, macht ihn weltberühmt. Ab 1931 Präsident der Sektion Dichtkunst der Preußischen Akademie der Künste zu Berlin, 1933 erzwungener Ausschluß, Aberkennung der deutschen Staatsbürgerschaft und Emigration nach Frankreich, über Spanien und Portugal 1940 nach Kalifornien, wo er bis zu seinem Tod lebt. Seit 1936 tschechischer Staatsbürger, 1939 Heirat mit Nelly Kroeger. 1949, kurz vor seinem Tod, Berufung zum ersten Präsidenten der neu zu gründenden Deutschen Akademie der Künste zu Berlin/DDR.*

«Ich will Dir gleich meinen Eindruck mittheilen. Dies seltsam seltsame, tiefe Ding, das in höchster Abgeschlossenheit und Conzentration, in raschen, starken, bedeutenden Pointen die perverse Tragödie des Genies als Schulknabengeschichte giebt, ist in meinen Augen das Innigste und Außerordentlichste, was Du geschrieben hast», begeistert sich Thomas Mann im Januar 1906, am Tag des Erscheinens der ***Abdankung*** im *Simplicissimus*, in einem Brief an seinen Bruder. Die Novelle war ihm gewidmet.

Sie behandelt ein psychologisches Grundthema, das Heinrich Mann nicht zuletzt in *Professor Unrat* (1905) und in ***Der Untertan*** vor einem gesellschaftlichen Hintergrund ausformuliert – «sklavisches Unterordnungsgefühl und sklavisches Herrschaftsgelüst», nennt es Kurt Tucholsky 1919 in einem Kommentar zum *Untertan*. Dessen Protagonist, der deutsche Spießer Diederich Heßling, verkörpere diese beiden Charaktereigenschaften durch und durch: «Dieses Buch Heinrich Manns (...) ist das Herbarium des deutschen Mannes. Hier ist er ganz: in seiner Sucht zu befehlen und zu gehorchen, in seiner Roheit und in seiner Religiosität, in seiner Erfolganbeterei und in seiner namenlosen Zivilfeigheit» (Tucholsky). Heinrich Mann schrieb daran zwischen 1912 und 1914, erste Notizen gibt es bereits 1906, veröffentlicht wird der Roman schließlich 1918. Hier werden die ersten zehn Seiten wiedergegeben.

«Die Deutschen und ihre Juden», ein Beispiel aus Heinrich Manns reichhaltigem essayistischem Schaffen, erschien erstmals im Dezember 1935 in der Zeitschrift *Die neue Weltbühne*.

Abdankung

Alle wollten Fußball spielen; Felix allein bestand auf einem Wettlauf.

«Wer ist hier der Herr?» schrie er, gerötet und bebend, mit einem Blick, daß der, den er traf, sich in einen Knäuel von Freunden verkroch.

«Wer ist hier der Herr!» – es war das erste Wort, das er, kaum in die Schule eingetreten, zu ihnen sprach. Sie sahen verdutzt einander an. Ein großer Rüpel musterte den schmächtigen Jungen und wollte lachen. Felix saß ihm plötzlich mit der Faust im Nacken und duckte ihn.

«Weiter kannst du wohl nichts?» ächzte der Gebändigte, das Gesicht am Boden.

«Laufe mit mir! Das soll entscheiden.»

«Ja, lauf!» riefen mehrere.

«Wer ist noch gegen das Laufen?» fragte Felix, aufgereckt und ein Bein vorgestellt.

«Mir ist es Wurscht», sagte faul der dicke Hans Butt.

Andere bestätigten: «Mir auch.»

Ein Geschiebe entstand, und einige traten auf Felix' Seite. Denen, die sich hinter seinen Gegner gereiht hatten, ward bange, so rachsüchtig maß er sie.

«Ich merke mir jeden!» rief er schrill.

Zwei gingen zu ihm über, dann noch zwei. Butt, der sich parteilos herumdrückte, ward von Felix vermittelst einer Ohrfeige den Seinen zugesellt.

Felix siegte mit Leichtigkeit. Der Wind, der ihm beim Dahinfliegen entgegenströmte, schien eine begeisternde Melodie zu enthalten; und wie Felix, den Rausch der Schnelligkeit im pochenden Blut, zurückkehrte, war er jedes künftigen Sieges gewiß. Dem Unterlegenen, der ihm Vergeltung beim Fußball verhieß, lächelte er achselzuckend in die Augen.

Als er aber das nächste Mal einen, der sich seinem Befehl widersetzte, niederwarf, war's nur Glück, und er wußte es. Schon war er verloren, da machte sich's, daß er loskam und dem anderen einen Tritt in den Bauch geben konnte, so daß er stürzte. Da lag der nun, wie selbstverständlich – und doch fühlte Felix, der auf ihn herabsah, noch den Schwindel der schwankenden Minute, als Ruf und Gewalt auf der

Schneide standen. Dann ein tiefer Atemzug und ein inneres Aufjauchzen; aber schon murrte jemand: Bauchtritte gälten nicht. Jawohl, echote es, sie seien feige. Und von neuem mußte man der Menge entgegentreten und sich behaupten.

Bei den meisten zwar genügten feste Worte. Die zwei oder drei kannte Felix, mit denen er sich noch zu messen hatte; die anderen gehorchten schon. Zuweilen überkam ihn – nie in der Schule, denn hier war er immer gespannt von der Aufgabe des Herrschens –, aber daheim: ihn überkam Staunen, weil sie gehorchten. Sie waren doch stärker! Jeder einzelne war stärker! Wenn dem dicken Hans Butt eingefallen wäre, daß er Muskeln hatte! Aber das war auch so ein weicher Klumpen, aus dem sich alles machen ließ. Felix war allein; sein Geist prüfte, in unruhigen Sprüngen, alle die Entfernten; und seine erregten Hände kneteten an seinen Gesichten und stießen sie fort.

Dabei fand er für den und jenen geringschätzige Namen. Fast allen schon hatte er sie aufgenötigt, und als der neue Klassenlehrer fragte, wie sie hießen, hatte jeder den seinen angeben müssen: Klops, Lump, Pithekos. Ja: da stand der englisch gekleidete Weeke als Pithekos, und Graupel, dessen Vater der Bürgermeister war, schimpfte sich Lump: weil Felix es ihnen befohlen hatte. Felix aber trug einen gewendeten Anzug; und seit auf der letzten ihrer abenteuerlichen Fahrten sein Vater – er konnte nur ahnen, wie – ums Leben gekommen war, beherbergten seine Mutter und ihn drei dürftige Zimmer in dieser Stadt – wo nun geschah, was er wollte.

Denn wie er den Kameraden die Spitznamen auferlegte, machte er die der Lehrer unmöglich. Niemand konnte sie mehr ohne Scham aussprechen. Dem Schreiblehrer, an dem so lange der Feigste sein Mütchen gekühlt hatte, erzwang er eine achtungsvolle Behandlung. Durch Einschüchterung und Spott brachte er es in Mode, sich auf die Mathematikstunden nicht vorzubereiten. Als aber der Professor, dem jemand geklatscht haben mußte, die Klasse warnte, sich von einem Unbegabten zur Trägheit verführen zu lassen, erkämpfte Felix in acht Tagen die beste Note und erklärte es für Kinderspiel. In Wirklichkeit hatte er seinem Kopf Gewalt angetan und wußte nicht wohin vor Gereiztheit. Dem Professor, der ihn durch Auszeichnungen zu gewinnen suchte, begegnete er beflissen und unnahbar. Bis zur nächsten Stunde setzte er durch, daß das eiserne Lineal erhitzt werden sollte. Das geschah hinter der Turnhalle. Wie Felix die Zweifler überzeugen wollte, daß der Professor immer im Eifer der Demonstration plötzlich mit ganzer Hand nach dem Lineal fasse, tat unbedacht er selbst den Griff und schrak zurück. Es ward gelacht. «Wer anderen eine Grube gräbt», hieß es, und: «Er kann es selbst nicht aushalten.»

Felix' Augen, die die Runde machten, wurden dunkel. Als das heiße Eisen zwischen Hölzern hineingetragen ward, ging er stumm hinterher. Alle saßen auf den Plätzen, der Schritt des Professors war zu hören; da nahm Felix das Lineal vom Pult und stieß es in sein aufgerissenes Hemd. Wie Rauschen ging's durch die Klasse. Was sie hätten, warum niemand aufmerke, fragte der Professor. Felix meldete sich und gab, mit weißen Lippen, die Antwort. Dann saß er wieder da und hatte, hinter seinem gekrampften, einsamen Lächeln, das eine, manchmal von den Schmerzen übertobte Bewußtsein, daß sie alle, die er nicht ansah, voll Grauen, in Unterworfenheit und mit Wallungen der Liebe durch die Finger zu ihm herschielten und daß er hoch über ihnen schwelge und sie maßlos verachte.

«Feuer ist nichts für euch», sagte er, als er nach drei Tagen wiederkam; «aber Wasser!»

Er öffnete den Brunnen.

«Butt! Unter die Pumpe!»

Butt gab faul seinen Kopf her.

«Weeke! Graupel!»

Sie kamen. Einer nach dem andern duckte sich unter den Strahl: albern lachend und knechtisch; weil auch der vorige es getan hatte; weil es ein Witz sein konnte; weil Felix zu widerstehen gegen Klugheit und Sitte ging.

Wie es von allen Schöpfen auf die Dielen tropfte und der erbitterte Ordinarius vergeblich nach dem Anstifter umherfragte, stand Felix auf.

«Ich habe sie alle getauft», erklärte er gelassen und nahm sechs Stunden Karzer entgegen.

Er stand auch auf, weil einer «Kikeriki» gerufen hatte und niemand sich meldete. Nicht er war's gewesen. Das nächste Mal zog er sich einen Tadel im Klassenbuch zu dadurch, daß er seine Grammatik dem Hintermann zum Ablesen hinhielt. Wenn er sie tyrannisierte, fühlte er sich auch verantwortlich für ihre Sünden und für ihr Wohlergehen. Er konnte sie nur als Sklaven ertragen; aber wo nicht er selbst befahl, hielt er eifersüchtig auf ihre Würde. Ein kürzlich eingetroffener Landjunker überhob sich: Felix kam darüber zu, wie er in der Mitte eines neugierigen Kreises stand, seinen ausgestreckten Arm für den Radius erklärte und ihn plötzlich rundum über die Gesichter fegte.

«Von welchem Hundekerl laßt ihr euch da ohrfeigen?» schrie Felix glühend.

«Nimm dich in acht, guter Freund», sagte der junge Graf, mit einem Blick von oben nach unten. Felix stieß, außer sich, die Arme in die Luft.

«Sprich so mit deinem Kuhjungen, nicht mit mir, nicht mit –»

Die Sprache versagte ihm.

«Du möchtest wohl Prügel?» fragte sein Feind. Der Kreis öffnete sich und wich zurück.

«Und du?» – vorspringend. Plötzlich bezwang er sich, schob die Hände in die Taschen.

«Prügel von mir sind zu gut für dich; aber ich *lasse* dich prügeln!»

Zu den andern:

«Verhaut ihn! … Nun? Er hat euch beleidigt. Macht euch das nichts? Er hat auch mich beleidigt. Ihr kennt mich. Nun?!»

Von seinen Worten, seinen Blicken kamen sie ruckweise in Bewegung. Sie lugten einer nach dem andern aus, suchten mit den Ellenbogen Fühlung: da, alle auf einmal, warfen sie sich auf den Angreifer ihres Herrn. Er fiel um; ihr Erfolg machte sie wild. Felix lehnte an der Mauer und sah zu.

«Genug! Er blutet!

Jetzt vertragt euch wieder!»

Und der verblüffte Neuling ward in die Schar aufgenommen, lernte gehorchen mit der Schar.

Felix übte sie. Der, dem er zurief: «Er lebe wohl!», hatte in wahnsinniger Hast zu verschwinden; und auf die Frage: «Wie geht's Ihm?» war es Gesetz, zu erwidern: «Mäßig»; worauf Felix, mit gekrümmter Lippe: «Es scheint so.» Irgendeiner mußte nach Dunkelwerden zur Stadt hinaus; mußte den Weg schweigend zurücklegen und an einem bestimmten Hause sein Bedürfnis verrichten. Es war nicht sicher, daß Felix von Verstößen gegen seine Gebote nicht auf mystischen Wegen Kenntnis erlangt haben würde; und je derber sie der Vernunft zuwiderliefen, desto fanatischer wurden sie ausgeführt. Der junge Graf brachte es dahin, daß er Punkt vier Uhr, allein in seinem Zimmer, einen Stock schwenkte und dreißigmal hurra schrie. Und nach jedem Hurra rief ein anderer, der vor dem Hause stand, hinauf: «Du Schaf!» Tägliche Pflicht des dicken Hans Butt war es, sich während der längsten Pause in die leere Klasse zu schleichen, sich auf den Boden zu legen und mit geschlossenen Augen zu harren, daß Felix ihn «entsündige». Felix kam die Treppe herauf, zwischen vier Trabanten, die an der Tür stehenblieben und das, was vorging, nicht mit Augen schauen durften. Er umkreiste dreimal den ausgestreckten Butt; kein Atem ging in dem weiten Zimmer; und ließ sich rittlings auf den Bauch des Patienten fallen. Butt konnte aufstehen.

Wenn er Butts Fett unter sich zittern und weichen fühlte, war Felix versucht, sich darauf auszuruhen. Er hatte die Empfindung, daß Butts Sünden wirklich in sein eigenes Fleisch hinüberflössen; die tierische Apathie des andern versuchte ihn; eine Gemeinschaft entstand, die ihn selbst anwiderte.

Butt stammte aus einer Gärtnerei und war durchtränkt mit dem friedlichen Geruch erdiger Gemüse, nach dem es Felix immer wieder verlangte wie nach einem Gift, das verachtete

Wonnen verspricht. Butts Schnaufen lockte ihn an; und Felix brauchte auf seinem brennenden Lauf nach einem Ziel, einer Tat nur in Butts Nähe zu kommen: Butt hing, hingewälzt, an der sonnigen Mauer: dann mußte Felix anhalten; Butts Dunst fing ihn ein. Er schob – und bekam nie genug davon – diesen willenlosen Kopf hin und her, der hängenblieb, wie man ihn hängte; hob diese trägen Gliedmaßen und ließ sie fallen; versenkte sich, mit einem erschlaffenden Grauen, in Butt wie in einen lauen Abgrund. Ein wütender Fußtritt bezeichnete den Augenblick, wo er wieder heraufkam.

Sein Schlaf ward unruhig; er erwachte manchmal mit Tränen bitterer Begierde und erinnerte sich schambestürzt, daß er im Traum Butts Körper betastet habe. Und er sann sich, mit Verachtung und Neid, in solch ein Wesen hinein, dessen Schwere nichts aufrüttelte, kein Ehrgeiz, kein Verantwortlichkeitssinn, weder die Not der selbstgeschaffenen Pflichten noch die jener Seltsamkeiten, die sich nicht gestehen ließen. Wenn die Unterworfenen einen Blick hätten tun können in das, was ihr Beherrscher verbarg! Daß er ihre Antwort auf den rituellen Zuruf: «Wie geht's Ihm?» mit immer neuer

Qual erwartete. Daß er das Ausbleiben dieses entsetzlichen «Mäßig» selbst während der Unterrichtsstunde nie ertragen haben würde und dem Zwang erlegen wäre, zur Erlangung seines Tributs dem Lehrer laut ins Wort zu fallen. Daß er die Schritte eines, den er zu sich beschied, zählen und abergläubische Schlüsse aus ihrer Summe ziehen mußte. Daß er – es ging nicht anders – jemanden, den er durch ein «Er lebe wohl!» zum jähen Verschwinden bestimmt hatte, in Angst und Eile von beiden Seiten, von vorn und nochmals von links ansah, als gälte es, ihn für immer auswendig zu lernen, und daß, hatte er dies nicht fertiggebracht, Stunden voll Pein kamen.

Wie leicht sie's eigentlich hatten, die, die sich ihm ergaben, ihn statt ihrer wollen ließen und nun ruhig schliefen. Ob man sich solch ein gemeines, stumpfsinniges Dasein wünschen sollte? Ach, manchmal wäre es eine Wohltat gewesen, jemand zu haben, der einem Befehle gäbe, einem alles abnähme. Felix stand in der Nacht auf, stellte sich mit der Kerze vor den Spiegel und ließ sich von seinem Gegenüber zurufen: «Streck die Zunge aus! Leg zwei Finger an die Stirn!

Nein, was für ein Unsinn! Das bin ich ja wieder selbst.»

Mit einem Blick des Überdrusses wandte er seinem Abbild den Rücken.

Dann rächte er sich an denen, die es soviel leichter hatten, machte die Probe, wie weit sich's wohl treiben ließ mit ihnen.

«Runge, spuck dem Butt ins Gesicht! ... Jetzt spuckt Butt den Weeke. Und Weeke den Graupel. Und so weiter.»

Sie taten es! Es war fabelhaft.

«Wer den andern auf die Nase trifft, wird mein Trabant!»

Er dachte: ‹Merken sie denn gar nicht, was sie tun? Sie jubeln! Warum zwingen sie mich, sie so furchtbar zu verachten? Da stehe ich ganz allein. Mich spuckt keiner, darauf verfallen sie nicht. Ich hätte wirklich Lust; oh, ich darf nicht; aber ich hätte Lust ...› Er holte, erregten Gesichtes, Butt aus dem Gedränge und sagte ihm etwas ins Ohr. Butt sah ihn tief erschrocken an.

«Wird's bald?» flüsterte Felix; und da Butt unschlüssig blieb, erhob er die Hand.

«Entweder oder!»

Da tappte Butt einen Schritt rückwärts, und

vor aller Augen spie er Felix mitten auf die Stirn.

Entsetzte Stille brach ein. Felix lachte leichtsinnig.

«Jetzt kommt was Neues. Ich tue alles, was Butt sagt.»

Die Menge blickte auf Butt und jauchzte befreit.

«Nun, Butt? Sag mal was! Was soll ich tun? Weißt du nichts? Soll ich rechtsum machen?»

Butt blieb ratlos, und die Menge krümmte sich.

«Soll ich auf einem Bein hüpfen? Hast du denn gar keine Phantasie? Befiehl mir doch dasselbe, was ich dir befohlen habe!»

Butt wagte mißtrauisch:

«Heb den Arm auf! Laß ihn wieder fallen!»

Felix tat es; und Butt wußte nicht weiter.

Aber in jeder Schulpause kam Felix auf das neue Spiel zurück. Er legte Butt nahe, was er ihm aufgeben solle.

«Du kannst alles von mir verlangen, was ich sonst von dir verlangt habe; hörst du: alles … Was mußtest du um diese Zeit immer tun?»

«Ich mußte mich entsündigen lassen», sagte Butt und wollte schon hin.

«Nein, ich!»

Und Felix ging hinauf und streckte sich auf den Boden. Mit geschlossenen Augen: «Weiter, Butt!»

Einige stießen Butt vor; andere zerrten ihn wieder zurück.

«Weiter, Butt!»

Butt schwankte ins Zimmer hinein. Er machte die Runde um Felix: einmal, zweimal und das drittemal.

«Was kommt jetzt, Butt?»

Alles hielt den Atem an. Den Finger am Mundwinkel, stand Butt und glotzte auf Felix hinab.

«Nein, das geht nicht!»; und er machte kehrt.

«Butt, du tust es!»

«Nein, das darf er nicht!» rief die Menge mit Entrüstung; – und sooft Felix hiervon wieder anfing, hinderte ihn derselbe dumpfe Widerstand. Er erfand ein anderes Mittel, Butt zu seinem Herrn zu machen.

«Butt, wo geht der Weg? Gradaus oder um den Baum herum?»

Butt antwortete in zweifelndem Ton, Felix tat, was er vorschrieb, und alle lachten Beifall.

Es war die Zeit der Schulausflüge.

«Butt, wo geht der Weg? Über die Brücke oder durch den Bach?»

Und Butt, Mut fassend:

«Durch den Bach!»

Felix sprang hinein, ohne nur die Füße zu entkleiden.

Wenn es zur Stunde läutete, fragte er noch rasch:

«Butt, wo geht der Weg?»

«Die Treppe hinauf!»; und Butt grunzte.

‹Wenn er gesagt hätte: nach Hause›, dachte Felix, ‹ich hätte es tun müssen; ich hätte es unbedingt tun müssen.› Ein Versuch lockte ihn angstvoll.

«Der Weg kann auch mal unter den Tischen durchgehn», erklärte er; und während der nächsten Stunde fragte er: «Butt, wo geht der Weg?»

«Unter den Tischen durch», sagte Butt und machte vor Schreck die Augen zu. Als er sie öffnete, war Felix fort.

«Was hat denn der dort unten zu suchen?» rief der Professor.

Blutrot, mit wirrem Blick kam Felix unter der letzten Bank hervor. Oh, die grausame Selbstvergewaltigung, die todverachtende Hingabe, mit der er sich hinabgestürzt hatte! Herrlicher fühlte dies sich an, als wenn sie auf seinen Befehl einander verprügelt hatten. Er begegnete, voll eines entsetzlich süßen Stolzes, in den Augen, die ihn untersuchten, der beginnenden Schadenfreude.

Bis dahin hatte Felix keinen Freund gehabt, hatte außerhalb der Schule mit niemand verkehrt. Jetzt trennte er sich nicht mehr von Butt, brachte ihm die fertigen Arbeiten, blieb bei ihm sitzen und sah ihn inständig an.

«Butt, wo geht der Weg?»

«In die Ecke … Die Treppe siebenmal rauf und runter … Ins Hundehaus.» Damit war Butt erschöpft. Unvermutet aber fand er etwas Praktisches.

«Zum Bäcker, Apfelkuchen holen.»

Dies wiederholte er, solange Felix' Mutter noch Geld gab.

«Butt, wo geht der Weg?»

«Zum Kuckuck.»

Und Felix lief vors Tor hinaus, strich mit Herzklopfen durch die Büsche, horchte, errötend und erblassend, in den Wald hinein und atmete, wie der Kuckuck rief, leidenschaftlich auf, als sei ihm das Leben geschenkt.

In der Schule prahlte Butt mit seiner Macht über den, dem alle gehorchen. Aber er bekam von ihnen Püffe dafür. Felix versuchte zu lachen, schämte sich gleich darauf seiner Verstellung und erklärte:

«Butt ist mein Freund: was geht es euch an?»

Er ward mißbilligend und scheu betrachtet; in den Winkeln tuschelte es über ihn; freche Blicke wagten sich hervor; ein kleiner Naiver trat an ihn hinan.

«Ist Butt eigentlich mehr als du?» fragte er hell.

Felix senkte, rot überflogen, die Stirn. Niemand sprach.

Alles Glück, auf das Felix sann, sollten die Sommerferien bringen, wenn er mit Butt allein wäre. Er erreichte es, daß seine Mutter auch dem Gärtnerssohn den Aufenthalt am Ukleisee bezahlte. Das Bauernhaus stand halb im Wasser. Aus ihrem Fenster fischten sie. Durch das von waldigen Ufern schwarz beschattete Wasser schwankte ihr plumper Kahn. Felix schoß Stöcke ins Wasser: das waren Torpedos; und verkündete Butt, seinem Kapitän, den Sieg. Butt ließ sich zu stolzen Kommandorufen hinreißen; aber als Felix ihm einen der Stöcke, den er aus dem Wasser zog, wegnahm und dabei behauptete, das sei ein Hai, er habe seinen Kapitän gerettet und dem Hai eine Stange durch den Rachen und den ganzen Leib getrieben, da kam Butt nicht mehr mit, erklärte alles für Unsinn und streckte sich ins Boot.

«Butt, wo geht der Weg?»

«Ins Wasser, das Boot schieben.»

Felix schwamm und schob. Er ermüdete.

«Butt, wo geht der Weg?»

Butt lag mit den Händen unter dem Kopf, blinzelte, schnaufte und genoß. Halbschlafend gedachte er der Zeit, als er für Felix umhergesprungen war, vor ihm gezittert hatte, sich von ihm hatte entsündigen lassen.

«Weiter», brummte er. Eine Weile darauf mußte Felix gestehen: «Ich kann nicht mehr. Wo geht der Weg?»

Butt wußte etwas Neues.

«Zu den –»

Aber er unterbrach sich, gutmütig grunzend.

«Ins Boot zurück.»

«Was wolltest du sagen, Butt?»

Felix war außerstand, sich darüber zu beruhigen. Butt erlustigte sich in seiner Erregung. In der Nacht ward er wachgerüttelt. Felix stand im Hemd vor seinem Bett.

«Butt, wo geht der Weg?»

«Donnerwetter, jetzt hört's auf! Zu den Fischen hinunter geht er!»

Im nächsten Augenblick, mit Geschrei:

«Nein! Nicht zu den Fischen! Ins Bett!»

Felix stieg zögernd von der Fensterbank herab.

«Du hast es doch gesagt.»

«Es war nicht wahr. Laß mich in Ruhe.»

«Du hast es aber doch gesagt.»

Am Morgen, als erstes Wort nach fiebrigem Schlaf, und unermüdlich Tag für Tag:

«Geht der Weg wirklich nicht zu den Fischen hinunter?»

«Na also: ja», machte Butt manchmal; aber dann rief er Felix zurück.

Die Schule fing wieder an. Felix betrat sie mit blassen, gehöhlten Wangen und starrem Blick. Er hatte keinen Sinn für die Vorgänge bei den anderen, für das, was Butt ihnen erzählte, für ihr Gelächter, wenn er sich zeigte. Von Zeit zu Zeit kam einer auf ihn zu, versetzte ihm wortlos einen langsamen Stoß mit der Schulter; und nach dieser Absage an den einstigen Herrn ging er mit saurer, strenger Miene weiter. Die Lider gesenkt, schlich Felix nur immer Butt nach, flüsterte etwas; Butt stieß mit der Schulter, wie die anderen: «Wer weiß!»; und Felix stammelte qualvoll:

«Du hast es aber gesagt.»

Eines Morgens war er nicht da. Am zweiten Tage erst fand Butt unter seinen Heften den Zettel, auf den Felix geschrieben hatte:

«Der Weg ging *doch* zu den Fischen hinunter.»

Der Untertan

Diederich Heßling war ein weiches Kind, das am liebsten träumte, sich vor allem fürchtete und viel an den Ohren litt. Ungern verließ er im Winter die warme Stube, im Sommer den engen Garten, der nach den Lumpen der Papierfabrik roch und über dessen Goldregen- und Fliederbäumen das hölzerne Fachwerk der alten Häuser stand. Wenn Diederich vom Märchenbuch, dem geliebten Märchenbuch, aufsah, erschrak er manchmal sehr. Neben ihm auf der Bank hatte ganz deutlich eine Kröte gesessen, halb so groß wie er selbst! Oder an der Mauer dort drüben stak bis zum Bauch in der Erde ein Gnom und schielte her!

Fürchterlicher als Gnom und Kröte war der Vater, und obendrein sollte man ihn lieben. Diederich liebte ihn. Wenn er genascht oder gelogen hatte, drückte er sich so lange schmatzend und scheu wedelnd am Schreibpult umher, bis Herr Heßling etwas merkte und den Stock von der Wand nahm. Jede nicht herausgekommene

Untat mischte in Diederichs Ergebenheit und Vertrauen einen Zweifel. Als der Vater einmal mit seinem invaliden Bein die Treppe herunterfiel, klatschte der Sohn wie toll in die Hände – worauf er weglief.

Kam er nach einer Abstrafung mit gedunsenem Gesicht und unter Geheul an der Werkstätte vorbei, dann lachten die Arbeiter. Sofort aber streckte Diederich nach ihnen die Zunge aus und stampfte. Er war sich bewußt: ‹Ich habe Prügel bekommen, aber von meinem Papa. Ihr wäret froh, wenn ihr auch Prügel von ihm bekommen könntet. Aber dafür seid ihr viel zuwenig.›

Er bewegte sich zwischen ihnen wie ein launenhafter Pascha; drohte ihnen bald, es dem Vater zu melden, daß sie sich Bier holten, und bald ließ er kokett aus sich die Stunde herausschmeicheln, zu der Herr Heßling zurückkehren sollte. Sie waren auf der Hut vor dem Prinzipal: er kannte sie, er hatte selbst gearbeitet. Er war Büttenschöpfer gewesen in den alten Mühlen, wo jeder Bogen mit der Hand geformt ward; hatte dazwischen alle Kriege mitgemacht und nach dem letzten, als jeder Geld fand, eine Papiermaschine kaufen können. Ein

Holländer und eine Schneidemaschine vervollständigten die Einrichtung. Er selbst zählte die Bogen nach. Die von den Lumpen abgetrennten Knöpfe durften ihm nicht entgehen. Sein kleiner Sohn ließ sich oft von den Frauen welche zustecken, dafür, daß er die nicht angab, die einige mitnahmen. Eines Tages hatte er so viele beisammen, daß ihm der Gedanke kam, sie beim Krämer gegen Bonbons umzutauschen. Es gelang – aber am Abend kniete Diederich, indes er den letzten Malzzucker zerlutschte, sich ins Bett und betete, angstgeschüttelt, zu dem schrecklichen lieben Gott, er möge das Verbrechen unentdeckt lassen. Er brachte es dennoch an den Tag. Dem Vater, der immer nur methodisch, Ehrenfestigkeit und Pflicht auf dem verwitterten Unteroffiziersgesicht, den Stock geführt hatte, zuckte diesmal die Hand, und in die eine Bürste seines silberigen Kaiserbartes lief, über die Runzeln hüpfend, eine Träne. «Mein Sohn hat gestohlen», sagte er außer Atem, mit dumpfer Stimme, und sah sich das Kind an wie einen verdächtigen Eindringling. «Du betrügst und stiehlst. Du brauchst nur noch einen Menschen totzuschlagen.»

Frau Heßling wollte Diederich nötigen, vor

dem Vater hinzufallen und ihn um Verzeihung zu bitten, weil der Vater seinetwegen geweint habe! Aber Diederichs Instinkt sagte ihm, daß dies den Vater nur noch mehr erbost haben würde. Mit der gefühlsseligen Art seiner Frau war Heßling durchaus nicht einverstanden. Sie verdarb das Kind fürs Leben. Übrigens ertappte er sie geradeso auf Lügen wie den Diedel. Kein Wunder, da sie Romane las! Am Sonnabendabend war nicht immer die Wochenarbeit getan, die ihr aufgegeben war. Sie klatschte, anstatt sich zu rühren, mit dem Mädchen … Und Heßling wußte noch nicht einmal, daß seine Frau auch naschte, gerade wie das Kind. Bei Tisch wagte sie sich nicht satt zu essen und schlich nachträglich an den Schrank. Hätte sie sich in die Werkstätte getraut, würde sie auch Knöpfe gestohlen haben.

Sie betete mit dem Kind «aus dem Herzen», nicht nach Formeln, und bekam dabei gerötete Wangenknochen. Sie schlug es auch, aber Hals über Kopf und verzerrt von Rachsucht. Oft war sie dabei im Unrecht. Dann drohte Diederich, sie beim Vater zu verklagen; tat so, als ginge er ins Kontor, und freute sich irgendwo hinter einer Mauer, daß sie nun Angst hatte. Ihre zärtlichen Stunden nützte er aus; aber er fühlte gar keine Achtung vor seiner Mutter. Ihre Ähnlichkeit mit ihm selbst verbot es ihm. Denn er achtete sich selbst nicht, dafür ging er mit einem zu schlechten Gewissen durch sein Leben, das vor den Augen des Herrn nicht hätte bestehen können.

Dennoch hatten die beiden von Gemüt überfließende Dämmerstunden. Aus den Festen preßten sie gemeinsam, vermittelst Gesang, Klavierspiel und Märchenerzählen, den letzten Tropfen Stimmung heraus. Als Diederich am Christkind zu zweifeln anfing, ließ er sich von der Mutter bewegen, noch ein Weilchen zu glauben, und er fühlte sich dadurch erleichtert, treu und gut. Auch an ein Gespenst, droben auf der Burg, glaubte er hartnäckig, und der Vater, der davon nichts hören wollte, schien ihm stolz, beinahe strafwürdig. Die Mutter nährte ihn mit Märchen. Sie teilte ihm ihre Angst mit vor den neuen, belebten Straßen und der Pferdebahn, die hindurchfuhr, und führte ihn über den Wall nach der Burg. Dort genossen sie das wohlige Grausen.

Ecke der Meisestraße hinwieder mußte man an einem Polizisten vorüber, der, wen er wollte, ins Gefängnis abführen konnte! Diederichs Herz klopfte beweglich; wie gern hätte er einen weiten Bogen gemacht! Aber dann würde der Polizist sein schlechtes Gewissen erkannt und ihn aufgegriffen haben. Es war vielmehr geboten, zu beweisen, daß man sich rein und ohne Schuld fühlte – und mit zitternder Stimme fragte Diederich den Schutzmann nach der Uhr.

Nach so vielen furchtbaren Gewalten, denen man unterworfen war, nach den Märchenkröten, dem Vater, dem lieben Gott, dem Burggespenst und der Polizei, nach dem Schornsteinfeger, der einen durch den ganzen Schlot schleifen konnte, bis man auch ein schwarzer Mann war, und dem Doktor, der einen im Hals pinseln durfte und schütteln, wenn man schrie – nach allen diesen Gewalten geriet nun Diederich unter eine noch furchtbarere, den Menschen auf einmal ganz verschlingende: die Schule. Diederich betrat sie heulend, und auch die Antworten, die er wußte, konnte er nicht geben, weil er heulen mußte. Allmählich lernte er den Drang zum Weinen gerade dann auszunützen, wenn er nicht gelernt hatte – denn alle

Angst machte ihn nicht fleißiger oder weniger träumerisch –, und vermied so, bis die Lehrer sein System durchschaut hatten, manche üblen Folgen. Dem ersten, der es durchschaute, schenkte er seine ganze Achtung; er war plötzlich still und sah ihn, über den gekrümmten und vors Gesicht gehaltenen Atem hinweg, voll scheuer Hingabe an. Immer blieb er den scharfen Lehrern ergeben und willfährig. Den gutmütigen spielte er kleine, schwer nachweisbare Streiche, deren er sich nicht rühmte. Mit viel größerer Genugtuung sprach er von einer Verheerung in den Zeugnissen, von einem riesigen Strafgericht. Bei Tisch berichtete er: «Heute hat Herr Behneke wieder drei durchgehauen.» Und wenn gefragt ward, wen: «Einer war ich.»

Denn Diederich war so beschaffen, daß die Zugehörigkeit zu einem unpersönlichen Ganzen, zu diesem unerbittlichen, menschenverachtenden, maschinellen Organismus, der das Gymnasium war, ihn beglückte, daß die Macht, die kalte Macht, an der er selbst, wenn auch nur leidend, teilhatte, sein Stolz war. Am Geburtstag des Ordinarius bekränzte man Katheder und Tafel. Diederich umwand sogar den Rohrstock.

Im Lauf der Jahre berührten zwei über Machthaber hereingebrochene Katastrophen ihn mit heiligem und süßem Schauder. Ein Hilfslehrer ward vor der Klasse vom Direktor heruntergemacht und entlassen. Ein Oberlehrer ward wahnsinnig. Noch höhere Gewalten, der Direktor und das Irrenhaus, waren hier gräßlich mit denen abgefahren, die bis eben so hohe Gewalt hatten. Von unten, klein, aber unversehrt, durfte man die Leichen betrachten und aus ihnen eine die eigene Lage mildernde Lehre ziehen.

Die Macht, die ihn in ihrem Räderwerk hatte, vor seinen jüngeren Schwestern vertrat Diederich sie. Sie mußten nach seinem Diktat schreiben und künstlich noch mehr Fehler machen, als ihnen von selbst gelangen, damit er mit roter Tinte wüten und Strafen austeilen konnte. Sie waren grausam. Die Kleinen schrien – und dann war es an Diederich, sich zu demütigen, um nicht verraten zu werden.

Er hatte, den Machthabern nachzuahmen, keinen Menschen nötig; ihm genügen Tiere, sogar Dinge. Er stand am Rande des Holländers und sah die Trommel die Lumpen ausschlagen. «Den hast du weg! Untersteht euch noch mal!

Infame Bande!» murmelte Diederich, und in seinen blassen Augen glomm es. Plötzlich duckte er sich; fast fiel er in das Chlorbad. Der Schritt eines Arbeiters hatte ihn aufgestört aus seinem lästerlichen Genuß.

Denn recht geheuer und seiner Sache gewiß fühlte er sich nur, wenn er selbst die Prügel bekam. Kaum je widerstand er dem Übel. Höchstens bat er den Kameraden: «Nicht auf den Rücken, das ist ungesund.»

Nicht, daß es ihm am Sinn für sein Recht und an Liebe zum eigenen Vorteil fehlte. Aber Diederich hielt dafür, daß Prügel, die er bekam, dem Schlagenden keinen praktischen Gewinn, ihm selbst keinen realen Verlust zufügten. Ernster als diese bloß idealen Werte nahm er die Schaumrolle, die der Oberkellner vom Netziger Hof ihm schon längst versprochen hatte, und mit der er nie herausrückte. Diederich machte unzählige Male ernsten Schrittes den Geschäftsweg die Meisestraße hinauf und zum Markt, um seinen befrackten Freund zu mahnen. Als der aber eines Tages von seiner Verpflichtung überhaupt nichts mehr wissen wollte, erklärte Diederich und stampfte ehrlich entrüstet auf: «Jetzt wird mir's doch zu bunt!

Wenn Sie nun nicht gleich herausrücken, sag ich's Ihrem Herrn!» Darauf lachte Schorsch und brachte die Schaumrolle.

Das war ein greifbarer Erfolg. Leider konnte Diederich ihn nur hastig und in Sorge genießen, denn es war zu fürchten, daß Wolfgang Buck, der draußen wartete, darüber zukam und den Anteil verlangte, der ihm versprochen war. Indes fand er Zeit, sich sauber den Mund zu wischen, und vor der Tür brach er in heftige Schimpfreden auf Schorsch aus, der ein Schwindler sei und gar keine Schaumrolle habe. Diederichs Gerechtigkeitsgefühl, das sich zu seinen Gunsten noch eben so kräftig geäußert hatte, schwieg vor den Ansprüchen des anderen – die man freilich nicht einfach außer acht lassen durfte, dafür war Wolfgangs Vater eine viel zu achtunggebietende Persönlichkeit. Der alte Herr Buck trug keinen steifen Kragen, sondern eine weißseidene Halsbinde und darüber einen großen weißen Knebelbart. Wie langsam und majestätisch er seinen oben goldenen Stock aufs Pflaster setzte! Und er hatte einen Zylinder auf, und unter seinem Überzieher sahen häufig Frackschöße hervor, mitten am Tage! Denn er ging in Versammlungen, er bekümmerte sich um die ganze Stadt. Von der Badeanstalt, vom Gefängnis, von allem, was öffentlich war, dachte Diederich: ‹Das gehört dem Herrn Buck.› Er mußte ungeheuer reich und mächtig sein. Alle, auch Herr Heßling, entblößten vor ihm lange den Kopf. Seinem Sohn mit Gewalt etwas abzunehmen, wäre eine Tat voll unabsehbarer Gefahren gewesen. Um von den großen Mächten, die er so sehr verehrte, nicht ganz erdrückt zu werden, mußte Diederich leise und listig zu Werk gehen.

Einmal nur, in Untertertia, geschah es, daß Diederich jede Rücksicht vergaß, sich blindlings betätigte und zum siegestrunkenen Unterdrücker ward. Er hatte, wie es üblich und geboten war, den einzigen Juden seiner Klasse gehänselt, nun aber schritt er zu einer ungewöhnlichen Kundgebung. Aus Klötzen, die zum Zeichnen dienten, erbaute er auf einem Katheder ein Kreuz und drückte den Juden davor in die Knie. Er hielt ihn fest, trotz allem Widerstand; er war stark! Was Diederich stark machte, war der Beifall ringsum, die Menge, aus der heraus Arme ihm halfen, die überwältigende Mehrheit drinnen und draußen. Denn durch ihn handelte die Christenheit von Netzig.

Wie wohl man sich fühlte bei geteilter Verantwortlichkeit und einem Selbstbewußtsein, das kollektiv war!

Nach dem Verrauchen des Rausches stellte wohl leichtes Bangen sich ein, aber das erste Lehrergesicht, dem Diederich begegnete, gab ihm allen Mut zurück; es war voll verlegenen Wohlwollens. Andere bewiesen ihm offen ihre Zustimmung. Diederich lächelte mit demütigem Einverständnis zu ihnen auf. Er bekam es leichter seitdem. Die Klasse konnte die Ehrung dem nicht versagen, der die Gunst des neuen Ordinarius besaß. Unter ihm brachte Diederich es zum Primus und zum geheimen Aufseher. Wenigstens die zweite dieser Ehrenstellen behauptete er auch später. Er war gut Freund mit allen, lachte, wenn sie ihre Streiche ausplauderten, ein ungeübtes, aber herzliches Lachen, als ernster junger Mensch, der Nachsicht hat mit dem Leichtsinn – und dann in der Pause, wenn er dem Professor das Klassenbuch vorlegte, berichtete er. Auch hinterbrachte er die Spitznamen der Lehrer und die aufrührerischen Reden, die gegen sie geführt worden waren. In seiner Stimme bebte, nun er sie wiederholte, noch etwas von dem wollüstigen Erschrecken, womit er sie, hinter gesenkten Lidern, angehört hatte. Denn er spürte, ward irgendwie an den Herrschenden gerüttelt, eine gewisse lasterhafte Befriedigung, etwas ganz unten sich Bewegendes, fast wie ein Haß, der zu seiner Sättigung rasch und verstohlen ein paar Bissen nahm. Durch die Anzeige der anderen sühnte er die eigene sündhafte Regung.

Andererseits empfand er gegen die Mitschüler, deren Fortkommen seine Tätigkeit in Frage stellte, zumeist keine persönliche Abneigung. Er benahm sich als pflichtmäßiger Vollstrecker einer harten Notwendigkeit. Nachher konnte er zu dem Getroffenen hintreten und ihn, fast ganz aufrichtig, beklagen. Einst ward mit seiner Hilfe einer gefaßt, der schon längst verdächtig war, alles abzuschreiben. Diederich überließ ihm, mit Wissen des Lehrers, eine mathematische Aufgabe, die in der Mitte absichtlich gefälscht und deren Endergebnis dennoch richtig war. Am Abend nach dem Zusammenbruch des Betrügers saßen einige Primaner vor dem Tor in einer Gartenwirtschaft, was zum Schluß der Turnspiele erlaubt war, und sangen. Diederich hatte den Platz neben seinem Opfer gesucht. Einmal, als ausgetrunken war, ließ er die Rechte vom Krug herab auf die des anderen gleiten, sah ihm treu in die Augen und stimmte in Baßtönen, die von Gemüt schleppten, ganz allein an:

«Ich hatt einen Kameraden,
Einen bessern findst du nit ...»

Übrigens genügte er bei zunehmender Schulpraxis in allen Fächern, ohne in einem das Maß des Geforderten zu überschreiten oder auf der Welt irgend etwas zu wissen, was nicht im Pensum vorkam. Der deutsche Aufsatz war ihm das Fremdeste, und wer sich darin auszeichnete, gab ihm ein unerklärtes Mißtrauen ein.

Seit seiner Versetzung nach Prima galt seine Gymnasialkarriere für gesichert, und bei Lehrern und Vater drang der Gedanke durch, er solle studieren. Der alte Heßling, der sechsundsechzig und einundsiebzig durch das Brandenburger Tor eingezogen war, schickte Diederich nach Berlin.

Die Deutschen und ihre Juden

Die deutschen Juden werden planmäßig vernichtet, daran ist nicht mehr zu zweifeln. Vorsichtige ältere Juden sagten vor zwei Jahren: «Wir leben doch in einem Rechtsstaat» – was sie für den unabänderlichen Schutz halten wollten gegen alle noch drohenden Ausschreitungen des Gefühls und der Propaganda. Damals waren die ersten Pogrome schon gewesen. Da dann Ruhe eintrat, konnte man sich einreden, das Gesetz wäre dennoch der stärkere Teil, nicht aber die Volksseele und ihre Lenker. Jetzt glaubt das niemand mehr. Es ist erwiesen, daß das nationalsozialistische Interesse über dem Gesetz steht und daß es Gesetze macht. Recht ist inzwischen geworden, was «dem deutschen Volke nützt», auch das Bösartigste, auch das Infamste.

Es ist dahin gekommen, daß die Juden auf die Gewalttaten der ersten Zeit wahrscheinlich zurückblicken wie auf ein Idyll. Sie wurden manchmal niedergeschlagen, manchmal verhöhnt und mit Plakaten auf der Brust durch die Straßen gejagt. Ihre Läden wurden tageweise boykottiert und einmalig geplündert: das alles ging noch. Sie konnten es auf Rechnung der bewegten Umstände, überhaupt der «Bewegung» setzen. Selbst die «Bewegung» braucht auf die Dauer die Norm, anstatt der Willkür. Gewiß – und grade die Willkür ist seitdem normalisiert worden. Pogrom und Boykott sind in die regelmäßigen sozialen Beziehungen eingeführt worden, sie haben jetzt ihre ordentliche Bestimmung sowohl im menschlichen Verkehr wie im Geschäftsleben. Der Jude, der 1935 mit einem sozusagen arischen Kaufmann über den Verkauf seines Geschäftes verhandeln muß, würde weit lieber den sozusagen arischen Janhagel von 1933 bei sich sehen. Der zertrümmerte die Einrichtung und stahl die Kasse; das läßt sich verschmerzen. Ein einsichtsvoller Jude, wie sie oft sind, erkennt darin die überschwengliche Laune eines Völkchens, das ihm wohlgefällig, ja, ein Gegenstand seiner wehmütigen Bewunderung wäre, wollte es nur nicht grade ihn als Opfer ausersehen.

Aber der arische Kaufmann 1935 handelt bewußt, anstatt im Rausch, alkoholischer oder nationaler Rausch. Keine Rede kann davon sein bei dem arischen Kaufmann, der dem Juden sein Geschäft abnehmen will für ein Zwanzigstel des Wertes. Er drückt sich zwar aus, wie ein normaler Unterhändler jederzeit gesprochen hätte; in der ganzen Welt sind solche Abschlüsse mit ähnlichen Sätzen eingeleitet worden. Anzug und Manieren des arischen Kaufmannes entsprechen gleichfalls der Übung und Übereinkunft, – wodurch die Täuschung erhöht wird. Denn vom ersten Wort an und schon vorher hat der Jude durchaus gewußt, daß hier nicht Gleichgestellte eine gesittete Auseinandersetzung haben: sondern es wird vergewaltigt, es wird enteignet, und die Zustimmung des Verkäufers wird erpreßt mit außergeschäftlichen Machtmitteln. Es sind nicht die Machtmittel des einzelnen arischen Kaufmannes, – man kann höchstens fragen: woher nimmt er den Mut, vor zwei Jahren hätte er dem nicht geglaubt, der ihm die Szene und seine Rolle darin vorhergesagt hätte. Wer aber durch ihn eigentlich handelt, ist sein Verein, eine Organisation zum zwangsweisen Aufkauf der jüdischen Geschäfte – dahinter steht drohend die Partei oder der Staat, man kann beides sagen, es ist dasselbe.

Während kurzer Wochen hatten die Juden vielleicht gehofft, daß die «Judengesetzgebung» das gegen sie erlaubte Unrecht festlegen und begrenzen würde. Es gibt eine Judengesetzgebung: so sieht jetzt der Rechtsstaat aus. Nein, auch die Judengesetze sagen nichts über die letzten wirklichen Erlebnisse der Juden, zum Beispiel über den Zwangsaufkauf ihrer Geschäfte. Ein Gesetz darüber wird vielleicht später erlassen werden, wenn das Verfahren alt genug ist und niemand mehr aufregt. Die Judengesetzgebung bleibt absichtlich hinter den Ereignissen zurück. Zuerst kommt jedesmal ein neuer Rechtsbruch, er wird geduldet, dringt in die Sitten und Gebräuche ein: dann folgt, in einem günstigen Augenblick, seine Rechtfertigung durch ein Gesetz. Die Welt muß gerade anderweitig stark beansprucht sein und darf nicht genau hinsehen. Zu der Zeit als in Nürnberg die ersten Judengesetze verkündet wurden, erregte Mussolini mehr Ärgernis bei der Welt als sie.

Außerdem betrafen sie nur die bürgerlichen Rechte der Juden, die allerdings auf nichts herabgesetzt wurden; praktisch waren sie aber schon vorher bei nichts angelangt. Die Stellung der Juden in der Wirtschaft dagegen ist gesetzlich auch jetzt noch gar nicht berührt worden, bis vor kurzem wurde sie sogar amtlich für unberührt erklärt. Inzwischen werden sie, unter Mitwirkung der Partei und des Staates, von sogenannten Ariern einzeln enteignet. Auch «Rassenschande» war lange nur der Vorwand dirigierter Ausschreitungen, bevor der Staat sie ordentlich in Paragraphen faßte. Der nationalsozialistische Staat hatte den Begriff der Rassenschande selbst aufgebracht und seinem Anhang eine neue Betätigung verschafft, Lynchjustiz gegen Rassenschande. Dann greift er ein und übernimmt die gesetzliche Bestrafung. Neuerdings wird die Bevölkerung angeregt, an Juden nichts Eßbares abzugeben. Vorbehalten bleibt, etwa infolge der Knappheit von Lebensmitteln, die vollständige, gnadenlose Aushungerung der Juden zum öffentlichen Recht zu erheben.

Das wäre der letzte Schritt. Sie sind keine Bürger mehr, haben keinen Anspruch auf die freie Geschlechtswahl, haben in Wirklichkeit auch die Freizügigkeit verloren, da jeder Ort einzeln sie mit der Aufschrift «unerwünscht» empfängt. Die Sicherheit des Eigentums ist nur für sie allein beseitigt worden, wenigstens offenkundig geschieht es vorerst nur ihnen. Die körperliche Sicherheit wird ihnen nicht mehr verbürgt: wer sie angreift, handelt in Notwehr, ihre Gefährlichkeit gilt für bewiesen durch ihr bloßes Dasein. Ihr Geld liegt fest, größere Abhebungen von einem jüdischen Guthaben werden verfolgt. Sie können das Land nur als Bettler verlassen, und können auch das nicht, denn alle Länder haben Bettler genug. Auf den ersten Blick erscheint das Schicksal dieser Menschen außerhalb jedes Vergleiches, ihr Lebensgefühl nahezu unvorstellbar. Das ist es aber mit nichten. Ihre Erlebnisse liegen durchaus auf dem deutschen Wege, und was jüdisch ist, das heißt in einem verkürzten, zusammengerafften Sinne: deutsch.

Die deutschen Juden sind, abgerechnet daß sie auch Juden sind, so deutsch wie alle anderen – und sind es mehr als manche Deutsche, die nicht in der tiefen Mitte der Nation sitzen, wie sie. Das sind lauter Kleinbürger und beflissene Schüler des deutschen Wesens, wenn nicht einfach seine unwissenden Erzeugnisse. Sie kennen kein anderes Wesen als das deutsche, keinem andern Schlag als dem deutschen haben sie sich auf Erden verbunden gefühlt. Die Kategorien des deutschen Denkens, nicht weniger als alle Gemeinplätze und Besonderheiten der deutschen Lebensgemeinschaft, die Juden sind darin völlig befangen. Eigentümlichkeiten zu pflegen, hatten sie schon längst weder Sinn noch Beruf. Eigentümlich, im Verhältnis zu Europa, sind die Deutschen selbst, und ihre Juden waren es mit ihnen. Größere Begabtheit, gesetzt, die Juden hätten sie oft, stempelt noch niemanden zur nationalen Ausnahme. Intellektualismus überhaupt ist eine soziale Tatsache, er ist nur das. Er kann so wenig «artwidrig» als «artgemäß» sein. Bedauerlich genug, daß Wahrheiten wie diese erst noch vorgetragen werden müssen.

Wären die deutschen Juden weniger deutsch, dann hätten sie es gerade dem Dritten Reich beweisen können – durch Widerstand gegen seine Angriffe. Das sollte nicht gehen? Sie wären zu wenige? Aber die rumänischen Juden zum Beispiel sind nicht zahlreicher; sie sind nur aufgewachsen in Gewohnheiten, die nichts Deutsches haben und weder von Gesetzfrömmigkeit noch vom Vertrauen auf den Staat bestimmt werden. Ein rumänischer Jude hat zu einem deutschen gesagt: «Ihr macht uns Schande, wie viel ihr euch bieten laßt. Bei uns zu Lande kommen Pogrome vor. Aber wenn die Leute eindringen in mein Haus, auf meinen Hof, ruf' ich: Halt! Oder alles fliegt in die Luft, mit mir und mit euch.» – «Bluff», war bei dieser Erzählung der erste Gedanke des deutschen Juden. «Es wäre nichts aufgeflogen.» Der Rumäne aber: «Doch. Alles.» Nun ist dies eine exotische Art, das Leben zu nehmen; es wäre ungerecht, sie von jedem zu verlangen; in deutschen Bureaus, an deutschen Stammtischen ist sie bis gestern nicht gediehen. Die deutschen Juden hatten keine Zeit gehabt, sie sich anzueignen, als es nützlich gewesen wäre. Die Nationalsozialisten haben sie in einem gesitteten Zustand der Wehrlosigkeit vorgefunden, wie übrigens alle anderen Deutschen. Darum eben besteht das Dritte Reich.

Das Schicksal der deutschen Juden ist furchtbar; verfolgt man indessen seine Fortsetzung, dann hat man das der Deutschen, ihrer untrennbaren Gefährten. Die Ausführungsbestimmungen der «Judengesetze» sind genau so kleinlich und peinlich wie alles, was durch die Hände des deutschen Spießers geht, besonders auf dem Gebiet des Grausigen. Die Einzelheiten der Hexen-Prozeßordnung überließen damals auch nichts dem Zufall; festgelegt war, wie die Fingernägel der Frauen beschaffen sein müßten, damit sie als Hexen verbrannt würden. Das ist deutsch, nur deutsch, die Genauigkeit im Abscheulichen. Derart sind jetzt die Blutmischungen sortiert, dreiviertel jüdisches, halbjüdisches, einviertel jüdisches Blut, und jede Sorte wird besonderen Befehlen oder Verboten unterworfen. Viertelsjuden dürfen nur arisch heiraten – als ob der Rassenzüchter vorhersehen könnte, was dabei herauskommt. Nachdem aber alles pedantisch eingereiht ist, erscheint ein einzelner Herr und behält sich vor, «Dispense» zu erteilen. Der einzelne Herr kann machen, daß ein Jude kein Jude mehr ist. Sein Belieben stößt die Natur um, es siegt über die «Rasse», um deretwillen das Gesetz vorgeblich beschlossen ist. Das ist deutsch, nur deutsch, der Trick und die Ungläubigkeit angesichts beschworener Grundsätze.

So wird mit allen Deutschen umgesprungen, keineswegs nur mit Juden. Die Menschenmenge, die das Objekt der Judengesetzgebung geworden ist, besteht nicht entfernt aus Juden:

ein «Arier» wird wegen Verkehrs mit Jüdinnen eingesperrt. Schon im «Rassischen» sind die Grenzen überschritten. Wie erst, was die bürgerliche Entrechtung betrifft, wie erst in Hinsicht der willkürlichen Enteignungen. Die große Mehrheit der Deutschen unterliegt Gesetzen, die den «Judengesetzen» kaum nachstehen. Aber sie stehen ihnen um etwas nach. Man könnte daher meinen, daß die «Judengesetze» nur gemacht worden sind als Entschädigung der Deutschen für ihre eigene Knechtschaft. Zwölf Millionen Vollbürger spielen in Deutschland eine Herrenkaste, ihnen unterworfen sind vierundfünfzig Millionen, einschließlich der Juden. Über das ersparte Vermögen der vierundfünfzig Millionen wird verfügt von denen, die sich Schlösser bauen und Leibwachen halten, aber ihre Lehr- und Wanderjahre vergingen einst in Anstalten für Minderwertige und Asylen für Entgleiste. Die Deutschen, denen ihre Ernährung täglich mehr erschwert wird, müssen sich sagen lassen, daß Kanonen wichtiger sind als Butter. «Weltherrschaft», auf so etwas vertröstet man eine heruntergekommene Gesellschaft von Deutschen, die noch nicht einmal sich selbst haben beherrschen können, und grade darum sind sie in solche Hände gefallen.

Wahrhaftig, die Deutschen nehmen den Weg ihrer Juden, erkennen sich übrigens in ihnen genau. Selbst unterworfen, selbst rechtlos, der äußeren Armut nahe und vernichtenden Katastrophen entgegengetrieben – geht eine größere Zahl von ihnen in der sittlichen Entartung weit genug, um das alles zu rächen an den noch Gequälteren. Grade dies war auch die Absicht ihrer Erzieher. Die Juden, die müssen Ungeheures erleiden, weil die übrigen Deutschen vieles erleiden. Alle zusammen sind dahin gelangt – nicht unvermittelt, nicht von gestern auf heute, sondern ausführlich und planmäßig bearbeitet durch eine Schicht, ach, zuerst war es nicht mehr als ein Haufe Ungeziefer. Aber die Schicht hat sich eingefunden und gebildet; sie ist keine Klasse, einige Klassen haben zu ihr beigetragen. Die Schicht, die jetzt herrscht, versammelt in sich alles, was bei den Deutschen durchaus schlecht und zweifellos lebensfeindlich ist. Das regierende Ungeziefer und seine zwölf Millionen Vollbürger: das konnte zur Macht kommen – mußte es sogar, weil lebensfeindliche Instinkte, mehr als anderswo, in

Deutschland herangezogen worden sind, durch lange Jahrhunderte einer unglücklichen Geschichte. Jetzt leidet! Eure Juden machen es euch vor, sie sind durch Leiden um einiges über euch erhöht. Der Berg des Leidens, den sie bewohnen, verläuft aber in das Land, und einmal höher, einmal tiefer, es ist dasselbe überall.

THOMAS MANN

Lübeck 1875–1955 Zürich

Abgang vom Gymnasium in Lübeck und Übersiedlung nach München 1893; 1894 Volontär einer Feuerversicherungsgesellschaft; 1895/96 Studium an der Technischen Hochschule; als freier Schriftsteller zwischen 1895 und 1898 Aufenthalte in Rom und Palestrina; Beginn des Romans Buddenbrooks, Verfall einer Familie *(erscheint zweibändig 1901). 1898/99 Redakteur des Simplicissimus; 1900 Militärdienst. 1905 Heirat mit Katia Pringsheim; sechs Kinder: Erika (1905), Klaus (1906), Golo (1909), Monika (1910), Elisabeth (1918), Michael (1919). 1929 Nobelpreis für Literatur; 1933 Emigration nach Sanary-sur-Mer in Frankreich, anschließend Küsnacht bei Zürich. 1936 Aberkennung der deutschen und Annahme der tschechischen Staatsbürgerschaft; 1938 Übersiedlung in die USA, Gastprofessor an der Universität Princeton. 1940 Umzug nach Kalifornien, ab 1944 amerikanischer Staatsbürger. 1949 erster Besuch Deutschlands (beider Staaten), 1952 Rückkehr nach Europa, Übersiedlung nach Kilchberg bei Zürich.*

Enttäuschung ist eine frühe Erzählung von Thomas Mann, sie erscheint 1898 bei S. Fischer, Berlin, zu einer Zeit also, in der erste Notizen zu den *Buddenbrooks* entstehen. «Der Schmerz hat seine Grenzen; der körperliche in der Ohnmacht, der seelische im Stumpfsinn, – es ist mit dem Glück nicht anders! Das menschliche Mitteilungsbedürfnis aber hat sich Laute erfunden, die über diese Grenzen hinweglügen. Liegt es an mir? Läuft nur mir die Wirkung gewisser Wörter auf eine Weise das Rückenmark hinunter, daß sie mir Ahnungen von Erlebnissen erwecken, die es gar nicht gibt?» resümiert programmatisch der Held dieser Geschichte.

Er habe in seiner Erzählung ***Der Tod in Venedig***, die 1912 erscheint, das «Problem der Künstlerwürde» darstellen wollen, «die Tragödie des Meistertums» und ursprünglich überhaupt zu der Zeit eine Goethe-Novelle geplant. Im Frühjahr 1911 unternimmt die Familie Mann eine Reise nach Venedig, sie hatten im Hôtel-des-Bains reserviert und trafen schon am ersten Tag «diese polnische Familie, die genau so aussah, wie mein Mann sie geschildert hat», so Katia Mann. Die ausgewählte Szene beschreibt den Moment der ersten Begegnung des Literaten Aschenbach mit dem Aristokratensohn Tadzio.

Der Essay ***«Bruder Hitler»*** wurde im März 1939 in englischer Fassung im Magazin *Esquire* veröffentlicht, drei Wochen später in der Zeitschrift *Das Neue Tage-Buch* dann auf deutsch. Es ist der Versuch, den Nationalsozialismus und «Hitler als Künstler oder Gegenkünstler dekadenzanalytisch» zu erfassen, so die Herausgeber der Essays von Thomas Mann Hermann Kurzke und Stephan Stachorski.

Enttäuschung

Ich gestehe, daß mich die Reden dieses sonderbaren Herrn ganz und gar verwirrten, und ich fürchte, daß ich auch jetzt noch nicht imstande sein werde, sie auf eine Weise zu wiederholen, daß sie andere in ähnlicher Weise berührten, wie an jenem Abend mich selbst. Vielleicht beruhte ihre Wirkung nur auf der befremdlichen Offenheit, mit der ein ganz Unbekannter sie mir äußerte …

Der Herbstvormittag, an dem mir jener Unbekannte auf der Piazza San Marco zum ersten Male auffiel, liegt nun etwa zwei Monate zurück. Auf dem weiten Platze bewegten sich nur wenige Menschen umher, aber vor dem bunten Wunderbau, dessen üppige und märchenhafte Umrisse und goldene Zierate sich in entzükkender Klarheit von einem zarten, lichtblauen Himmel abhoben, flatterten in leichtem Seewind die Fahnen; grade vor dem Hauptportal hatte sich um ein junges Mädchen, das Mais streute, ein ungeheures Rudel von Tauben versammelt, während immer mehr noch von allen Seiten herbeischossen … Ein Augenblick von unvergleichlich lichter und festlicher Schönheit.

Da begegnete ich ihm, und ich habe ihn, während ich schreibe, mit außerordentlicher Deutlichkeit vor Augen. Er war kaum mittelgroß und ging schnell und gebückt, während er seinen Stock mit beiden Händen auf dem Rükken hielt. Er trug einen schwarzen, steifen Hut, hellen Sommerüberzieher und dunkelgestreifte Beinkleider. Aus irgend einem Grunde hielt ich ihn für einen Engländer. Er konnte dreißig Jahre alt sein, vielleicht auch fünfzig. Sein Gesicht, mit etwas dicker Nase und müdeblickenden, grauen Augen, war glattrasiert, und um seinen Mund spielte beständig ein unerklärliches und ein wenig blödes Lächeln. Nur von Zeit zu Zeit blickte er, indem er die Augenbrauen hob, forschend um sich her, sah dann wieder vor sich zu Boden, sprach ein paar Worte mit sich selbst, schüttelte den Kopf und lächelte. So ging er beharrlich den Platz auf und nieder.

Von nun an beobachtete ich ihn täglich, denn er schien sich mit nichts anderem zu beschäftigen, als bei gutem wie bei schlechtem Wetter, vormittags wie nachmittags, dreißig- und fünfzigmal die Piazza auf und ab zu schreiten, immer allein und immer mit dem gleichen seltsamen Gebaren.

An dem Abend, den ich im Sinne habe, hatte eine Militärkapelle konzertiert. Ich saß an einem der kleinen Tische, die das Café Florian weit auf den Platz hinausstellt, und als nach Schluß des Konzertes die Menge, die bis dahin in dichten Strömen hin und wider gewogt war, sich zu zerstreuen begann, nahm der Unbekannte, auf abwesende Art lächelnd wie stets, an einem neben mir freigewordenen Tische Platz.

Die Zeit verging, rings umher ward es stiller und stiller, und schon standen weit und breit alle Tische leer. Kaum daß hier und da noch ein Mensch vorüberschlenderte; ein majestätischer Friede lagerte über dem Platz, der Himmel hatte sich mit Sternen bedeckt, und über der prachtvoll theatralischen Fassade von San Marco stand der halbe Mond.

Ich las, indem ich meinem Nachbar den Rükken zuwandte, in meiner Zeitung und war eben im Begriff, ihn allein zu lassen, als ich mich genötigt sah, mich halb nach ihm umzuwenden; denn während ich bislang nicht einmal das Geräusch einer Bewegung von ihm vernommen hatte, begann er plötzlich zu sprechen.

– Sie sind zum ersten Mal in Venedig, mein Herr? fragte er in schlechtem Französisch; und als ich mich bemühte, ihm in englischer Sprache zu antworten, fuhr er in dialektfreiem Deutsch zu sprechen fort mit einer leisen und heiseren Stimme, die er oft durch ein Hüsteln aufzufrischen suchte.

– Sie sehen das alles zum ersten Male? Es erreicht Ihre Erwartungen? – Übertrifft es sie vielleicht sogar? – Ah! Sie haben es sich nicht schöner gedacht? – Das ist wahr? – Sie sagen das nicht nur, um glücklich und beneidenswert zu erscheinen? – Ah! – Er lehnte sich zurück und betrachtete mich mit schnellem Blinzeln und einem ganz unerklärlichen Gesichtsausdruck.

Die Pause, die eintrat, währte lange, und ohne zu wissen, wie dieses seltsame Gespräch fortzusetzen sei, war ich aufs neue im Begriff, mich zu erheben, als er sich hastig vorbeugte.

– Wissen Sie, mein Herr, was das ist: Enttäuschung? fragte er leise und eindringlich, indem er sich mit beiden Händen auf seinen Stock lehnte. – Nicht im Kleinen und Einzelnen ein Mißlingen, ein Fehlschlagen, sondern die große, die allgemeine Enttäuschung, die Enttäuschung, die alles, das ganze Leben einem bereitet? Sicherlich, Sie kennen sie nicht. Ich aber bin von Jugend auf mit ihr umhergegangen, und sie hat mich einsam, unglücklich und ein wenig wunderlich gemacht, ich leugne es nicht.

Wie könnten Sie mich bereits verstehen, mein Herr? Vielleicht aber werden Sie es, wenn ich Sie bitten darf, mir zwei Minuten lang zuzuhören. Denn wenn es gesagt werden kann, so ist es schnell gesagt …

Lassen Sie mich erwähnen, daß ich in einer ganz kleinen Stadt aufgewachsen bin in einem Pastorhause, in dessen überreinlichen Räumen ein altmodisch pathetischer Gelehrtenoptimismus herrschte, und in dem man eine eigentümliche Atmosphäre von Kanzelrhetorik einatmete – von diesen großen Wörtern für Gut und Böse, Schön und Häßlich, die ich so bitterlich hasse, weil sie vielleicht, sie allein an meinem Leiden die Schuld tragen.

Das Leben bestand für mich schlechterdings aus großen Wörtern, denn ich kannte nichts davon als die ungeheuren und wesenlosen Ahnungen, die diese Wörter in mir hervorriefen. Ich erwartete von den Menschen das göttlich Gute und das haarsträubend Teuflische; ich erwartete vom Leben das entzückend Schöne und das Gräßliche, und eine Begierde nach alledem erfüllte mich, eine tiefe, angstvolle Sehnsucht nach der weiten Wirklichkeit, nach dem Erlebnis, gleichviel welcher Art, nach dem berauschend herrlichen Glück und dem unsäglich, unahnbar furchtbaren Leiden.

Ich erinnere mich, mein Herr, mit einer traurigen Deutlichkeit der ersten Enttäuschung meines Lebens, und ich bitte Sie, zu bemerken, daß sie keineswegs in dem Fehlschlagen einer schönen Hoffnung bestand, sondern in dem Eintritt eines Unglücks. Ich war beinahe noch ein Kind, als ein nächtlicher Brand in meinem väterlichen Hause entstand. Das Feuer hatte heimlich und tückisch um sich gegriffen, bis an meine Kammertür brannte das ganze kleine Stockwerk, und auch die Treppe war nicht weit entfernt, in Flammen aufzugehen. Ich war der erste, der es bemerkte, und ich weiß, daß ich durch das Haus stürzte, indem ich einmal über das andere den Ruf hervorstieß: «Nun brennt es! Nun brennt es!» Ich entsinne mich dieses Wortes mit großer Genauigkeit, und ich weiß auch, welches Gefühl ihm zu Grunde lag, obgleich es mir damals kaum zum Bewußtsein gekommen sein mag. Dies ist, so empfand ich, eine Feuersbrunst; nun erlebe ich sie! Schlimmer ist es nicht? Das ist das Ganze? …

Gott weiß, daß es keine Kleinigkeit war. Das ganze Haus brannte nieder, wir alle retteten uns mit Mühe aus äußerster Gefahr, und ich selbst trug ganz beträchtliche Verletzungen davon. Auch wäre es unrichtig, zu sagen, daß meine Phantasie den Ereignissen vorgegriffen und mir einen Brand des Elternhauses entsetzlicher ausgemalt hätte. Aber ein vages Ahnen, eine gestaltlose Vorstellung von etwas noch weit Gräßlicherem hatte in mir gelebt, und im Vergleich damit erschien die Wirklichkeit mir matt. Die Feuersbrunst war mein erstes großes Erlebnis: eine furchtbare Hoffnung wurde damit enttäuscht.

Fürchten Sie nicht, daß ich fortfahren werde, Ihnen meine Enttäuschungen im einzelnen zu berichten. Ich begnüge mich damit, zu sagen, daß ich mit unglücklichem Eifer meine großartigen Erwartungen vom Leben durch tausend

Bücher nährte: durch die Werke der Dichter. Ach, ich habe gelernt, sie zu hassen, diese Dichter, die ihre großen Wörter an alle Wände schreiben und sie mit einer in den Vesuv getauchten Ceder am liebsten an die Himmelsdecke malen möchten – während doch ich nicht umhin kann, jedes große Wort als eine Lüge oder als einen Hohn zu empfinden!

Verzückte Poeten haben mir vorgesungen, die Sprache sei arm, ach, sie sei arm – oh nein, mein Herr! Die Sprache, dünkt mich, ist reich, ist überschwenglich reich im Vergleich mit der Dürftigkeit und Begrenztheit des Lebens. Der Schmerz hat seine Grenzen: der körperliche in der Ohnmacht, der seelische im Stumpfsinn, – es ist mit dem Glück nicht anders! Das menschliche Mitteilungsbedürfnis aber hat sich Laute erfunden, die über diese Grenzen hinweglügen.

Liegt es an mir? Läuft nur mir die Wirkung gewisser Wörter auf eine Weise das Rückenmark hinunter, daß sie mir Ahnungen von Erlebnissen erwecken, die es gar nicht gibt?

Ich bin in das berühmte Leben hinausgetreten, voll von dieser Begierde nach einem, einem Erlebnis, das meinen großen Ahnungen entspräche. Gott helfe mir, es ist mir nicht zuteil geworden! Ich bin umhergeschweift, um die gepriesensten Gegenden der Erde zu besuchen, um vor die Kunstwerke hinzutreten, um die die Mehrheit mit den größten Wörtern tanzt; ich habe davor gestanden und mir gesagt: Es ist schön. Und doch: Schöner ist es nicht? Das ist das Ganze?

Ich habe keinen Sinn für Tatsächlichkeiten; das sagt vielleicht alles. Irgendwo in der Welt stand ich einmal im Gebirge an einer tiefen, schmalen Schlucht. Die Felsenwände waren nackt und senkrecht, und drunten brauste das Wasser über die Blöcke vorbei. Ich blickte hinab und dachte: Wie, wenn ich stürzte? Aber ich hatte Erfahrung genug, mir zu antworten: Wenn es geschähe, so würde ich im Falle zu mir sprechen: Nun stürzt du hinab, nun ist es Tatsache! Was ist das nun eigentlich? –

Wollen Sie mir glauben, daß ich genug erlebt habe, um ein wenig mitreden zu können? Vor Jahren liebte ich ein Mädchen, ein zartes und holdes Geschöpf, das ich an meiner Hand und unter meinem Schutz gern dahingeführt hätte; sie aber liebte mich nicht, das war kein Wunder, und ein anderer durfte sie schützen ... Gibt es ein Erlebnis, das leidvoller wäre? Gibt es etwas

Peinigenderes als diese herbe Drangsal, die mit Wollust grausam vermengt ist? Ich habe manche Nacht mit offenen Augen gelegen, und trauriger, quälender als alles übrige war stets der Gedanke: Dies ist der große Schmerz! Nun erlebe ich ihn! – Was ist das nun eigentlich? –

Ist es nötig, daß ich Ihnen auch von meinem Glücke spreche? Denn auch das Glück habe ich erlebt, auch das Glück hat mich enttäuscht … Es ist nicht nötig; denn dies alles sind plumpe Beispiele, die Ihnen nicht klar machen werden, daß es das Leben im ganzen und allgemeinen ist, das Leben in seinem mittelmäßigen, uninteressanten und matten Verlaufe, das mich enttäuscht hat, enttäuscht, enttäuscht.

«Was ist», schreibt der junge Werther einmal, «der Mensch, der gepriesene Halbgott? Ermangeln ihm nicht eben da die Kräfte, wo er sie am nötigsten braucht? Und wenn er in Freude sich aufschwingt oder in Leiden versinkt, wird er nicht in beiden eben da aufgehalten, eben da zu dem stumpfen, kalten Bewußtsein wieder zurückgebracht, da er sich in der Fülle des Unendlichen zu verlieren sehnte?»

Ich gedenke oft des Tages, an dem ich das Meer zum ersten Male erblickte. Das Meer ist groß, das Meer ist weit, mein Blick schweifte vom Strande hinaus und hoffte, befreit zu sein: dort hinten aber war der Horizont. Warum habe ich einen Horizont? Ich habe vom Leben das Unendliche erwartet.

Vielleicht ist er enger, mein Horizont, als der anderer Menschen? Ich habe gesagt, mir fehle der Sinn für Tatsächlichkeiten, – habe ich vielleicht zu viel Sinn dafür? Kann ich zu bald nicht mehr? Bin ich zu schnell fertig? Kenne ich Glück und Schmerz nur in den niedrigsten Graden, nur in verdünntem Zustande?

Ich glaube es nicht; und ich glaube den Menschen nicht, ich glaube den wenigsten, die angesichts des Lebens in die großen Wörter der Dichter einstimmen – es ist Feigheit und Lüge! Haben Sie übrigens bemerkt, mein Herr, daß es Menschen gibt, die so eitel sind und so gierig nach der Hochachtung und dem heimlichen Neide der anderen, daß sie vorgeben, nur die großen Wörter des Glücks erlebt zu haben, nicht aber die des Leidens?

Es ist dunkel, und Sie hören mir kaum noch zu; darum will ich es mir heute noch einmal gestehen, daß auch ich, ich selbst es einst versucht habe, mit diesen Menschen zu lügen, um mich vor mir und den anderen als glücklich hinzustellen. Aber es ist manches Jahr her, daß diese Eitelkeit zusammenbrach, und ich bin einsam, unglücklich und ein wenig wunderlich geworden, ich leugne es nicht.

Es ist meine Lieblingsbeschäftigung, bei Nacht den Sternenhimmel zu betrachten, denn ist das nicht die beste Art, von der Erde und vom Leben abzusehen? Und vielleicht ist es verzeihlich, daß ich es mir dabei angelegen sein lasse, mir meine Ahnungen wenigstens zu wahren? Von einem befreiten Leben zu träumen, in dem die Wirklichkeit in meinen großen Ahnungen ohne den quälenden Rest der Enttäuschung aufgeht? Von einem Leben, in dem es keinen Horizont mehr gibt? …

Ich träume davon, und ich erwarte den Tod. Ach, ich kenne ihn bereits so genau, den Tod, diese letzte Enttäuschung! Das ist der Tod, werde ich im letzten Augenblicke zu mir sprechen; nun erlebe ich ihn! – Was ist das nun eigentlich? –

Aber es ist kalt geworden auf dem Platze, mein Herr; ich bin imstande, das zu empfinden, hehe! Ich empfehle mich Ihnen aufs allerbeste. Adieu …

Gustav von Aschenbach war etwas unter Mittelgröße, brünett, rasiert. Sein Kopf erschien ein wenig zu groß im Verhältnis zu der fast zierlichen Gestalt. Sein rückwärts gebürstetes Haar, am Scheitel gelichtet, an den Schläfen sehr voll und stark ergraut, umrahmte eine hohe, zerklüftete und gleichsam narbige Stirn. Der Bügel einer Goldbrille mit randlosen Gläsern schnitt in die Wurzel der gedrungenen, edel gebogenen Nase ein. Der Mund war groß, oft schlaff, oft plötzlich schmal und gespannt; die Wangenpartie mager und gefurcht, das wohlausgebildete Kinn weich gespalten. Bedeutende Schicksale schienen über dies meist leidend seitwärts geneigte Haupt hinweggegangen zu sein, und doch war die Kunst es gewesen, die hier jene physiognomische Durchbildung übernommen hatte, welche sonst das Werk eines schweren, bewegten Lebens ist. Hinter dieser Stirn waren die blitzenden Repliken des Gesprächs zwischen Voltaire und dem

Könige über den Krieg geboren; diese Augen, müde und tief durch die Gläser blickend, hatten das blutige Inferno der Lazarette des Siebenjährigen Krieges gesehen. Auch persönlich genommen ist ja die Kunst ein erhöhtes Leben. Sie beglückt tiefer, sie verzehrt rascher. Sie gräbt in das Antlitz ihres Dieners die Spuren imaginärer und geistiger Abenteuer, und sie erzeugt, selbst bei klösterlicher Stille des äußeren Daseins, auf die Dauer eine Verwöhntheit, Überfeinerung, Müdigkeit und Neugier der Nerven, wie ein Leben voll ausschweifender Leidenschaften und Genüsse sie kaum hervorzubringen vermag.

Mehrere Geschäfte weltlicher und literarischer Natur hielten den Reiselustigen noch etwa zwei Wochen nach jenem Spaziergang in München zurück. Er gab endlich Auftrag, sein Landhaus binnen vier Wochen zum Einzuge instandzusetzen und reiste an einem Tage zwischen Mitte und Ende des Mai mit dem Nachtzuge nach Triest, wo er nur vierundzwanzig Stunden verweilte und sich am nächstfolgenden Morgen nach Pola einschiffte.

Was er suchte, war das Fremdartige und Bezuglose, welches jedoch rasch zu erreichen wäre, und so nahm er Aufenthalt auf einer seit einigen Jahren gerühmten Insel der Adria, unfern der istrischen Küste gelegen, mit farbig zerlumptem, in wildfremden Lauten redendem Landvolk und schön zerrissenen Klippenpartien dort, wo das Meer offen war. Allein Regen und schwere Luft, eine kleinweltliche, geschlossen österreichische Hotelgesellschaft und der Mangel jenes ruhevoll innigen Verhältnisses zum Meere, das nur ein sanfter, sandiger Strand gewährt, verdrossen ihn, ließen ihn nicht das Bewußtsein gewinnen, den Ort seiner Bestimmung getroffen zu haben; ein Zug seines Innern, ihm war noch nicht deutlich, wohin, beunruhigte ihn, er studierte Schiffsverbindungen, er blickte suchend umher, und auf einmal, zugleich überraschend und selbstverständlich, stand ihm sein Ziel vor Augen. Wenn man über Nacht das Unvergleichliche, das märchenhaft Abweichende zu erreichen wünschte, wohin ging man? Aber das war klar. Was sollte er hier? Er war fehlgegangen. Dorthin hatte er reisen wollen. Er säumte nicht, den irrigen Aufenthalt zu kündigen. Anderthalb Wochen nach seiner Ankunft auf der Insel trug ein geschwindes Motorboot ihn und sein Gepäck in dunstiger Frühe über die Wasser in den Kriegshafen zurück, und er ging dort nur an Land, um sogleich über einen Brettersteg das feuchte Verdeck eines Schiffes zu beschreiten, das unter Dampf zur Fahrt nach Venedig lag.

(…)

Er gab Weisung, sein Gepäck ins Bäder-Hotel zu bringen und folgte dem Karren durch die Allee, die weißblühende Allee, welche, Tavernen, Basare, Pensionen zu beiden Seiten, quer über die Insel zum Strande läuft.

Er betrat das weitläufige Hotel von hinten, von der Gartenterrasse aus und begab sich durch die große Halle und die Vorhalle ins Office. Da er angemeldet war, wurde er mit dienstfertigem Einverständnis empfangen. Ein Manager, ein kleiner, leiser, schmeichelnd höflicher Mann mit schwarzem Schnurrbart und in französisch geschnittenem Gehrock, begleitete ihn im Lift zum zweiten Stockwerk hinauf und wies ihm sein Zimmer an, einen angenehmen, in Kirschholz möblierten Raum, den man mit stark duftenden Blumen geschmückt hatte und dessen hohe Fenster die Aussicht aufs offene

Meer gewährten. Er trat an eins davon, nachdem der Angestellte sich zurückgezogen, und während man hinter ihm sein Gepäck hereinschaffte und im Zimmer unterbrachte, blickte er hinaus auf den nachmittäglich menschenarmen Strand und die unbesonnte See, die Flutzeit hatte und niedrige, gestreckte Wellen in ruhigem Gleichtakt gegen das Ufer sandte.

Die Beobachtungen und Begegnisse des Einsam-Stummen sind zugleich verschwommener und eindringlicher, als die des Geselligen, seine Gedanken schwerer, wunderlicher und nie ohne einen Anflug von Traurigkeit. Bilder und Wahrnehmungen, die mit einem Blick, einem Lachen, einem Urteilsaustausch leichthin abzutun wären, beschäftigen ihn über Gebühr, vertiefen sich im Schweigen, werden bedeutsam, Erlebnis, Abenteuer, Gefühl. Einsamkeit zeitigt das Originale, das gewagt und befremdend Schöne, das Gedicht. Einsamkeit zeitigt aber auch das Verkehrte, das Unverhältnismäßige, das Absurde und Unerlaubte. – So beunruhigten die Erscheinungen der Herreise, der gräßliche alte Stutzer mit seinem Gefasel vom Liebchen, der verpönte, um seinen Lohn geprellte Gondolier, noch jetzt das Gemüt des Reisenden. Ohne der Vernunft Schwierigkeiten zu bieten, ohne eigentlich Stoff zum Nachdenken zu geben, waren sie dennoch grundsonderbar von Natur, wie es ihm schien, und beunruhigend wohl eben durch diesen Widerspruch. Dazwischen grüßte er das Meer mit den Augen und empfand Freude, Venedig in so leicht erreichbarer Nähe zu wissen. Er wandte sich endlich, badete sein Gesicht, traf gegen das Zimmermädchen einige Anordnungen zur Vervollständigung seiner Bequemlichkeit und ließ sich von dem grüngekleideten Schweizer, der den Lift bediente, ins Erdgeschoß hinunterfahren.

Er nahm seinen Tee auf der Terrasse der Seeseite, stieg dann hinab und verfolgte den Promenadenquai eine gute Strecke in der Richtung auf das Hotel Excelsior. Als er zurückkehrte, schien es schon an der Zeit, sich zur Abendmahlzeit umzukleiden. Er tat es langsam und genau, nach seiner Art, da er bei der Toilette zu arbeiten gewöhnt war, und fand sich trotzdem ein wenig verfrüht in der Halle ein, wo er einen großen Teil der Hotelgäste, fremd untereinander und in gespielter gegenseitiger Teilnahmslosigkeit, aber in der gemeinsamen Erwartung des Essens, versammelt fand. Er nahm eine Zeitung vom Tische, ließ sich in einen Ledersessel nieder und betrachtete die Gesellschaft, die sich von derjenigen seines ersten Aufenthaltes in einer ihm angenehmen Weise unterschied.

Ein weiter, duldsam vieles umfassender Horizont tat sich auf. Gedämpft vermischten sich die Laute der großen Sprachen. Der weltgültige Abendanzug, eine Uniform der Gesittung, faßte äußerlich die Spielarten des Menschlichen zu anständiger Einheit zusammen. Man sah die trockene und lange Miene des Amerikaners, die vielgliedrige russische Familie, englische Damen, deutsche Kinder mit französischen Bonnen. Der slawische Bestandteil schien vorzuherrschen. Gleich in der Nähe ward polnisch gesprochen.

Es war eine Gruppe halb und kaum Erwachsener, unter der Obhut einer Erzieherin oder Gesellschafterin um ein Rohrtischchen versammelt: Drei junge Mädchen, fünfzehn- bis siebzehnjährig, wie es schien, und ein langhaariger Knabe von vielleicht vierzehn Jahren. Mit Erstaunen bemerkte Aschenbach, daß der Knabe vollkommen schön war. Sein Antlitz, bleich und anmutig verschlossen, von honigfarbenem Haar umringelt, mit der gerade abfallenden

Nase, dem lieblichen Munde, dem Ausdruck von holdem und göttlichem Ernst, erinnerte an griechische Bildwerke aus edelster Zeit, und bei reinster Vollendung der Form war es von so einmalig persönlichem Reiz, daß der Schauende weder in Natur noch bildender Kunst etwas ähnlich Geglücktes angetroffen zu haben glaubte. Was ferner auffiel, war ein offenbar grundsätzlicher Kontrast zwischen den erzieherischen Gesichtspunkten, nach denen die Geschwister gekleidet und allgemein gehalten schienen. Die Herrichtung der drei Mädchen, von denen die Älteste für erwachsen gelten konnte, war bis zum Entstellenden herb und keusch. Eine gleichmäßig klösterliche Tracht, schieferfarben, halblang, nüchtern und gewollt unkleidsam von Schnitt, mit weißen Fallkrägen als einziger Aufhellung, unterdrückte und verhinderte jede Gefälligkeit der Gestalt. Das glatt und fest an den Kopf geklebte Haar ließ die Gesichter nonnenhaft leer und nichtssagend erscheinen. Gewiß, es war eine Mutter, die hier waltete, und sie dachte nicht einmal daran, auch auf den Knaben die pädagogische Strenge anzuwenden, die ihr den Mädchen gegenüber geboten schien. Weichheit und Zärtlichkeit bestimmten ersichtlich seine Existenz. Man hatte sich gehütet, die Schere an sein schönes Haar zu legen; wie beim Dornauszieher lockte es sich in die Stirn, über die Ohren und tiefer noch in den Nacken. Das englische Matrosenkostüm, dessen bauschige Ärmel sich nach unten verengerten und die feinen Gelenke seiner noch kindlichen, aber schmalen Hände knapp umspannten, verlieh mit seinen Schnüren, Maschen und Stickereien der zarten Gestalt etwas Reiches und Verwöhntes. Er saß, im Halbprofil gegen den Betrachtenden, einen Fuß im schwarzen Lackschuh vor den andern gestellt, einen Ellenbogen auf die Armlehne seines Korbsessels gestützt, die Wange an die geschlossene Hand geschmiegt, in einer Haltung von lässigem Anstand und ganz ohne die fast untergeordnete Steifheit, an die seine weiblichen Geschwister gewöhnt schienen. War er leidend? Denn die Haut seines Gesichtes stach weiß wie Elfenbein gegen das goldige Dunkel der umrahmenden Locken ab. Oder war er einfach ein verzärteltes Vorzugskind, von parteilicher und launischer Liebe getragen? Aschenbach war geneigt, dies zu glauben. Fast jedem Künstlernaturell ist ein üppiger und verräterischer Hang eingeboren, Schönheit schaffende Ungerechtigkeit anzuerkennen und aristokratischer Bevorzugung Teilnahme und Huldigung entgegenzubringen.

Ein Kellner ging umher und meldete auf englisch, daß die Mahlzeit bereit sei. Allmählich verlor sich die Gesellschaft durch die Glastür in den Speisesaal. Nachzügler, vom Vestibül, von den Lifts kommend, gingen vorüber. Man hatte drinnen zu servieren begonnen, aber die jungen Polen verharrten noch um ihr Rohrtischchen, und Aschenbach, in tiefem Sessel behaglich aufgehoben und übrigens das Schöne vor Augen, wartete mit ihnen.

Die Gouvernante, eine kleine und korpulente Halbdame mit rotem Gesicht, gab endlich das Zeichen, sich zu erheben. Mit hochgezogenen Brauen schob sie ihren Stuhl zurück und verneigte sich, als eine große Frau, grau-weiß gekleidet und sehr reich mit Perlen geschmückt, die Halle betrat. Die Haltung dieser Frau war kühl und gemessen, die Anordnung ihres leicht gepuderten Haares sowohl wie die Machart ihres Kleides von jener Einfachheit, die überall da den Geschmack bestimmt, wo Frömmigkeit als Bestandteil der Vornehmheit gilt. Sie hätte die Frau eines hohen deutschen Beamten sein können. Etwas phantastisch Luxuriöses kam in ihre Erscheinung einzig durch ihren Schmuck, der in der Tat kaum schätzbar war und aus Ohrgehängen, sowie einer dreifachen, sehr langen Kette kirschengroßer, mild schimmernder Perlen bestand.

Die Geschwister waren rasch aufgestanden. Sie beugten sich zum Kuß über die Hand ihrer Mutter, die mit einem zurückhaltenden Lächeln ihres gepflegten, doch etwas müden und spitznäsigen Gesichtes über ihre Köpfe hinwegblickte und einige Worte in französischer Sprache an die Erzieherin richtete. Dann schritt sie zur Glastür. Die Geschwister folgten ihr: die Mädchen in der Reihenfolge ihres Alters, nach ihnen die Gouvernante, zuletzt der Knabe. Aus irgendeinem Grunde wandte er sich um, bevor er die Schwelle überschritt, und da niemand sonst mehr in der Halle sich aufhielt, begegneten seine eigentümlich dämmergrauen Augen denen Aschenbachs, der, seine Zeitung auf den Knien, in Anschauung versunken, der Gruppe nachblickte.

Was er gesehen, war gewiß in keiner Einzelheit auffallend gewesen. Man war nicht vor der

Mutter zu Tische gegangen, man hatte sie erwartet, sie ehrerbietig begrüßt und beim Eintritt in den Saal gebräuchliche Formen beobachtet. Allein das alles hatte sich so ausdrücklich, mit einem solchen Akzent von Zucht, Verpflichtung und Selbstachtung dargestellt, daß Aschenbach sich sonderbar ergriffen fühlte. Er zögerte noch einige Augenblicke, ging dann auch seinerseits in den Speisesaal hinüber und ließ sich sein Tischchen anweisen, das, wie er mit einer kurzen Regung des Bedauerns feststellte, sehr weit von dem der polnischen Familie entfernt war.

Müde und dennoch geistig bewegt, unterhielt er sich während der langwierigen Mahlzeit mit abstrakten, ja transzendenten Dingen, sann nach über die geheimnisvolle Verbindung, welche das Gesetzmäßige mit dem Individuellen eingehen müsse, damit menschliche Schönheit entstehe, kam von da aus auf allgemeine Probleme der Form und der Kunst und fand am Ende, daß seine Gedanken und Funde gewissen scheinbar glücklichen Einflüsterungen des Traumes glichen, die sich bei ernüchtertem Sinn als vollständig schal und untauglich erweisen. Er hielt sich nach Tische rauchend, sitzend, umherwandelnd, in dem abendlich duftenden Parke auf, ging zeitig zur Ruhe und verbrachte die Nacht in anhaltend tiefem, aber von Traumbildern verschiedentlich belebtem Schlaf.

Das Wetter ließ sich am folgenden Tage nicht günstiger an. Landwind ging. Unter fahl bedecktem Himmel lag das Meer in stumpfer Ruhe, verschrumpft gleichsam, mit nüchtern nahem Horizont und so weit vom Strande zurückgetreten, daß es mehrere Reihen langer Sandbänke freiließ. Als Aschenbach sein Fenster öffnete, glaubte er den fauligen Geruch der Lagune zu spüren.

Verstimmung befiel ihn. Schon in diesem Augenblick dachte er an Abreise. Einmal, vor Jahren, hatte nach heiteren Frühlingswochen hier dies Wetter ihn heimgesucht und sein Befinden so schwer geschädigt, daß er Venedig wie ein Fliehender hatte verlassen müssen. Stellte nicht schon wieder die fiebrige Unlust von damals, der Druck in den Schläfen, die Schwere der Augenlider sich ein? Noch einmal den Aufenthalt zu wechseln würde lästig sein; wenn aber der Wind nicht umschlug, so war seines Bleibens hier nicht. Er packte zur Sicherheit nicht völlig aus. Um neun Uhr frühstückte er in dem hiefür vorbehaltenen Büfettzimmer zwischen Halle und Speisesaal.

In dem Raum herrschte die feierliche Stille, die zum Ehrgeiz der großen Hotels gehört. Die bedienenden Kellner gingen auf leisen Sohlen umher. Ein Klappern des Teegerätes, ein halbgeflüstertes Wort war alles, was man vernahm. In einem Winkel, schräg gegenüber der Tür und zwei Tische von seinem entfernt, bemerkt Aschenbach die polnischen Mädchen mit ihrer Erzieherin. Sehr aufrecht, das aschblonde Haar neu geglättet und mit geröteten Augen, in steifen blauleinenen Kleidern mit kleinen weißen Fallkrägen und Manschetten saßen sie da und reichten einander ein Glas mit Eingemachtem. Sie waren mit ihrem Frühstück fast fertig. Der Knabe fehlte.

Aschenbach lächelte. Nun kleiner Phäake! dachte er. Du scheinst vor diesen das Vorrecht beliebigen Ausschlafens zu genießen. Und plötzlich aufgeheitert rezitierte er bei sich selbst den Vers:

«Oft veränderten Schmuck und warme Bäder und Ruhe.»

Er frühstückte ohne Eile, empfing aus der

Hand des Portiers, der mit gezogener Tressenmütze in den Saal kam, einige nachgesandte Post und öffnete, eine Zigarette rauchend, ein paar Briefe. So geschah es, daß er dem Eintritt des Langschläfers noch beiwohnte, den man dort drüben erwartete.

Er kam durch die Glastür und ging in der Stille schräg durch den Raum zum Tisch seiner Schwestern. Sein Gehen war sowohl in der Haltung des Oberkörpers wie in der Bewegung der Knie, dem Aufsetzen des weiß beschuhten Fußes von außerordentlicher Anmut, sehr leicht, zugleich zart und stolz und verschönt noch durch die kindliche Verschämtheit, in welcher er zweimal unterwegs, mit einer Kopfwendung in den Saal, die Augen aufschlug und senkte. Lächelnd, mit einem halblauten Wort in seiner weich verschwommenen Sprache nahm er seinen Platz ein, und jetzt zumal, da er dem Schauenden sein genaues Profil zuwandte, erstaunte dieser aufs neue, ja erschrak über die wahrhaft gottähnliche Schönheit des Menschenkindes. Der Knabe trug heute einen leichten Blusenanzug aus blau und weiß gestreiftem Waschstoff mit rotseidener Masche auf der Brust und am Halse von einem einfachen weißen Stehkragen abgeschlossen. Auf diesem Kragen aber, der nicht einmal sonderlich elegant zum Charakter des Anzugs passen wollte, ruhte die Blüte des Hauptes in unvergleichlichem Liebreiz, – das Haupt des Eros, vom gelblichen Schmelze parischen Marmors, mit feinen und ernsten Brauen, Schläfen und Ohr vom rechtwinklig einspringenden Geringel des Haares dunkel und weich bedeckt.

Gut, gut! dachte Aschenbach mit jener fachmännisch kühlen Billigung, in welche Künstler zuweilen einem Meisterwerk gegenüber ihr Entzücken, ihre Hingerissenheit kleiden. Und weiter dachte er: Wahrhaftig, erwarteten mich nicht Meer und Strand, ich bliebe hier, solange du bleibst! So aber ging er denn, ging unter den Aufmerksamkeiten des Personals durch die Halle, die große Terrasse hinab und geradeaus über den Brettersteg zum abgesperrten Strand der Hotelgäste. Er ließ sich von dem barfüßigen Alten, der sich in Leinwandhose, Matrosenbluse und Strohhut dort unten als Bademeister tätig zeigte, die gemietete Strandhütte zuweisen, ließ Tisch und Sessel hinaus auf die sandig bretterne Plattform stellen und machte es sich bequem in dem Liegestuhl, den er weiter zum

Meere hin in den wachsgelben Sand gezogen hatte.

Das Strandbild, dieser Anblick sorglos sinnlich genießender Kultur am Rande des Elements, unterhielt und erfreute ihn wie nur je. Schon war die graue und flache See belebt von watenden Kindern, Schwimmern, bunten Gestalten, welche die Arme unter dem Kopf verschränkt auf den Sandbänken lagen. Andere ruderten in kleinen rot und blau gestrichenen Booten ohne Kiel und kenterten lachend. Vor der gedehnten Zeile der Capannen, auf deren Plattformen man wie auf kleinen Veranden saß, gab es spielende Bewegung und träg hingestreckte Ruhe, Besuche und Geplauder, sorgfältige Morgen-Eleganz neben der Nacktheit, die keck-behaglich die Freiheiten des Ortes genoß. Vorn auf dem feuchten und festen Sande lustwandelten einzelne in weißen Bademänteln, in weiten, starkfarbigen Hemdgewändern. Eine vielfältige Sandburg zur Rechten, von Kindern hergestellt, war rings mit kleinen Flaggen in den Farben aller Länder besteckt. Verkäufer von Muscheln, Kuchen und Früchten breiteten kniend ihre Waren aus. Links, vor einer der Hütten, die quer zu den übrigen und zum

Meere standen und auf dieser Seite einen Abschluß des Strandes bildeten, kampierte eine russische Familie: Männer mit Bärten und großen Zähnen, mürbe und träge Frauen, ein baltisches Fräulein, das an einer Staffelei sitzend unter Ausrufen der Verzweiflung das Meer malte, zwei gutmütig-häßliche Kinder, eine alte Magd im Kopftuch und mit zärtlich unterwürfigen Sklavenmanieren. Dankbar genießend lebten sie dort, riefen unermüdlich die Namen der unfolgsam sich tummelnden Kinder, scherzten vermittelst weniger italienischer Worte lange mit dem humoristischen Alten, von dem sie Zuckerwerk kauften, küßten einander auf die Wangen und kümmerten sich um keinen Beobachter ihrer menschlichen Gemeinschaft.

Ich will also bleiben, dachte Aschenbach. Wo wäre es besser? Und die Hände im Schoß gefaltet, ließ er seine Augen sich in den Weiten des Meeres verlieren, seinen Blick entgleiten, verschwimmen, sich brechen im eintönigen Dunst der Raumeswüste.

Bruder Hitler

Ohne die entsetzlichen Opfer, welche unausgesetzt dem fatalen Seelenleben dieses Menschen fallen, ohne die umfassenden moralischen Verwüstungen, die davon ausgehen, fiele es leichter, zu gestehen, daß man sein Lebensphänomen fesselnd findet. Man kann nicht umhin, das zu tun: niemand ist der Beschäftigung mit seiner trüben Figur überhoben – das liegt in der grob effektvollen und verstärkenden (amplifizierenden) Natur der Politik, des Handwerks also, das er nun einmal gewählt hat – man weiß, wie sehr nur eben in Ermangelung der Fähigkeit zu irgendeinem anderen. Desto schlimmer für uns, desto beschämender für das hilflose Europa von heute, das er fasziniert, worin er den Mann des Schicksals, den Allbezwinger spielen darf und dank einer Verkettung phantastisch glücklicher – das heißt unglückseliger – Umstände, da zufällig kein Wasser fließt, das nicht seine Mühlen triebe, von einem Siege über das Nichts, über die vollendete Widerstandslosigkeit, zum anderen getragen wird.

Dies auch nur zuzugeben, die bloßen leidigen Tatsachen anzuerkennen, kommt schon moralischer Kasteiung nahe. Es gehört Selbstbezwingung dazu, die noch obendrein fürchten muß, unmoralisch zu sein, da sie den Haß zu kurz kommen läßt, der hier von jedem gefordert ist, dem das Schicksal der Gesittung auf irgendeine Weise auf das Gewissen gelegt ist. Haß – ich darf mir sagen, daß ich es daran nicht fehlen lasse. Redlich wünsche ich diesem öffentlichen Vorkommnis einen Untergang in Schanden – einem so baldigen, wie er bei seiner erprobten Vorsicht kaum zu erhoffen ist. Dennoch fühle ich, daß es nicht meine besten Stunden sind, in denen ich das arme, wenn auch verhängnisvolle Geschöpf hasse. Glücklicher, angemessener wollen jene mir scheinen, in denen das Bedürfnis nach Freiheit, nach ungebundener Anschauung, mit einem Wort nach Ironie, die ich seit so langem schon als das Heimat-Element aller geistigen Kunst und Produktivität zu verstehen gelernt habe, über den Haß den Sieg davonträgt. Liebe und Haß sind große Affekte, aber eben als Affekt unterschätzt man gewöhnlich jenes Verhalten, in dem beide sich aufs eigentümlichste vereinen, nämlich das Interesse. Man unterschätzt damit zugleich seine Moralität. Es ist mit dem Interesse ein selbstdisziplinärer Trieb, es sind humoristisch-asketische Ansätze zum Wiedererkennen, zur Identifikation, zum Solidaritätsbekenntnis verbunden, die ich dem Haß als moralisch überlegen empfinde.

Der Bursche ist eine Katastrophe; das ist kein Grund, ihn als Charakter und Schicksal nicht interessant zu finden. Wie die Umstände es fügen, daß das unergründliche Ressentiment, die tief schwärende Rachsucht des Untauglichen, Unmöglichen, zehnfach Gescheiterten, des extrem faulen, zu keiner Arbeit fähigen Dauer-Asylisten und abgewiesenen Viertelskünstlers, des ganz und gar Schlechtweggekommenen sich mit den (viel weniger berechtigten) Minderwertigkeitsgefühlen eines geschlagenen Volkes verbindet, welches mit seiner Niederlage das Rechte nicht anzufangen weiß und nur auf die Wiederherstellung seiner «Ehre» sinnt; wie er, der nichts gelernt hat, aus vagem und störrischem Hochmut nie etwas hat lernen wollen, der auch rein technisch und physisch nichts kann, was Männer können, kein Pferd reiten, kein Automobil oder Flugzeug lenken, nicht einmal ein Kind zeugen, das Eine ausbildet, was nottut, um jene Verbindung herzustellen: eine unsäglich inferiore, aber massenwirksame Beredsamkeit, dies platt hysterisch und komödiantisch geartete Werkzeug, womit er in der Wunde des Volkes wühlt, es durch die Verkündigung seiner beleidigten Größe rührt, es mit Verheißungen betäubt und aus dem nationalen Gemütsleiden das Vehikel seiner Größe, seines Aufstiegs zu traumhaften Höhen, zu unumschränkter Macht, zu ungeheueren Genugtuungen und Über-Genugtuungen macht, – zu solcher Glorie und schrecklichen Heiligkeit, daß jeder, der sich früher einmal an dem Geringen, dem Unscheinbaren, dem Unerkannten versündigt, ein Kind des Todes und zwar eines möglichst scheußlichen, erniedrigenden Todes, ein Kind der Hölle ist … Wie er aus dem nationalen Maß ins europäische wächst, dieselben Fiktionen, hysterischen Lügen und lähmenden Seelengriffe, die ihm zur internen Größe verhalfen, im weiteren Rahmen zu üben lernt; wie er im Ausbeuten der Mattigkeiten und kritischen Ängste des Erdteils, im Erpressen seiner

Kriegsfurcht sich als Meister erweist, über die Köpfe der Regierungen hinweg die Völker zu agacieren und große Teile davon zu gewinnen, zu sich hinüberzuziehen weiß; wie das Glück sich ihm fügt, Mauern lautlos vor ihm niedersinken und der trübselige Nichtsnutz von einst, weil er – aus Vaterlandsliebe, soviel er weiß – die Politik erlernte, nun im Begriffe scheint, sich Europa, Gott weiß es, vielleicht die Welt zu unterwerfen: das alles ist durchaus einmalig, dem Maßstabe nach neu und eindrucksvoll; man kann unmöglich umhin, der Erscheinung eine gewisse angewiderte Bewunderung entgegenzubringen.

Märchenzüge sind darin erkenntlich, wenn auch verhunzt (das Motiv der Verhunzung und der Heruntergekommenheit spielt eine große Rolle im gegenwärtigen europäischen Leben): das Thema vom Träumerhans, der die Prinzessin und das ganze Reich gewinnt, vom «häßlichen jungen Entlein», das sich als Schwan entpuppt, vom Dornröschen, um dessen Schlaf die Brünhilden-Lohe zu Rosenhecken geworden ist, und das unter dem weckenden Kusse des Siegfriedhelden lächelt. «Deutschland erwache!» Es ist abscheulich, aber es stimmt. Dazu der «Jude im Dorn» – und was nicht noch alles an Volksgemüt, vermischt mit schändlicher Pathologie. Wagnerisch, auf der Stufe der Verhunzung, ist das Ganze, man hat es längst bemerkt und kennt die gut begründete, wenn auch wieder ein bißchen unerlaubte Verehrung, die der politische Wundermann dem künstlerischen Bezauberer Europas widmet, welchen noch Gottfried Keller «Friseur und Charlatan» nannte.

Künstlertum ... Ich sprach von moralischer Kasteiung, aber muß man nicht, ob man will oder nicht, in dem Phänomen eine Erscheinungsform des Künstlertums wiedererkennen? Es ist, auf eine gewisse beschämende Weise, alles da: die «Schwierigkeit», Faulheit und klägliche Undefinierbarkeit der Frühe, das «Nicht-unterzubringen-Sein», das «Was-willst-du-nun-eigentlich?», das halb blöde Hinvegetieren in tiefster sozialer und seelischer Boheme, das im Grunde hochmütige, im Grunde sich für zu gut haltende Abweisen jeder vernünftigen und ehrenwerten Tätigkeit – auf Grund wovon? Auf Grund einer dumpfen Ahnung, vorbehalten zu sein für etwas ganz Unbestimmbares, bei dessen Nennung, wenn es zu nennen wäre, die Menschen in Gelächter ausbrechen würden. Dazu das schlechte Gewissen, das Schuldgefühl, die Wut auf die Welt, der revolutionäre Instinkt, die unterbewußte Ansammlung explosiver Kompensationswünsche, das zäh arbeitende Bedürfnis, sich zu rechtfertigen, zu beweisen, der Drang zur Überwältigung, Unterwerfung, der Traum, eine in Angst, Liebe, Bewunderung, Scham vergehende Welt zu den Füßen des einst Verschmähten zu sehen ... Es ist unratsam, aus der Vehemenz der Erfüllung Schlüsse zu ziehen auf das Maß, die Tiefe der latenten und heimlichen Würde, die unter der Ehrlosigkeit des Puppenstandes zu leiden hatte, auf die außerordentliche Spannungsgewalt eines Unterbewußtseins, das «Schöpfungen» solchen ausladenden und aufdringlichen Stils zeitigt. Das *Al Fresco*, der große historische Stil ist ja nicht Sache der Person, sondern des Mediums und Wirkungsgebietes: der Politik oder Demagogie, die es auf eine lärmende und opferreiche Weise mit Völkern und vielumfassenden Massenschicksalen zu tun hat, und deren äußere Großartigkeit gar nichts für die Außerordentlichkeit des seelischen Falles beweist, für das eigene Format dieses effektreichen Hysterikers. – Aber auch die Unersättlichkeit des Kompensations- und Selbstverherrlichungstriebes ist da, die Ruhelosigkeit, das Nie-sich-Genüge-Tun, das Vergessen der Erfolge, ihr rasches Sichabnutzen für das Selbstbewußtsein, die Leere und Langeweile, das Nichtigkeitsgefühl, sobald nichts anzustellen und die Welt nicht in Atem zu halten ist, der schlaflose Zwang zum Immer-wieder-sich-neu-beweisen-Müssen …

Ein Bruder … Ein etwas unangenehmer und beschämender Bruder; er geht einem auf die Nerven, es ist eine reichlich peinliche Verwandtschaft. Ich will trotzdem die Augen nicht davor schließen, denn nochmals: besser, aufrichtiger, heiterer und produktiver als der Haß, ist das Sich-wieder-Erkennen, die Bereitschaft zur Selbstvereinigung mit dem Hassenswerten, möge sie auch die moralische Gefahr mit sich bringen, das Nein-Sagen zu verlernen. Mir ist nicht bange deswegen – und übrigens ist Moral, sofern sie die Spontaneität und Unschuld des Lebens beeinträchtigt, nicht unbedingt Sache des Künstlers. Es ist nicht ausschließlich ärgerlich, es ist auch eine beruhigende Erfahrung, daß trotz aller Erkenntnis, Aufklärung, Analyse, allen Fortschritten des Wissens vom Menschen – an Wirkung, Geschehen, eindrucksvollster Projektion des Unbewußten in die Realität jederzeit alles möglich bleibt auf Erden – zumal bei dem Primitivisierungsprozeß, dem das Europa von heute sich wissentlich, willentlich überläßt, – wobei denn freilich das Wissen und Wollen, der dolose Affront gegen den Geist und die von ihm eigentlich erreichte Stufe einen schweren Einwand gegen die Primitivität bildet. Unstreitig, Primitivismus in seiner frechen Selbstverherrlichung gegen Zeit und Gesittungsstufe, Primitivität als «Weltanschauung» – und sei diese Weltanschauung noch so sehr als Korrektur und Gegengewicht eines dörrenden «Intellektualismus» gemeint – ist eine Schamlosigkeit, sie ist genau, was das Alte Testament einen «Greuel» und eine «Narrheit» nennt, und auch der Künstler als ironischer Parteigänger des Lebens kann sich von einem so dreisten und lügenhaften Rückfall nur angewidert abwenden. Neulich sah ich im Film einen Sakraltanz von Bali-Insulanern, der in vollkommener Trance und schrecklichen Zukkungen der erschöpften Jünglinge endete. Wo ist der Unterschied zwischen diesen Bräuchen und den Vorgängen in einer politischen Massenversammlung Europas? Es gibt keinen – oder vielmehr, es gibt immerhin einen: den Unterschied zwischen Exotik und Unappetitlichkeit.

Ich war sehr jung, als ich in «Fiorenza» die Herrschaft von Schönheit und Bildung über den Haufen werfen ließ von dem sozial-religiösen Fanatismus des Mönches, der «das Wunder der wiedergeborenen Unbefangenheit» verkündete. Der «Tod in Venedig» weiß manches von Absage an den Psychologismus der Zeit, von einer neuen Entschlossenheit und Vereinfachung der Seele, mit der ich es freilich ein tragisches Ende nehmen ließ. Ich war nicht ohne Kontakt mit den Hängen und Ambitionen der Zeit, mit dem, was kommen wollte und sollte, mit Strebungen, die zwanzig Jahre später zum Geschrei der Gasse wurden. Wer wundert sich, daß ich nichts mehr von ihnen wissen wollte, als sie auf den politischen Hund gekommen waren und sich auf einem Niveau austobten, vor dem nur primitivitätsverliebte Professoren und literarische Lakaien der Geistfeindlichkeit nicht zurückschrecken? Es ist ein Treiben, das einem die Ehrfurcht vor den Quellen des Lebens verleiden könnte. Man muß es hassen. Aber was ist dieser Haß gegen denjenigen, den der Exzedent des Unbewußten dem Geist und der Erkenntnis entgegenbringt! Wie muß ein Mensch wie dieser die Analyse hassen! Ich habe den stillen Verdacht, daß die Wut, mit der er den Marsch auf eine gewisse Hauptstadt betrieb, im Grunde dem alten Analytiker galt, der dort seinen Sitz hatte, seinem wahren und eigentlichen Feinde – dem Philosophen und Entlarver der Neurose, dem großen Ernüchterer, dem Bescheidwisser und Bescheidgeber selbst über das «Genie».

Ich frage mich, ob die abergläubischen Vorstellungen, die sonst den Begriff des «Genie» umgaben, noch stark genug sind, daß sie uns hindern sollten, unsern Freund ein Genie zu nennen. Warum denn nicht, wenn's ihm Freude macht? Der geistige Mensch ist beinahe ebensosehr auf Wahrheiten aus, die ihm wehe tun, wie die Esel nach Wahrheiten lechzen, die ihnen schmeicheln. Wenn Verrücktheit zusammen mit Besonnenheit Genie ist (und das ist eine Definition!), so ist der Mann ein Genie: um so freimütiger versteht man sich zu dem Anerkenntnis, weil Genie eine Kategorie, aber keine

Klasse, keinen Rang bezeichnet, weil es sich auf den allerverschiedensten geistigen und menschlichen Rangstufen manifestiert, aber auch auf den tiefsten noch Merkmale aufweist und Wirkungen zeitigt, welche die allgemeine Bezeichnung rechtfertigen. Ich will es dahin gestellt sein lassen, ob die Geschichte der Menschheit einen ähnlichen Fall von moralischem und geistigem Tiefstand, verbunden mit dem Magnetismus, den man «Genie» nennt, schon gesehen hat, wie den, dessen betroffene Zeugen wir sind. Auf jeden Fall bin ich dagegen, das man sich durch ein solches Vorkommnis das Genie überhaupt, das Phänomen des großen Mannes, verleiden läßt, das zwar vorwiegend immer ein ästhetisches Phänomen, nur selten auch ein moralisches war, aber, indem es die Grenzen der Menschheit zu überschreiten schien, die Menschheit einen Schauder lehrte, der trotz allem, was sie von ihm auszustehen hatte, ein Schauder des Glückes war. Man soll die Unterschiede wahren – sie sind unermeßlich. Ich finde es ärgerlich, heute rufen zu hören: «Wir wissen es nun, Napoleon war auch nur ein Kaffer!» Das heißt wahrhaftig, das Kind mit dem Bade ausschütten. Es ist als absurd abzulehnen, daß man sie in einem Atem nennt: den großen Krieger zusammen mit dem großen Feigling und Erpressungspazifisten, dessen Rolle am ersten Tage eines wirklichen Krieges ausgespielt wäre; das Wesen, das Hegel den «Weltgeist zu Pferde» nannte, das alles beherrschende Riesengehirn, die ungeheuerste Arbeitskapazität, die Verkörperung der Revolution, den tyrannischen Freiheitsbringer, dessen Gestalt der Menschheit als Erzbild mittelmeerländischer Klassik für immer ins Gedächtnis geprägt ist, – zusammen mit dem tristen Faulpelz, tatsächlichen Nichtskönner und «Träumer» fünften Ranges, dem blöden Hasser der sozialen Revolution, dem duckmäuserischen Sadisten und ehrlosen Rachsüchtigen mit «Gemüt» … Ich sprach von europäischer Verhunzung: – und wirklich, unserer Zeit gelang es, so vieles zu verhunzen: das Nationale, den Sozialismus, den Mythos, die Lebensphilosophie, das Irrationale, den Glauben, die Jugend, die Revolution und was nicht noch alles. Nun denn, sie brachte uns auch die Verhunzung des großen Mannes. Wir müssen uns mit dem historischen Lose abfinden, das Genie auf dieser Stufe seiner Offenbarungsmöglichkeit zu erleben.

Ein Künstler, ein Bruder. Aber die Solidarität, das Wiedererkennen sind Ausdruck einer Selbstverachtung der Kunst, welche denn doch zuletzt nicht ganz beim Worte genommen sein möchte. Ich glaube gern, ja ich bin dessen sicher, daß eine Zukunft im Kommen ist, die geistig unkontrollierte Kunst, Kunst als schwarze Magie und hirnlos unverantwortliche Instinktgeburt ebensosehr verachten wird, wie menschlich schwache Zeiten, gleich der unsrigen, in Bewunderung davor ersterben. Kunst ist freilich nicht nur Licht und Geist, aber sie ist auch nicht nur Dunkelgebräu und blinde Ausgeburt der tellurischen Unterwelt, nicht nur «Leben». Deutlicher und glücklicher als bisher wird Künstlertum sich in Zukunft als einen helleren Zauber erkennen und manifestieren: als ein beflügelt-hermetisch-mondverwandtes Mittlertum zwischen Geist und Leben. Aber Mittlertum selbst ist Geist.

KATIA MANN

Feldafing 1883–1980 Kilchberg / Zürich

Zusammen mit einem Zwillingsbruder die jüngste von fünf Geschwistern. Tochter des Münchner Ordinarius für Mathematik Alfred Pringsheim und der Schauspielerin Hedwig Dohm, Enkelin der Frauenrechtlerin Hedwig Dohm und des Kladderadatsch*-Chefredakteurs Ernst Dohm. Beginn eines Studiums der Mathematik und Physik bis zur Heirat mit Thomas Mann 1905; sechs Kinder: Erika (1905), Klaus (1906) Golo (1909), Monika (1910), Elisabeth (1918), Michael (1919). 1933 Emigration; 1938 Übersiedlung von der Schweiz in die USA; 1952 Rückkehr nach Europa. Lebt von 1954 bis zu ihrem Tod in Kilchberg am Zürichsee.*

«Ich habe tatsächlich mein ganzes, allzu langes Leben immer im strikt Privaten gehalten. Nie bin ich hervorgetreten, ich fand, das ziemte sich nicht. Ich sollte immer meine Erinnerungen schreiben. Dazu sage ich: in dieser Familie muß es einen Menschen geben, der nicht schreibt. Daß ich mich jetzt auf dieses Interview einlasse, ist ausschließlich meiner Schwäche und Gutmütigkeit zuzuschreiben», bekundet Katia Mann nach über fünfzig Jahren an der Seite von Thomas Mann 1970 als 87jährige. Aus «diesem Interview» mit ihrem Sohn Michael und Elisabeth Plessen wurde ein umfangreicher Lebensbericht.

Die ausgewählten Passagen spannen einen Bogen von der ersten gemeinsamen Zeit mit Thomas Mann, dem Verhältnis der Brüder und dem Leben zu Zeiten des Ersten Weltkriegs bis hin zum Beginn des Exils 1933 und der Emigration nach Amerika.

Meine ungeschriebenen Memoiren

Der erste Schriftsteller, den ich gekannt habe, war meine Großmutter Hedwig Dohm, die Frau von Ernst Dohm, der den ‹Kladderadatsch› gegründet hat. Sie schrieb Romane, die heute wahrscheinlich nicht sehr aktuell wären. Wie früh ich etwas von ihr las, könnte ich überhaupt nicht sagen. Ein Buch von ihr hieß ‹Der Frauen Natur und Recht›. Sie war eine leidenschaftliche Vorkämpferin für Frauen, die damals wirklich noch gar nicht sehr viele Rechte hatten. (Wie gesagt, es gab nicht einmal Gymnasien für Mädchen.) Unter ihren vielen Romanen hatte sie ein Buch geschrieben, das einen großen Skandal in München erregte. Es hieß ‹Sibilla Dalmar›. Meine Großmutter liebte ihre älteste und begabteste und schönste Tochter, meine Mutter, heiß, und sie korrespondierten miteinander, ich glaube, mindestens zwei- bis dreimal die Woche. Meine Mutter schrieb ihr lange Berichte aus München nach Berlin, und meine Großmutter bewahrte sie alle auf. In den

Roman ‹Sibilla Dalmar› hat sie dann alles, was in den Briefen über die Münchner Gesellschaft stand, übernommen, und das hat in dieser Gesellschaft ein furchtbares Ärgernis gegeben, wirklich einen richtigen Skandal. Um so mehr, als die Figur, die meiner Mutter entsprach, ein Verhältnis mit einem baltischen Adligen hatte, das es in Wirklichkeit nicht gegeben hatte. Das war für meinen Vater besonders ärgerlich. Meine Großmutter war eine sehr naive, dabei begabte Frau. Sie hatte sich gar nichts dabei gedacht. (...)

Mein Vater war nicht so sehr dafür, daß ich einen Schriftsteller heirate. Er dachte immer: ein Schriftsteller ist doch nicht so ganz das Richtige, nicht wahr? Das ist doch eher etwas Unseriöses. Er dachte, es müßte ein junger Gelehrter, ein Universitätsprofessor sein, und ich hatte damals, neben anderen, sogar einen Bewerber, der Professor war. Meine Mutter war gleich für eine Heirat mit Thomas Mann, ihr leuchtete es sofort ein. (...)

Ich war zwanzig und fühlte mich sehr wohl und lustig in meiner Haut, auch mit dem Studium, mit den Brüdern, dem Tennisklub und mit allem, war sehr zufrieden und wußte eigentlich gar nicht, warum ich nun schon so schnell weg sollte.

Aber Thomas Mann hatte den dringenden Wunsch, mich zu heiraten. Er wollte es offenbar sehr gern und war geradezu draufgängerisch. Er war gar nicht schwierig, und für seine Verhältnisse waren die Briefe, die er mir im Sommer 1904 schrieb, als wir durch die Krankheit meines Vaters und eine Sommerreise an die Ostsee monatelang getrennt waren, sehr leidenschaftlich. Meine Mutter und ich begleiteten meinen Vater, der recht krank wurde, nach Kissingen, danach fuhr ich mit meinem Zwillingsbruder an die Ostsee. Dorthin wurden wir zwei immer abgeschoben, währenddessen meine Eltern mit den drei größeren Kindern Riesen-Radtouren machten. Autoreisen kannte man ja damals noch nicht. Sie fuhren durch ganz Europa, fuhren von München nach Oslo, damals hieß es ja noch Kristiania, oder nach Süditalien. In der Zwischenzeit waren mein Bruder Klaus und ich friedlich an der Ostsee, und Thomas Mann schrieb mir wunderbar schöne Briefe dorthin – er konnte ja schreiben –, die mir natürlich auch Eindruck machten und die ich nicht ganz so schön beantwortete.

Wie wir dann zurückkamen, im September muß es gewesen sein, kam es dann doch sehr bald dazu, daß wir uns verlobten. Geheiratet haben wir am 12. Februar des nächsten Jahres. Da war ich dann auch schon einundzwanzig.

Mein Zwillingsbruder Klaus war außerordentlich für diese Heirat. Er hat sich sein Leben lang immer gerühmt, er hätte sie überhaupt gemacht; das ist natürlich lächerlich; aber er hat sie von Anfang an sehr begünstigt. Ich muß gestehen, sie nannten zunächst Thomas Mann immer den leberleidenden Rittmeister, weil er nämlich etwas bläßlich war und schmal, und dann war er sehr korrekt mit seinem Schnurrbart und in seinem ganzen Auftreten. Aber das war nicht bös gemeint. Wirklich gegen die Heirat war niemand. (…)

Als wir verlobt waren, fuhren wir nach Berlin und wurden bei den Verwandten als Brautpaar so *quasi* vorgeführt. Thomas Mann hatte bei dieser Gelegenheit auch eine Lesung im «Verein für Kunst». Das war eine literarische Gesellschaft, die der Gatte von Else Lasker-Schüler führte. Er komponierte wohl auch ein bißchen, und zu Anfang dieser Vorlesung spielte er ein Stück, das hieß ‹Thomas Mann›. Es war ein sehr sonderbares Gebrumme auf dem Cello. Ich war immer sehr zum Lachen geneigt und kriegte einen furchtbaren Lachanfall. Um mich zu beruhigen, bewarf mich die Lasker-Schüler ständig mit Pralinés, was mich aber eigentlich nur noch mehr zum Lachen brachte.

Es ging dann so vor sich hin mit dem Cello und meinem Lachen, recht und schlecht.

Thomas Mann las auch aus ‹Fiorenza› vor. Da stand in der Kritik: diese Renaissance-Dialoge in der Sprache Onkel Bräsigs zu hören, wäre doch etwas komisch, was aber sehr ungerecht war, denn er sprach nicht und hatte überhaupt nur einen ganz leichten norddeutschen Tonfall. Aber man weiß ja, wie Kritiker sind. Sie wußten, daß er aus Lübeck stammte, und da dachten sie, sie müssen ihm das anhängen. Eine Kritik von Kerr war es wohl nicht. Dann wurde das Honorar auch nicht bezahlt, und Thomas Mann schrieb aus München den Leuten einen Brief, den er mir zeigte: Ich muß mit Befremden feststellen, daß Sie das mir geschuldete Honorar von hundert Mark noch immer nicht eingezahlt haben; ich muß nun dringend bitten, daß das jetzt geschieht. Das ist bei mir nicht Sache der Geldgier, sondern des Ehrgeizes, denn ich bin überzeugt, daß Wolzogen sofort sein Honorar bekommen hat.

Ich sagte: Wie kannst du denn so etwas schreiben? Dann werden sie dir antworten: Beruhigen Sie sich, Wolzogen hat es auch nicht bekommen. Also, du mußt schreiben: Ich bestehe darauf, daß Sie es bezahlen. Aber das mit Wolzogen würde ich weglassen.

Nun ja, das war die Vorlesung.

Bei dieser ersten Berlinreise waren wir auch bei meinem Onkel Hermann Rosenberg eingeladen, der Direktor der Berliner Bank-Gesellschaft war und ein sehr schönes Haus hatte, in einer Privatstraße, die in die Tiergartenstraße mündete. Es gab ein Abendessen dem Brautpaar zu Ehren, und Maximilian Harden war auch dort, mit dem meine Mutter sehr freundlich stand. Er sagte ihr den nächsten Tag: Es war wirklich eine Freude für mich, die beiden hübschen jungen Leute so zu sehen. Das hat meinen Mann etwas froissiert. Er wollte nicht als «hübsche junge Leute» bezeichnet werden.

Dann war es bei meinen Großeltern väterlicherseits, die sehr reich waren. Sie fragten gleich: Na, Tommy, was wünschst du dir denn?

Und er antwortete: Ach Gott, ich habe eigentlich keine sehr gute Uhr.

Da sagten sie: Es wird sofort zum ersten Uhren- und Juwelierladen von Berlin geschickt, und von dort kam eine *choix* prachtvoller Golduhren. Er hat dann eine Glashütter Golduhr bekommen, die wir heute noch haben und die nie gereinigt werden mußte. Jetzt muß man doch pausenlos zum Uhrmacher rennen, aber so waren die Uhren damals. Ich habe sie dann Golo vererbt.

Das war unsere erste Reise nach Berlin. Unsere zweite machten wir, als ich schon das erste Kind erwartete. Wir waren zu Besuch bei meiner Großmutter Dohm, und es war von meinem Mann dann gar nicht taktvoll, wie er sich ihr gegenüber benahm.

Sie fragte ihn: Na, Tommy, was wünschst du dir nun, Junge oder Mädchen?

Da sagte er: Natürlich einen Jungen. Ein Mädchen ist doch nichts Ernsthaftes.

Das war schlimm. Aber trotzdem vertrugen sie sich dann sehr gut.

Es war also ein Mädchen, Erika. Ich war sehr verärgert. Ich war immer verärgert, wenn ich ein Mädchen bekam, warum, weiß ich nicht.

Wir hatten ja im ganzen drei Buben und drei Mädchen, dadurch war Gleichgewicht. Wenn es vier Mädchen und zwei Buben gewesen wären, wäre ich außer mich geraten. Aber so ging's. Mein Mann war viel mehr für die Mädchen. Obgleich er ein Mädchen für nichts Ernsthaftes hielt, war Erika immer sein Liebling; und dann die Jüngste, Elisabeth. Die beiden Mädchen hatte er bei weitem am liebsten; sie standen ihm entschieden näher als die Söhne.

(…)

Das Verhältnis zwischen den Brüdern war von Anfang an sehr merkwürdig. Die Brüder, sie sind vier Jahre auseinander, haben schon in Lübeck, und ich habe es von meinem Mann selbst gehört, einmal ein volles Jahr nicht miteinander gesprochen. Sie waren sich irgendwie völlig abgeneigt. Ich kenne den Grund für ihr damaliges Schweigen nicht.

Heinrich sollte nach der Schule zunächst Buchhändler werden, wechselte dann zum Verlagswesen zu S. Fischer nach Berlin über, kündigte aber auch dort die Arbeit eines Tages auf, um nach Italien zu gehen. Mein Mann blieb in Lübeck, um sein Einjähriges zu machen, weiter hat er es bekanntlich in der Schule nicht gebracht. Die Mutter lebte mit den drei jüngeren Geschwistern schon in München, wohin er ihnen nachzog. Damals hing er, wie aus den Briefen hervorgeht, offenbar sehr an Heinrich. Er wollte ihn in Florenz treffen und schrieb ihm, es wäre doch ein Jammer, wenn du vorher abreistest, und daß es doch nur um Gottes willen zustande komme. Damals legte er großen Wert auf den Umgang mit dem älteren Bruder. In dem Jahr, das sie zusammen in Rom und Palestrina verbrachten, standen sie wohl sehr gut zueinander, und mein Mann ließ sich vielleicht auch bis zu einem gewissen Grad von dem Älteren beeinflussen.

Es war ein Verhältnis, das sich zwischen Anziehung und Abstoßung bewegte, und zwar nahm das Abstoßende mit den Jahren zu.

Ich habe Heinrich erst nach unserer Hochzeit kennengelernt. Wir hatten eine sehr komische Beziehung, wir haben uns zeit unseres Lebens gesiezt. Heinrich war wohl der merkwürdigste Mensch, den man sich denken konnte. Er war sehr formell – eine Mischung von äußerster Zurückhaltung und dabei doch auch wieder Zügellosigkeit. Ich konnte ihn so gut nachmachen, und es machte mir immer besondere Freude, es zu tun. Einer meiner Sätze war: Ah! Die Reichen! Wie sie es gut haben!

Und ein andrer, den ich mir ausgedacht hatte: Wo ist Nina? Sie ist im Garten! Der Bucklige liegt auf ihr. Man weiß es, daß sie eine Nymphomanische ist!

In diesem Tooon, ja? Etwas näselnd, scharf, und jede Silbe mit leicht affektierter Präzision betonend.

Aber ich stand eigentlich sehr freundlich und gut mit ihm, d. h. wir zankten uns immer in der Zeit bis vor dem Ersten Weltkrieg. Um ihn zu ärgern, nahm ich gewöhnlich die Partei der russischen Generäle; aber die Brüder wuchsen sich damals doch recht auseinander, auch politisch, denn Heinrich war ganz französisch-lateinisch orientiert, wohingegen mein Mann seinen kulturellen Wurzeln nach deutsch war, absolut deutsch. Er hatte kein starkes Verhältnis zur französischen Literatur. Er hat Französisch auch nur ziemlich mühsam und nicht viel gelesen. Die skandinavische Literatur, vor allem die russische, lag ihm viel näher.

Mit Heinrichs Zola-Essay kam es dann zum Bruch, und zwar zu einem Bruch, unter dem beide sehr gelitten haben. Wer unter dem Bruderzwist mehr litt, ist schwer zu sagen.

Dieser unselige Essay, dessen Anfang wirklich kränkend war – wenn Sie sich erinnern: «Sache derer, die früh vertrocknen sollen, ist es, schon zu Anfang ihrer zwanziger Jahre bewußt und weltgerecht hinzutreten.» Niemand hat es so deutlich gemerkt wie mein Mann selber, daß er damit gemeint war. Es hat ihn über alle Begriffe gekränkt, und er hat sich diesen ersten Teil des Aufsatzes viel mehr zu Herzen genommen, als es im Grunde nötig gewesen wäre, denn Heinrichs Polemik traf ihn nicht ganz unvorbereitet. Die Brüder hatten schon wiederholt miteinander disputiert, weil Heinrich eben ganz westlich orientiert war und mein Mann, wenn auch bis zum Ausbruch des Krieges absolut nicht nationalistisch, so doch durch den Krieg seine derzeitige Stellung geändert hatte und eine Zeitlang die Legenden von der Mißgunst der anderen Staaten, von der Einkreisung Deutschlands, seinem Nieder- und Untergang glaubte. Ohne Heinrichs Zola-Essay hätte er aber die ‹Betrachtungen› niemals geschrieben. Das Ganze war eine leidenschaftliche Polemik gegen den Bruder – die Idee vom Zivilisationsliteraten, welchen Heinrich mehr oder weniger repräsentieren sollte, beherrscht zu großen Teilen das Buch –, gleichzeitig freilich hat Thomas Mann, indem er das Buch schrieb, sich von den ihn beherrschenden Ideen allmählich gelöst. In der Vorrede, die zum Schluß geschrieben ist, ist er schon distanziert, kann sich auf sein eigenes Rückzugsgefecht berufen und mit Überzeugung meinen, daß, was komme und kommen müsse, die Demokratie sei. Er hat sich die ‹Betrachtungen› vom Herzen geschrieben und dabei letztendlich überwunden, was er in ihnen vertrat. Beilegung des brüderlichen Zwistes und Versöhnung fanden dann gelegentlich einer sehr schweren Erkrankung von Heinrich statt, im Januar 1922.

Im Ersten Weltkrieg war es sehr schwierig, eine Familie mit vier heranwachsenden Kindern einigermaßen zu ernähren, und ich habe es nicht leicht gehabt. Ich bin da wirklich den ganzen Tag mit dem Fahrrad in München herumgefahren, um da oder dort etwas aufzutreiben; wir wollten absolut mit dem Schwarzhandel nichts zu tun haben. Aber schließlich ging es gar nicht mehr. Außerdem bekamen wir auch immer Angebote, die natürlich verlockten. Ein junger Mensch von höchstens siebzehn Jahren kam auch einmal zu uns und sagte: Also, wenn Sie mal was brauchen, da könnt i scho allerhand beibringen.

Und ich sagte: Na ja, da werden wir vielleicht doch dies oder das an Lebensmitteln benötigen.

Dann hat er mal ein bißchen Butter geliefert, mal Eier und so. Ich erwartete in der Zeit meine jüngste Tochter, und gleich das Jahr drauf erwartete ich meinen jüngsten Sohn. Da sah er mich ganz streng an und sagte: Scho wieder, Frau Doktor? Den kann i nimmer ernährn!

Mit der Heizung war es auch furchtbar prekär. Da hatten wir einen Mann, der nannte sich Hirschbethelo von Rosenstein, ich weiß nicht wieso; der sagte, er könnte Kohlen liefern, nur müßte ich hinkommen, um das mit ihm zu besprechen, er wohne da und da. Also fuhr ich mit meinem Rad dorthin, kletterte vier Treppen hinauf, und da lag der Kerl im Bett und sagte gleich: Setzen Sie sich nur auf mein Bett, Frau Mann. Es war mir sehr ungemütlich, und dann sagte er, er werde Kohlen bringen. Eines Abends kam er spät, schmiß den Koks auf die Straße und fuhr wieder weg. Da mußten wir in aller Heimlichkeit spät in der Nacht den Koks wegschaufeln und in den Keller schaffen. Es war wirklich eine schwierige Zeit.

Von allen «Lieferanten» gefiel mir der am besten, welcher mir den neuesten Kinderzuwachs so verübelte.

Da war noch folgendes: es war Mietzwang. Wir hatten fünf Kinder und hätten einen Zwangsmieter in das Haus aufnehmen müssen.

Das Jahr drauf kam dann das sechste Kind. Da ging ich aufs Amt und sagte: Wir brauchen jetzt keinen Zwangsmieter aufzunehmen, wir haben noch ein neues Baby. Da sagte der Beamte: Dazu hatten Sie kein Recht! In dieser Art waren meine Erlebnisse.

Während des Krieges verkauften wir auch unser Landhaus in Tölz. Es war das erste Haus, das wir uns gebaut und eingerichtet hatten, das kalifornische in Pacific Palisades war das vierte und letzte. Gewöhnlich gerieten wir in finanzielle Schwierigkeit bei unserem Häuserbau, und auf irgendeine Weise mußte sie überwunden werden. Mein Mann hat in seinem ganzen Leben nie einen Vorschuß von einem Verleger gewollt. Er sagte, das bedrückt ihn, und das will er nicht. Aber wegen des Tölzer Landhauses wandte mein Mann sich nach einigem Zögern an Sami Fischer, daß er ihm etwas vorschießen möchte.

Ach, weißt du, sagte mein Mann schließlich, ich werde doch mal einen Vorschuß von Fischer nehmen; und schrieb einen langen, ausführlichen Brief an Fischer: Wir hätten eben viel mehr Kosten gehabt als vorgesehen; wir seien momentan wirklich recht knapp, aber es würde jetzt wohl bald ‹Königliche Hoheit› erscheinen, außerdem hätte er, Fischer, viele Verhandlungen mit ausländischen Verlagen, und bestimmt stünden wieder ganz schöne Einnahmen bevor. Kurz und gut, es wäre ihm sehr angenehm, wenn Fischer ihm 3000 Mark vorschießen könnte.

Sami Fischer hat umgehend zustimmend geantwortet, aber mit dem Einwand: Sie haben sich offenbar verschrieben. Sie meinten doch natürlich 30000 Mark.

Denn er konnte sich nicht denken, daß ein Autor, der schon diese Erfolge hatte, wegen 3000 Mark einen so langen, ausführlichen Brief mit Motivierungen und Entschuldigungen schreibt. Es charakterisiert beide in netter Weise: die große Bescheidenheit des einen und die wirkliche Hilfsbereitschaft und das freundliche Entgegenkommen des anderen.

Ich kam gut mit Fischer aus. Ich mochte Sami Fischer sehr gern. Öfters habe ich mich mit ihm gestritten, aber das ist bei Verhandlungen ja nur normal. Ich wollte nicht, daß mein Mann sie mit ihm führte, und wenn ich dann kam, sagte Fischer gleich: Na, was haben Sie denn heute wieder für einen Dolch im Gewande?

Große Auseinandersetzungen gab es wegen der Volksausgabe der ‹Buddenbrooks›. Droemer hatte die Idee von der billigen ‹Buddenbrook›-Ausgabe zum Warenhauspreis von 2,85 Mark gehabt. Der Knaur-Verlag machte zwei billige Reihen, die eine, ‹Romane der Welt›, und die andere von klassischen Werken der Weltliteratur. In dieser zweiten Reihe sollten die ‹Buddenbrooks› als das einzige Buch eines lebenden Autors in der Auflage von einer Million Exemplaren herauskommen, und Droemer wollte uns dafür 100000 Mark auf den Tisch legen. Fischer jedoch weigerte sich, die Lizenz für diese Extratour zu geben, er lehnte ab. Da fuhren wir extra nach Berlin, um mit ihm zu reden und zu verhandeln, und Tommy hat ihm dann gesagt: Herr Fischer, ich brauche das, ich kann das Geld nur allzu gut brauchen. Ich kann doch einen solchen Betrag nicht einfach in den Wind schlagen, und da Sie es nicht machen, bin ich sehr dafür, daß Droemer es macht. Dies zum materiellen Gesichtspunkt, den ideellen anlangend, so müssen Sie doch sehen, daß die Zeit sich geändert hat. Man müsse ihr Rechnung tragen, und die Volksausgabe eines Buchs, das seine Lebensfähigkeit ein Menschenalter lang bewährt und bewiesen habe, sei, wenn auch einem Verlagswesen wie S. Fischer ein Novum, dennoch beileibe nichts Ehrenrühriges, kein Ramschgeschäft, das den Buchhandel in seinen Festen erschüttern müsse, sondern Forderung der Zeit. Außerdem erreiche eine solche billige Massenauflage ein ganz anderes Publikum. Sagt Fischer: Es gibt nur *ein* Publikum.

Das können Sie doch nicht sagen, hielt ich ihm dann vor. Es gibt Studenten, kleine Ladnerinnen und viele, viele andere, die sich die teuren Fischer-Bücher nicht kaufen können. Und wenn sie sie dann bei Droemer kaufen? Es schadet Ihnen gar nichts.

Dann mach ich's eben selber.

Und es war ein Riesenerfolg.

Fischers Druckerei in Leipzig kam bald mit dem Drucken und Nachdrucken nicht mehr nach, kleine, weniger beschäftigte Druckereien in der Provinz mußten einspringen. Überall liefen die Rotationsmaschinen nur noch mit ‹Buddenbrooks›, und viele Leipziger Bindereien banden gleichzeitig das Buch. Eine Autokolonne von vierzig Lastwagen belieferte am Erscheinungstag die Buchhandlungen Berlins. Überall in den Illustrierten war dieser Bücherzug abgebildet. Es war eine Sensation und ein gigantischer Erfolg, gleichzeitig natürlich eine ganz bedeutende Einnahme für den Verlag wie für uns. Aber Fischer wollte es anfangs nicht hören. Er war so hartnäckig, und in solchen Fällen bin ich dann mit ihm aneinandergeraten, «mit dem Dolch im Gewande»; aber ich habe ihn gern gemocht. (...)

Thomas Mann hat, wenn er ein Buch schrieb, nie daran gedacht, was es für eine Wirkung auf Menschen hätte, die er mehr oder weniger als Modelle benutzt hatte. Er sagte mir auch immer mit Recht: ich habe den doch gar nicht gemeint. Ich habe Züge von dem benützt, die mir für diese Figur paßten.

Zuerst haben die Lübecker ihm doch die

‹Buddenbrooks› so enorm übelgenommen: «ein Vogel, der sein eigenes Nest beschmutzt», etc. (...)

Seine Pläne hat er mir von Anfang an mitgeteilt, soweit er sie hatte. Als wir verlobt waren, hat er schon viel über ‹Fiorenza› gesprochen, daran arbeitete er damals gerade, und von ‹Königliche Hoheit› hat er mir erzählt. Die Idee zu dem Buch ist jedoch nicht erst durch Verlobung und Ehe entstanden.

Er hat die Tätigkeit des Schriftstellers immer ein bißchen als repräsentativ und symbolisch aufgefaßt und, in Briefen an Walter Opitz und Heinrich steht es, wiederholt, es sei eigentlich etwas Fürstliches daran. Sicherlich ist die Fürstennovelle auch der Roman seiner jungen Ehe. Thomas Mann hat es auch später gesagt. Das stimmt schon, nicht in Einzelheiten, aber in großen Zügen. (...)

Thomas Manns Pläne waren eigentlich immer viel bescheidener als dann die Ausführung. Der ‹Zauberberg› sollte eine Novelle werden, der ‹Joseph› sollte eine Novelle werden – und was wurde daraus? Brecht, dieser verschlagene und ironische Kopf, hatte mit seinem *bonmot* vom «Kurzgeschichtenschreiber

Thomas Mann» in diesem Punkte gar nicht so unrecht.

Die Sachen hatten ihren eigenen Willen, sie machten sich selbständig, und mein Mann wußte nie, wie umfangreich sie werden würden. Zum Beispiel hatte er gar nicht beabsichtigt, den ‹Tod in Venedig› zu schreiben, und auch nicht gedacht, ein volles Jahr an dieser Novelle zu arbeiten. Ursprünglich wollte er etwas ganz anderes machen. Sein Plan galt einer Goethe-Novelle. Er wollte über Goethes letzte Liebe in Marienbad schreiben. Es sollte eine humoristische Entwürdigung und Korrumpierung des Meistertums werden. Aber damals hat er sich einfach nicht getraut, Goethe auf die Beine zu stellen. Er glaubte, er sei einer solchen Aufgabe noch nicht gewachsen, und hat die Goethe-Novelle transponiert in den ‹Tod in Venedig›. ‹Lotte in Weimar› ist ja sehr viel später geschrieben. Da hat er es dann gewagt.

Mit dem ‹Tod in Venedig› ist es eine ganz komische Geschichte, insofern als sämtliche Einzelheiten der Erzählung, von dem Mann auf dem Friedhof angefangen, passiert und erlebt sind. (...)

Mein Mann hat das Wohlgefallen, das er tatsächlich an diesem sehr reizvollen Jungen empfand, auf Aschenbach übertragen und zu äußerster Leidenschaft stilisiert. Und ich weiß noch, daß mein Onkel, Geheimrat Friedberg, ein sehr berühmter Kirchenrechtslehrer in Leipzig, ganz empört gesagt hat: Na, so eine Geschichte! Und ein verheirateter Mann! Schließlich ist er Familienvater!

Nun hatte die Sache noch ein ganz drolliges Nachspiel. Der ‹Tod in Venedig› war ein großer Erfolg, besonders in Amerika, und die Novelle gehört sicher zu den besten meines Mannes. Vor wenigen Jahren bekam Erika einen Brief von einem älteren polnischen Aristokraten, einem Grafen, dessen Namen ich vergessen habe, der schrieb, ihm sei etwas sehr Komisches passiert. Vor einiger Zeit hätten Freunde ihm die polnische Übersetzung einer Novelle gebracht, wo er selbst, seine Schwestern, seine ganze Familie aufs Haar genau geschildert seien; das hätte ihn doch sehr amüsiert und integriert. Aber er war nicht beleidigt. Das war dann der Ausklang der ganzen Begebenheit. (...)

Der Zufall oder Fügung wollten es, daß wir im Februar 1933 zu einer Vortragstournee ins

Ausland reisten. Von dieser Reise sind wir nicht nach Deutschland zurückgekehrt, sie führte uns zwangsläufig ins Exil. Deshalb sind wir im wörtlichen Sinne nicht emigriert, wir waren glücklicherweise «draußen». Wir hätten gar nicht emigrieren können.

Ich hatte schon seit Monaten zu meinem Mann gesagt: Die Nazis kommen zur Macht, das ist nicht mehr aufzuhalten. Und so, wie du sie immerfort bekämpft hast, kommen wir in eine gräßliche, gefährliche Lage. Wir sollten lieber außer Landes gehen.

Aber er sagte immer: Das tue ich nicht. Dieser Entschluß wäre ein Signal, daß ich an den Sieg der Sache glaube, und dieses Signal will ich nicht geben. Wir bleiben ruhig noch da, es wird uns vorerst nichts weiter passieren.

Der Boykott der Nazis war schon 1930 offenkundig, und seine Unbeliebtheit in diesen Kreisen hatte Thomas Mann schon damals augenscheinlich dokumentiert bekommen.

Er hielt im Oktober 1930 im Berliner Beethovensaal einen Vortrag namens ‹Deutsche Ansprache. Ein Appell an die Vernunft›. Er war eigens hingefahren, um auf dieser Veranstaltung vor den Nazis zu warnen und gegen sie aufzutreten. Der Abend ist mir, mit all dem Aufruhr und all der Aufregung, die er beschwor, unvergeßlich. Von einem wohlmeinenden Publikum war der Saal halb ausverkauft, oben auf der Galerie jedoch saß Herr Arnolt Bronnen mit einigen anderen Gesinnungsgenossen, Pro-Nazi, aggressiv, und sie hätten am liebsten die Ansprache gesprengt. Sie haben furchtbaren Krach gemacht, Thomas Mann immer wieder unterbrochen und: Unsinn! Schluß! und ähnliches von der Galerie gerufen, daß mein Mann für eine Weile zu sprechen aufhören mußte. Es herrschte große Aufregung im Saal.

Dann drehte sich das gesamte Publikum gegen die Galerie und rief: Wir wollen Thomas Mann hören. Ruhe da oben!

Es ging daraufhin ziemlich ungestört weiter. Ich saß in der ersten Reihe, auf dem Podium saß Frau Fischer, und Frau Fischer flüsterte immer: Recht bald Schluß machen. Möglichst bald Schluß machen! Aber mein Mann ließ sich gar nicht stören und führte den Vortrag vollständig zu Ende.

Dann kam Bruno Walter zu uns in das Künstlerzimmer und sagte: Wissen Sie, ich würde jetzt nicht die Haupttreppe hinuntergehen. Da kann man nicht wissen, was passiert. Ich bin ja hier zu Hause, im Beethovensaal. Ich führe Sie auf der Hintertreppe hinunter. So geschah es denn auch. Über die Hintertreppe und einige Verbindungsgänge gelangten wir ins Freie, und Bruno Walter führte uns zu seinem Wagen, den er in einem Hof abgestellt hatte, und brachte uns sicher fort.

Tags darauf war in einer illustrierten Nazi-Zeitung auf gezielte Weise ein Bild von der Veranstaltung im Beethovensaal abgedruckt. Das Publikum hatte sich doch gegen die Galerie gedreht und um Ruhe ersucht, nicht wahr? Nun, genau dieses Bild – das Publikum, das dem Sprecher den Rücken dreht – hatten sie veröffentlicht, und drunter stand zu lesen: Thomas Mann hält einen Vortrag. – Von da ab war er als Nazifeind legitimiert.

(...)

Kurze Zeit später hat Thomas Mann in Wien vor Wiener Arbeitern gegen die Nazis gesprochen. Dann war er aufgefordert worden, bei einer Veranstaltung des «Sozialistischen Kulturbundes» in Berlin zu sprechen. Diese Veranstaltung kam nicht mehr zustande, die Nazis verboten sie nach der Machtergreifung. Thomas Manns Rede ‹Bekenntnis zum Sozialismus› konnte gerade noch in einer sozialistischen Zeitschrift abgedruckt werden.

Er hat getan, was er konnte. Heinrich stand immer sehr weit links, das wußte man. Aber von den sogenannten bürgerlichen Schriftstellern war Thomas Mann der einzige, der sich gegen die Nazis gewendet hat. Nicht einer, ob nun Hermann Stehr oder Gerhart Hauptmann oder wer auch immer, stand gegen sie auf. Thomas Mann war wohl der einzige.

Dann kam die Vortragsreise, von der wir nicht mehr nach Hause zurückkehren sollten. Thomas Mann war aufgefordert worden, anläßlich des 50. Todestages von Richard Wagner Vorträge über diesen zu halten, in Amsterdam auf Deutsch, in Brüssel und Paris auf Französisch. Bevor wir reisten, eröffnete mein Mann am 10. Februar 1933 seine Vortragsreise über ‹Leiden und Größe Richard Wagners›, indem er im Auditorium maximum der Münchner Universität sprach. Die Veranstaltung war ausverkauft, es gab großen Beifall, und eine sehr anständige, beifällige Besprechung stand in den ‹Münchner Neuesten Nachrichten›. Am

Tage darauf fuhren wir nach Holland. Ich erinnere mich genau an dieses Datum, weil es das unseres Hochzeitstages ist.

Um uns nach der Wagner-Tournee noch ein bißchen zu erholen, gingen wir nach Arosa. In die Zeit fiel der Reichstagsbrand am 27. Februar, dann kamen die Reichstagswahlen vom 5. März, wo doch bereits alle Kommunisten und viele Sozialdemokraten hinter Schloß und Riegel saßen. Tatsächlich war das ganze Hotel vorm Radio versammelt, um die Nachrichten über den Ausgang der Wahl zu hören. Ich saß mit meiner Tochter Medi vor dem Apparat und sagte immer: Es ist doch überhaupt lächerlich! Das sind doch gar keine freien Wahlen. Die Opposition haben sie ja zum größten Teil eingesperrt. Was soll denn das?

Und da sagte jemand: Aber gnädige Frau, nehmen Sie sich doch in acht.

Ich brauche mich nicht in acht zu nehmen, sagte ich, wir können sowieso nicht mehr zurück.

Wir konnten es auch nicht. Es wäre ganz undenkbar gewesen, aber mein Mann wollte es immer noch nicht ganz glauben.

Erika und Klaus waren zu der Zeit gerade in

München. Wir riefen sie an, und ich sagte: Ich weiß nicht, es muß doch jetzt bei uns gestöbert werden? Soviel ich weiß, ist doch jetzt die Zeit? Aber Erika sagte: Nein, nein, außerdem ist das Wetter so abscheulich. Bleibt ruhig noch ein bissel dort, ihr versäumt ja nichts.

Nun, nach diesem Gespräch war es ganz klar, daß wir im Ausland bleiben mußten, mit dem Wenigen, was wir bei uns hatten. Denn wir hatten nichts mitgenommen außer dem, was man für eine dreiwöchige Reise braucht.

Mein Mann hatte immer noch eine vage Hoffnung. Aber dann erschien im April in den ‹Münchner Neuesten Nachrichten› ein ganz blöder Offener Brief, «Protest der Richard-Wagner-Stadt München», der sich gegen Thomas Mann und seinen Vortrag ‹Leiden und Größe Richard Wagners› richtete. Am 10. Februar war seine Rede noch sehr beifällig aufgenommen worden, mittlerweile waren die Nazis an die Macht gekommen; dieser «Protest» war nur ein Zeichen dafür, welche Richtung die Dinge nahmen.

Der Aufsatz meines Mannes war ein psychologisch fundierter Aufsatz, der Richard Wagner, diese zwiespältige und merkwürdige Figur mit ihren großen Gaben wie ihren menschlichen Schwächen und Eigentümlichkeiten, charakterisierte, und Thomas Manns große Verbundenheit mit Wagners Werk zeigte. (...)

Aber zurück zum «Protest der Richard-Wagner-Stadt München», den alles unterschrieben hatte, was in München irgendwie Namen besaß: der bayrische Kultusminister, der Präsident der Akademie der bildenden Künste, Clemens von Franckenstein, der Generalintendant des Bayerischen Staatstheaters war, Gulbransson, Pfitzner, Richard Strauss, Josef Pschorr, Knappertsbusch, und ich weiß nicht wer noch.

Ganz unerhört fanden sie, daß mein Mann den Vortrag im Ausland gehalten hatte; denn es kam unter anderem in dem «Protest» der Satz vor: Wir lassen uns unseren wertbeständigen Geistesriesen – wertbeständig, als ob's ein Wertpapier wäre – nicht durch einen Thomas Mann im Ausland verunglimpfen.

Es war ein furchtbarer Hetzartikel gegen ihn, und er hat sich ganz unverhältnismäßig darüber aufgeregt. (...) Auf den «Protest» hin veröffentlichte Bermann Fischer in der ‹Rundschau› eine Rundfrage, wer diese Erklärung unterzeichnet habe. Da haben manche so komisch geantwortet. Zum Beispiel Gulbransson schrieb: Ja, ich kannte den Wortlaut doch gar nicht. Aber alle haben ihn unterschrieben. Ein Mann, den ich so verehre, und die Frau –.

Das war die ganze Antwort, die er zu geben wußte.

So wie es stand, hätte denn Thomas Mann auf keinen Fall zurückgekonnt, außer er hätte erklärt, er habe die Sache falsch gesehen und nunmehr sehe er, daß es sich bei alledem um eine Erneuerung Deutschlands handele.

Dann wäre er wiederaufgenommen und hoch geehrt worden von den neuen Gralshütern. Sie legten es ihm sogar nahe, zurückzugehen. Mit Richard Strauss hatte die Affäre noch ein kurzes Nachspiel. Wir kannten Strauss ganz gut. Ich hatte ihn schon in meinem Elternhaus kennengelernt, und mein Zwillingsbruder verehrte ihn sehr als junger Musiker. Nun, in Zürich wohnten Freunde von uns, die Reiffs; ich erwähnte sie schon. Mein Mann hat sie sogar mit Namen im ‹Doktor Faustus› geschildert. Es gehörte zur Technik des Romans, sich derartige Direktheiten ein paarmal zu erlauben.

Frau Reiff war, glaube ich, die letzte Schülerin von Liszt, und sie war sehr darauf erpicht, alle Musiker, die nach Zürich kamen und dort dirigierten, bei sich im Hause wohnen zu haben. Sie hatte ein großes, schönes Haus, und Strauss wohnte kurz nach der Machtergreifung bei ihr. Es war viel von Thomas Mann die Rede, und da äußerte Strauss: Ach, den würde ich ganz gern mal wiedersehen.

Frau Reiff rief bei uns an: Wäre es Ihnen recht, morgen mit Strauss bei uns zum Lunch zusammenzukommen? Mein Mann wehrte ab: Ach, lieber nicht.

Das gab sie Strauss bekannt: Hören Sie, Thomas Mann möchte nicht gerne.

So? Ach. Wegen der dummen Geschicht' damals?

Den «Protest» nannte er «die dumme Geschicht»! Wir haben ihn dann nicht mehr wiedergesehen. (...)

Wir fühlten uns zwar recht wohl in der Schweiz, aber man war doch immer nervös, und seit 1938, dem Anschluß Österreichs, der Münchner Konferenz, dem Einmarsch in die Tschechoslowakei, wurde auch die Schweiz ein bißchen bedenklich. Dann sind wir nach Amerika gegangen. Wir waren ja schon verschiedentlich vorher dort gewesen. Das erste Mal reisten wir im Jahre 1934 nach Amerika anläßlich der amerikanischen Ausgabe der ‹Geschichten Jaakobs›, des ersten ‹Joseph›-Bandes. Blanche Knopf, die Frau unseres amerikanischen Verlegers Alfred Knopf, kam jedes Jahr nach Europa, um sich nach Autoren umzusehen, und als sie in Zürich war, besuchte sie uns und sagte: Im Sommer soll der erste Band ‹Joseph› erscheinen, und mein Mann hat sich gedacht, daß er das ein bißchen festlich arrangieren möchte. Knopf hätte die Idee, ein «Testimonial Dinner» zu geben, wozu Mayor La Guardia und viele Schriftsteller eingeladen werden, und er würde uns gern einladen, dazu nach New York zu kommen. Ob wir dazu kommen wollten? Alfred würde natürlich alle Spesen decken. Wir könnten es ja noch besprechen und überlegen; sie sei noch zwei Tage da und sie bäte, daß wir ihr dann sagten, wie wir darüber dächten. Wir sagten beide einstimmig: Dazu brauchen wir gar nichts zu überlegen und zu besprechen. Das tun wir doch sehr gern. Natürlich kommen wir.

Es wurde alles verabredet, und dann habe ich noch einen sehr diplomatischen Brief an Alfred geschrieben: Wir kämen furchtbar gerne, nur hätte der Arzt gesagt, Thomas Manns Gesundheitszustand sei zwar gut und gegen die Reise sei gar nichts einzuwenden, aber selbstverständlich dürfe sie nur statthaben, wenn Thomas Mann sie mit allem Komfort anträte. Diesen Brief hatten die Kinder verlangt; sie hatten mir geraten, ihn zu schreiben.

Mit einem holländischen Schiff, der R.M.S. «Volendam», sind wir sehr angenehm hinübergefahren. Dann bei unserer Ankunft in New York kamen schon mit dem Lotsenboot eine Menge Journalisten an Bord. Es war ein großes Getöse. Wir waren ganz baff, und ich fragte: Was ist eigentlich? Denn daß Thomas Mann in den USA ein so bekannter oder berühmter Schriftsteller war, wußten wir nicht.

Yea, we want to see Thomas Mann of course, you know, he was on board, Thomas Mann.

Einer fragte mich noch: *Mr. Mann of course is Hebrew?*

Ich sagte: *Not a bit.*

Dann stand eine head-line über den Empfang in der Zeitung: *Not a bit, says Frau Mann.*

Alfred Knopf hatte alles ganz großartig arrangiert. Wir bekamen eine Eskorte von Polizisten, die auf ihren Motorrädern vor dem Auto herfuhren, und er hatte wirklich eine sehr schöne Suite für uns im Plaza Savoy Hotel reserviert.

Ich sagte ihm: *Alfred, that's wonderful.*

I didn't forget what your doctor said, antwortete er ganz schlau.

Für das Testimonial Dinner hatte mein Mann eine kleine Rede auf Englisch präpariert, und es passierte ihm das entsetzliche Malheur gegen Ende der Rede, als er schon seine Dankbarkeit für den freundlichen Empfang, für das amerikanische Interesse an seiner Arbeit und für die Veranstaltung dieses festlichen Empfangs durch seinen Freund Alfred Knopf ausgedrückt hatte, schloß er mit dem Satz: *He is not only a publisher, he is a creature too.* Er meinte aber: *creator* – da wäre ich nun beinahe in den Boden gesunken, aber Knopf hat gelacht.

Der 59. Geburtstag meines Mannes fiel auch in diese Tage. Da wurde ihm eine Torte mit neunundfünfzig Lichtern gebracht, die er mit einem Zug ausblasen mußte. Das konnte er tatsächlich. Auch das war ein schöner Erfolg.

Eine Woche waren wir dort, und von allem sehr befriedigt und beeindruckt reisten wir wieder ab.

Als wir das zweite Mal hinüberreisten, wurde meinem Mann in Harvard zusammen mit Albert Einstein die Ehrendoktorwürde verliehen, und wir wohnten bei dem damals sehr bekannten Schriftsteller van Loon. Er war Popularhistoriker, hatte eine Weltgeschichte geschrieben, ein netter Mann. Als wir bei ihm wohnten, bekamen wir von Roosevelt eine Einladung zu einer *dinner party* ins Weiße Haus. Wir fühlten uns sehr geehrt. Es war ein kleiner Kreis, und ich kann mich erinnern, Roosevelt erzählte irgendeine Geschichte aus seiner Münchner Studienzeit, worauf Mrs. Roosevelt sagte: *I think, this was an excellent story.* Da mußten wir alle lächeln, nachdem sie sie nochmals als solche erklärt hatte. Später, als mein Mann schon seine Gastprofessur in Princeton hatte, waren wir nochmals Gäste des Weißen Hauses und wohnten drei Tage dort. Roosevelt hielt sich gerade in der Umgebung New Yorks auf, wo sie ein Landhaus hatten, und die Schlichtheit und Einfachheit von Mrs. Roosevelt fiel mir sehr auf. Zur Zeit der Teestunde kam sie selber an unsere Tür klopfen: *if you want tea now, tea is served.* Das Weiße Haus ist ja ein sehr weitläufiges Gebäude, und sie hätte schließlich einen

Diener oder ein Mädchen schicken können. Aber nein, sie kam selber. Sie war besonders nett. Am nächsten Morgen kam Roosevelt zurück, wir frühstückten zusammen und da sagte er gleich: *I brought a piece of pheasant with me. Where is it? I would like it for breakfast.* Nun, er bekam seinen Fasan. Abends braute er selbst unsere Cocktails und war sehr charmant. Er hatte persönlich etwas ungemein Gewinnendes. Mein Mann verehrte ihn sehr. Aber es war ja ein Jammer, er war schwer leidend – die Kinderlähmung, dann hatte er noch einen Schlaganfall gehabt –, und trotzdem war er so ungeheuer aktiv.

Er wurde im Rollstuhl gefahren, überall im Weißen Haus waren Bretter über die Treppen gelegt. Er konnte gar nicht gehen, er konnte schwimmen, und es war ein Schwimmbassin für ihn da. Er wirkte durchaus nicht krank. Er war sehr lebhaft und lustig. An Erika, die mit uns war, hatte er großes Wohlgefallen. Mein Mann war ganz erschüttert von seinem Tod und hat für ihn sofort einen sehr schönen Nachruf geschrieben. Er war viel besser als Truman und hätte sicherlich auch eine bessere Deutschlandpolitik gemacht.

Im Sommer 1939 sind wir noch einmal nach

Europa gefahren. Wir flogen zum Kongreß des PEN-Clubs nach Stockholm, der dann nicht mehr stattfand. H. G. Wells, der auch gekommen war, saß wartend in Stockholm herum, und ich sagte zu ihm: Sie müssen nach England zurück.

Und der Kongreß? fragte er ganz erstaunt.

Der Kongreß wird nicht stattfinden.

Wells wollte es nicht glauben.

Von Malmö flogen wir über Amsterdam nach London zurück. Es war kurz nach Ausbruch des Krieges, ein gräßlicher Flug. Wir flogen auffallend niedrig. Das irritierte mich, und ich fragte die Stewardeß nach dem Grund.

Nazideutschland hat uns über sein Gebiet nur zu fliegen erlaubt, wenn wir ganz niedrig fliegen. Gestern haben sie uns den Flug sogar zu verlangsamen gezwungen und haben aus der Nähe durch alle Fenster geschaut, um auszukundschaften, wer im Flugzeug sitzt.

So. So ist das.

Dann habe ich zu meinem Mann gesagt: Ich würde auch gern einmal am Fenster sitzen.

Sagte er: Ich sitze doch immer am Fenster.

Aber es ist für mich doch auch einmal ganz interessant.

Nun, unwillig hat er mir den Fensterplatz eingeräumt. Schräg gegenüber saß ein starker, jüdisch aussehender Herr. Offenbar war ihm nicht entgangen, was die Stewardeß sagte. Er wurde ohnmächtig. Aber es passierte nichts.

Am nächsten Tag wurde jemand auf dem gleichen Flug von einem Flieger der deutschen Luftwaffe durchs Fenster erschossen. Wahrscheinlich hatten sie den Mann für Thomas Mann gehalten, denn sein Stockholmer Aufenthalt und seine Heimreise in die USA waren den Nazis natürlich bekannt.

In London war es ganz schrecklich. Die Engländer hatten für einen Kriegsfall überhaupt keine Vorkehrungen getroffen. In Zürich hatten schon ständig Verdunklungsübungen stattgefunden, die sich dann als unnötig erwiesen, denn der neutralen Schweiz passierte nichts. Aber in England war nichts dergleichen geschehen. Es gab keine Verdunklungsvorhänge, man durfte abends überhaupt nur ein Streichholz in seinem Schlafzimmer anzünden, sonst nichts. In den Straßen wimmelte es von Militär. Es war eine sehr merkwürdige Stimmung. Mit einem amerikanischen Schiff, der «Washington», sind wir zurückgefahren. Es war dreifach besetzt. Wir reisten zwar Erster Klasse, aber die Unterhaltungsräume waren zu Schlafsälen arrangiert, jeweils zwei Pritschen nebeneinander, dann kam ein ganz schmaler Durchgang, dann wieder zwei Pritschen; ein Schlafsaal für die Damen, einer für die Herren.

Wasser bekam man in Fingerhutmengen, das Essen wurde dreimal ausgegeben. Es war ein Gedränge von zweitausend Menschen an Bord. Bei unserer Ankunft in New York holte uns ein Mitglied des Verlags ab und sagte: *And now you are here for good.*

ERIKA MANN

München 1905–1969 Zürich

Die älteste Tochter von Thomas und Katia Mann beginnt 1924 ein Schauspielstudium in Berlin. Zwischen 1925 und 1930 Engagements an verschiedenen Theatern. 1926 Heirat mit dem Oberregisseur an den Hamburger Kammerspielen, Gustaf Gründgens. 1927/28 Weltreise mit Bruder Klaus. Scheidung von Gründgens 1929. Gründet 1932 zusammen mit Therese Giehse in München das politische Kabarett «Die Pfeffermühle»; 1933 Emigration in die Schweiz. 1935 Aberkennung der deutschen Staatsbürgerschaft, Heirat mit dem englischen Dichter Wystan H. Auden. Lebt seit 1936 als Schriftstellerin vornehmlich in den USA, Beginn der Laufbahn als Vortragsreisende. Ab 1941 u. a. als Mitarbeiterin der BBC Kriegsberichterstatterin. Ab 1947 enge Zusammenarbeit mit dem Vater. 1952 Übersiedlung mit den Eltern in die Schweiz, dort vor allem mit Editionen der Werke von Thomas und Klaus Mann beschäftigt.

Als sein «Wotanskind» Erika 1932 ein politisches Kabarett gründet, steuert Thomas Mann den Namen bei: ***«Die Pfeffermühle»***. Am 1. Januar 1933 ist Premiere in der Münchner *Bonbonniere*: «Große Stimmung, großes Publikum (...) Ganz groß geklappt; nur drei blöde Nazis in einer Ecke», schreibt Bruder Klaus ins Tagebuch, und der Rezensent der *Neuen Zürcher Zeitung* meldet: «Erika Mann ist nicht nur die Verfasserin der meisten Texte (...), sondern auch Conférencière dieses Kabaretts (...) Es ist zu vermerken, daß der Charme Erikas in der Geschichte des deutschen ‹Brettls› etwas Neues bedeutet. Man läßt sich die Frauenemanzipation gern gefallen, wenn sie mit soviel lächelnder Eleganz verbunden ist.» Zwei Monate später, im März 1933, emigriert Erika Mann in die Schweiz. Die «Pfeffermühle» wird am 30. September in Zürich wiedereröffnet und erlebt bis 1936 über tausend Vorstellungen in der Schweiz, Tschechoslowakei, in Holland, Belgien und Luxemburg. Die hier ausgewählten Stücke stammen – in zeitlicher Reihenfolge – aus verschiedenen Programmen, die «Stimmungssängerin» aus dem ersten Münchner, der «Mann der Stunde» aus dem dritten Exilprogramm.

Diverse Vorträge in den USA zum Thema Kindererziehung unter den Nazis führen 1938 zur ersten Publikation im Exil: *School for Barbarians. Education Under the Nazis* (Geleitwort: Thomas Mann). Hier wird das erste Kapitel zitiert: ***«Das Kind im Dritten Reich»***.

Die letzte Leseprobe, ***«Thomas Mann und seine Familie»***, eine Skizze über das Leben der Manns im amerikanischen Exil, wurde 1939 für die Zeitschrift *Vogue* verfaßt.

Die Stimmungssängerin

Laßt mich jetzt vor allen Dingen, –
Mal was Stimmungsvolles singen, –
Voller Stimmung und Hamur, –
Gott, das ist meine Natur.

Darf es von Wien sein,
Oder vom Rhein sein,
Darf es vom Wein sein, –
Muß es sehr fein sein,
Darfs bisserl frei sein, bisserl obszön
Herz muß dabei sein,
dann ist's erst schön.

Ja es muß hold sein
Und dann doch frech, –
S' Herz muß von Gold sein,
S' Köpferl von Blech.

Ach, Pfui Teufel, ach, Pfui Spinne, –
Wie geht's Ihnen? Mir geht's schlecht.
Sing ich gleich von blut'ger Minne, –
Ich vertrag das nicht so recht.

Ich tu ja nur so,
Ich mein's nicht so arg.
Mein Direktor verlangt's
Und der Mann ist so stark, –

Verzeihung, Verzeihung, jetzt geht's wieder los,
Ich bin halt verpflichtet, wie helf ich mir bloß?

Schwalben, Mond und blaues Wasser
Sind verpflichtet vom Verfasser.
Und der Petrus lacht dazu.
Lieber kleiner Kürassier, –
Komm doch bitte mit zu mir, –
Ich bin die Kuh!

Ach, Pfui Teufel, ach, Pfui Spinne,
Wie geht's Ihnen, mir geht's schlecht, –
Sing ich gleich von blut'ger Minne, –
Ich vertrag das nicht so recht.

Verzeihung, Verzeihung, jetzt geht's wieder
los, –
Ich bin halt verpflichtet, wie helf ich mir bloß!

Mäderln in Uniform,
Gott, sind die süß, –
Ja, und mein Vaterland ist's Paradies, –

Nein, und mein Federhut
Stört mich zu sehr, –
Verzeihung, Verzeihung, ich kann jetzt
nicht mehr.

Ach, pfui Teufel, ach, bescheiden,
Wie geht's Ihnen, mir geht's gut, –
Mein Direktor soll jetzt leiden,
Wenn der Mann mir bloß nichts tut!

Federhut, Reichstagswahl
Lieb ich enorm
Mondschein und Schwalbendreck in
Uniform.
Petrus und Kürassier,
Schlagrahm mit Märzenbier, –
Allezeit lieb gehabt, –
Jetzt hat's geschnappt!

Harlekin

Laßt Euch gleich von mir erklären
Dieses bunte Narrenkleid.
Meine Gründe sollt Ihr ehren, –
Denn sie liegen in der Zeit.

Die ist bunt, wie diese Flecken;
Und auch uns ist bunt zu Mut.
Manchmal mies und zum Verrecken, –
Manchmal plötzlich wieder gut.

Rot und grün und weiß daneben,
Schwarz und gelb bin ich verziert.
Alles, was wir so erleben,
Ist hier drauf symbolisiert.

Unschuld, Hoffnung, Neid und Trauer,
Scham und Schande hab' ich an, –
Wartet, wartet bis genauer
Ich es Euch erklären kann.

Wenn ich so zum Beispiel sehe,
Wie das rüstet um uns her, –
Wenn ich in das Kino gehe, –
Wochenschau mit Schießgewehr, –

Und mit Giftgas und mit Feuer
Und mit einem neuen Tank, –
Ja, da wird mir ungeheuer, –
Und ich denke: Gott sei dank, –

Ach, da bin ich doch unschuldig dran!
Mach drei Kreuze, Mensch und sage still:
Du hast wenigstens was Weißes an, –
Da sieht jeder, daß ich das nicht will.

Und dann stellt sich unsern Blicken
Eine Prinzenhochzeit dar:
Orchideen zum Entzücken, –
O, wie reich, das junge Paar!

Da zerspring ich doch vor lauter Neid, –
Ach, geht's denen gut, – haben dies bequem!
Und da weid' ich mich in meinem Kleid, –
Etwas Gelbes ist da angenehm!

Und dann kann ich droben sehen
Haß und Terror, und man schießt.
Wer will sowas denn verstehen, –
Nein, daß sowas möglich ist?!

Und die Welt hält bleiern stille,
Schreit denn keiner: halt genug!?
Ist nur dort, nur dort ein Wille?
Nur bei Wahnsinn und Betrug!

Ach, da werd ich traurig, weine fast,
Und ich möcht' im Witwenschleier geh'n.
Und hab gleich ein Fleckchen, das da paßt, –
Kann nur schwarzes Fleckchen seh'n.

Dann ist Pause, und wir lesen
Schnell und um uns zu zerstreu'n, –
In den Blättern, wie's gewesen,
Und wie's morgen könnte sein.

Ach, sie lügen, ach, sie lügen, –
Wahrheit wird nicht mehr gedruckt!
Und sie wollen uns betrügen,
Daß es stinkt und kracht und zuckt.

Und da schäm ich mir die Lunge aus,
Da genier ich mich bis in den Tod, –
Und da werd ich rot und geh nachhaus, –
Wie mein Jäckchen hier, so feuerrot.

Wenn wir mal vernünftig werden,
Fühl' ich dann, und mir wird leicht,
Ist auf dieser schönen Erden
Schon ein hohes Ziel erreicht.

Liegt es denn in solcher Ferne, –
Unerreichbar himmelwärts?:
Ach es offenbart sich gerne,
Klares Ziel für Kopf und Herz!

Und dann fange ich zu hoffen an,
Für den fernen Tag zur Abendzeit, –
Und jetzt endlich kommt was Grünes dran, –
Grüner Hoffnungsfleck, am bunten Kleid.

Frau X.

(Die reizlos und bieder gekleidete Matrone sitzt behäbig in einem offenbar ererbten, fett-gepolsterten Lehnstuhl vom Anfang des Jahrhunderts. Die musikalische Begleitung verliert das dumme und übermütig Hüpfende, das ihr anfangs eignet, gegen Ende nur auf Grund geänderter Tempi und neuer Akzente. Die beiden

Melodien – Vers und Refrain – wiederholen sich bis zum Schluß.)

Ich heiße X und habe einen Laden,
Drin es Verschiedenstes zu kaufen gibt.
Ich will im Ganzen keinem Menschen
schaden, –
Ich und mein Mann, wir sind auch recht beliebt.

Man lügt und man betrügt sich durch die
Woche,
Am Sonntag reicht es dann zu Wein und
Huhn.
Mit Ehrlichkeit hat unsere Epoche,
Und mit Charakter, ja nichts mehr zu tun.

Es kräht kein Hahn danach,
Es kräht kein Hahn danach,
Die Hühner lachen leis.
Es schert sich keine Katz,
Weil das doch jeder weiß;
Wer's Pech hat, na, der hat's.

Mein Mann betrügt mich oft, das weiß ich
immer,
Und ich betrüge ihn in mancher Nacht.
Er mietet sich zu diesem Zweck ein Zimmer,
Ich und mein Freund, wir haben's oft belacht.

Dabei betrügt mich der mit meiner Jüngsten,
Die lügt mich an, das lebenstücht'ge Ding.
Ja, ja, ich weiß, es war vergang'ne Pfingsten,
Daß sie zum ersten Male zu ihm ging.

Es kräht kein Hahn danach,
Es kräht kein Hahn danach,
Die Hühner lachen leis.
Es schert sich keine Katz,
Weil das doch jeder weiß;
Wer's Pech hat, na, der hat's.

Und gibt es Krieg, dann muß es ihn halt
geben, –
Wozu denn sonst das Militär im Land?
Die Industrie will schließlich weiterleben.
Ich und mein Mann, wir haben's längst
erkannt.

Wenn wir daheim sind und am Radio hören,
Wie das so funkt und tut aus manchem Reich.
Und andere Leute lassen sich nicht stören,
Nur Österreich selber ward ein bißchen bleich:

Es kräht kein Hahn danach,
Es kräht kein Hahn danach,
Die Hühner lachen leis.
Es schert sich keine Katz,
Weil das doch jeder weiß:
Wer's Pech hat, na, der hat's.

Wenn wir's nicht hindern, sind wir schnell verloren, –
Der Vogel Strauß macht große Politik;
Den Kopf im Sand bis über beide Ohren,
Zwitschert er dumpf: «Ich bin nicht für den Krieg».

Am Ende liegt die Welt in Schutt und Trümmern,
Die wir so listig-tüchtig aufgebaut.
Das Giftgas schwelt in unsern guten Zimmern –
Ich und mein Mann, wir geben keinen Laut.

Jetzt krähn die Hähne all,
Um's blut'ge Morgenrot, –
Die Hühner weinen leis.
Zu spät schert sich die Katz,
Die es nun gründlich weiß:
Wer's Pech hat, na, der hat's.

Die Dummheit

Ich bin die Dummheit, hört mein Lied
und nehmt es nicht zu leicht.
Nichts gibt's, soweit das Auge sieht,
das mir an Dummheit gleicht.
Der Schnee ist weiß, das Meer ist tief,
ich aber, ich bin dumm,
der Teufel, der mich einstens rief,
der wußte wohl warum.
Die Menschheit fürchtet den Verstand,
sprach Satanas zu mir.
Dich hat noch keiner recht erkannt,
mein liebstes Mordgetier.
Ja, um Gotteswillen, bin ich dumm!

Der Leute Hirn verklebe ich,
ich nag an der Substanz.

Von ihrem Stumpfsinn lebe ich,
es ist ein toller Tanz.
Besonders bin ich eingestellt,
auf Herren, die regier'n.
Und die auf dieser ganzen Welt
mich freudig akzeptier'n.
Die Herren tun alles, was ich will
in blut'ger Narretei.
Und ihre Völker halten still.
Denn ich bin stets dabei.
Ja, um Gotteswillen, bin ich dumm!

Am Ende steht der Untergang,
den ich herbeigeführt.
Paßt auf, es dauert nicht mehr lang,
und dann ist es passiert.
Was sagt ihr? Nein?! Ihr kennt mich jetzt?
Ich selbst hätt' es vollbracht?
Ihr meidet und benennt mich jetzt?
Was hab ich bloß gemacht ...?!
Wär's möglich, daß ...? Pfui, die Vernunft!
Welch tödlich sanftes Licht.
Schon bin ich ohne Unterkunft,
weh, ich begreif es nicht ...
Ja, um Gotteswillen, war ich dumm!

Mann der Stunde

Na, nun raten Sie mal, wer ich bin?!
Trag ich nicht den Chapeauclaque wie einer,
Der in der Gesellschaft mittendrin, –
Ein gelehrter, oder gar noch feiner?

Wartet nur, ich helf Euch auf die Spur, –
Spreche einfach über mein Vermögen.
Augenblicklich ist die Konjunktur
Ausgezeichnet und ein wahrer Segen.

Na, wer bin ich?
Na, wer bin ich?
Na, na, na, wer könnt ich sein?!
Bin ich Dichter?
Bin ich Richter?
Ganz kalt, –
Wärmer, –
Aber: nein!

Riech ich nicht nach Erde und nach Blut?
Und nach schönen Unbedenklichkeiten?!
Ja, ich hab zum Gräßlichsten den Mut!
Wurzle tief in sagenhaften Zeiten.

Freilich galt ich nicht als stubenrein, –
Das warn damals kindische Bedenken.
Heute bin ich stolz und reich und fein.
Kein Minister möchte mich mehr kränken.

Künstler bin ich und als solcher kühn, –
Greif hinein ins volle Menschenleben.
Na, – nu raten Sie mal, wer ich bin, –
Kopf herunter, ich will Antwort geben!:

Bin Scharfrichter,
Bin Scharfrichter, –
Ja, ich richte wahrlich scharf.
Hau in Eile
Mit dem Beile
Kopf um Kopf ab
Weil ich darf!

Herrlich, herrlich, ist doch mein Beruf.
So korrekt und amtlich wie nur einer.
Hochgepriesen, der dies Ämtchen schuf,
Gönner vieler, und zuletzt auch meiner.

Schnellgerichte setzen mich in Brot, –
Ich bin glücklich und der Mann der Stunde.
Weib und Kindlein kennen keine Not,
Vater Staat ist mir ein guter Kunde.

Kopf herunter!
Kopf herunter,
Ach wie ist das Leben schön!
Nach der Arbeit
ist gut Ruhen,
Freudig kann man schlafen gehn.

Wie, – Sie üben noch an mir Kritik?
Meckern frech nach Kritikasterweise?
Dumme Wühlmaus, tun Sie sich nicht dick!
Volk hat keinen Raum für solche Mäuse.

Was ist los? *Mich* will man töten jetzt?
Auf der Stelle und in solcher Eile?
Neue Herrn sind über mich gesetzt?!
Und man tötet mich *mit meinem Beile*?!

Also bitte, –
also bitte, –
Lieber einen Tag als Leu
wünsche ich geköpft zu haben, –
Denn als Lamm, –
Es ist vorbei, –
Lebt denn wohl, –
Es ist vorbei!

Meinen Kopf ab,? Unvorstellbar, –!
Und man hat mich schon beim Schopf?
Leben will ich, – nur noch leben, –!!
Gott, wo steht mir bloß der Kopf?!

Das Kind im Dritten Reich

Das Leben aller Menschen in Deutschland hat sich wesentlich geändert, seit Adolf Hitler dort Reichskanzler wurde. Der Wechsel von der Demokratie zur nationalsozialistischen Diktatur ist ebenso bestimmend für die private wie für die politische Existenz des Volkes. Der deutsche Staatsangehörige, dem es, bis zum Februar 1933, freistand, sich in erster Linie als Vater, Protestant, Weltbürger, Blumenzüchter, Pazifist, Münchner oder Bräutigam zu fühlen, heute muß er in erster, allererster Linie eines sein: Nationalsozialist. Das, was der «Führer» die «nationalsozialistische Weltanschauung» nennt, hat für jeden deutschen Staatsangehörigen Evangelium zu sein, und die Pläne des Führers sind ebenso heilig wie die Mittel, deren er sich zu ihrer Ausführung bedient. Keine Menschengruppe aber im besonderen wurde so sehr, so entscheidend erfaßt von den Wandlungen, welche die Nazi-Diktatur im Leben ihrer Untertanen vornahm, wie die Kinder. Denn während der erwachsene Deutsche zwar *erstens* Nationalsozialist zu sein hat, *zweitens* aber doch vorläufig noch Ladenbesitzer oder Fabrikant sein mag, ohne daß sein Laden oder seine Fabrik verstaatlicht worden wäre, ist das deutsche Kind schon heute ein Nazi-Kind und nichts weiter. Die Schule, die es besucht, ist eine Nazi-Schule, die Jugendorganisation, der es angehört, ist eine Nazi-Organisation, die Filme, zu denen man es zuläßt, sind Nazi-Filme, und sein Leben gehört ohne Vorbehalt dem Nazi-Staat. Mögen die Privat- und Einzelinteressen der Erwachsenen in bescheidenstem Ausmaß weiterbestehen, – mag ihr Wissen um eine Welt außerhalb der Landesgrenzen, in der alles so anders aussieht als in Hitlers Kopf, nicht ganz beseitigt worden sein, – die *Jugend* kennt keine Privatinteressen mehr, und sie weiß nichts von einer anders und besser regierten Umwelt. In ihrer Unerfahrenheit und schnellgläubigen Bereitschaft lag von Anfang an des «Führers» beste Chance. Vor allem der Jugend habhaft zu werden, war sein Ehrgeiz, wie es der Ehrgeiz jeden Diktators sein muß. Denn erstens stellt die Jugend, eben vermöge ihrer Unwissenheit, beinahe immer die Stelle des schwächsten Widerstandes dar, zweitens aber werden die Kinder von heute die Erwachsenen von morgen sein, und wer sie wirklich erobert hat, mag sich schmeicheln, Herr der Zukunft zu sein. Diese Zukunft aber, in der, wenn es nach Hitler geht, Deutschland die Erde regieren wird («Wer z. B. den Sieg des pazifistischen Gedankens in dieser Welt wirklich von Herzen wünschen wollte», – schreibt Hitler in «Mein Kampf» [S. 315], – «müßte sich mit allen Mitteln für die Eroberung der Welt durch die Deutschen einsetzen.»), diese Zukunft soll von denen gestaltet werden, die heute bei den Nazis in die Lehre gehn, von der deutschen Jugend. Und so kann es nicht wundernehmen, wenn das Regime all seine Macht, Insistenz, Unbedenklichkeit und Schlauheit in den Dienst der Jugenderziehung stellt, wenn die enorme Propaganda- und Kontrollmaschinerie vor allem dafür eingesetzt wird, daß *die Jugend* nach Hitlers Wünschen und Plänen heranwächst. Sehr früh schon (in «Mein Kampf») hat dieser geäußert: «Dann muß allerdings von der Fibel des Kindes angefangen, jedes Theater, jedes Kino, jede Plakatsäule, und jede Bretterwand in den Dienst einer einzigen großen Mission gestellt werden, bis das Angstgebet unserer heutigen Vereinspatrioten ‹Herr mach uns frei› sich im Gehirn des kleinsten Jungen verwandelt zur glühenden Bitte ‹Allmächtiger Gott segne dereinst unsere Waffen!›» Und an anderer Stelle von «Mein Kampf» heißt es: «Seine» (des «jungen Volksgenossen») «gesamte Erziehung und Ausbildung muß darauf angelegt werden, ihm die Überzeugung zu geben, andern unbedingt überlegen zu sein.» (S. 456)

Das Problem der deutschen Jugenderziehung ist ein Problem allererster Ordung für die Zukunft Deutschlands, Europas, der Erde, – kein Zweifel kann daran aufkommen. Und der «Führer» widmet diesem Problem denn auch seine volle Aufmerksamkeit.

«Wenn man mich fragt, ob ich in der Vergangenheit Sorgen gehabt habe, so muß ich antworten: Jawohl, ich bin nie ohne Sorgen gewesen. Jedoch ich habe sie gemeistert. Wenn man mich fragt, ob ich in der Gegenwart Sorgen habe, so antworte ich: Ich habe viele Sorgen. Und wenn man mich fragt, ob ich glaube, daß ich in Zukunft Sorgen haben werde, so antworte ich ebenso: Jawohl, ich glaube, daß ich nie ohne Sorgen sein werde. Jedoch das ist nicht entscheidend. Ich werde sowohl die Sorgen der Gegenwart, wie der Zukunft genau so meistern, wie ich sie in der Vergangenheit gemeistert habe. Jedoch eine Sorge habe ich, die mir wirklich Sorge macht. Das ist die Sorge, ob es uns gelingt, den Führernachwuchs für die politische Leitung der NSDAP heranzubilden.» (Adolf Hitler in «Der nationalsozialistische Erzieher», 15. Juni 1937) Es ist dem Führer ernst um seinen Nachwuchs, so viel läßt sich heraushören, wenngleich das grammatikalisch so anfechtbare Hitler-Deutsch, dessen er sich, hier wie immer, bedient, schwer verständlich ist. Und wenn der Diktator sich zum absoluten Herrscher über das Leben *aller Deutschen* aufzuwerfen sucht, das Leben *der Kinder* hat er sich genommen, de facto und ganz und gar. Es wird in Hitler-Deutschland dafür gesorgt, daß die Jugend nach dem Willen des «Führers» lebt und daß sie kein Vorbild kennt als das des «Führers». Die Instanzen, denen Gewalt über sie gegeben ist, heißen Nazi-Schule und Nazi-Jugendorganisation. Eine weitere Instanz, die Familie, ist, wie alles Private in Hitler-Deutschland, von untergeordneter Bedeutung. Wichtiger als sie ist eine vierte: die Atmosphäre, die als allgemein formendes Element dort wirksam ist, – die schwer atembare Luft, die dort weht, wo der Diktator regiert.

Die Kinder sagen «Heil Hitler» 50 bis 150 mal am Tag. Die Grußformel, die Gesetz ist, wird unvergleichlich öfter ausgesprochen als jedes neutrale oder religiöse «Guten Tag» oder «Grüß Gott» je vorher. Man grüßt mit «Heil Hitler» die Kameraden auf dem Schulweg, mit «Heil Hitler» beginnt und schließt jede Unterrichtsstunde, «Heil Hitler» sagt der Postbote, der Trambahnschaffner, das Fräulein im Laden, wo man die Hefte kauft. Rufen am Mittag die Eltern daheim nicht alsbald «Heil Hitler», so machen sie sich strafbar, und man könnte sie anzeigen. «Heil Hitler» schreien die Jungens im «Jungvolk» und in der «Hitlerjugend», und «Heil Hitler» die Mädchen im «Bund Deutscher Mädel». – Mit «Heil Hitler» wird auch das kindliche Abendgebet schließen, wenn das Kind seine Verpflichtungen irgend genau nimmt. Für alle Fälle, in denen Offizielles im Spiel ist, für die Vorgesetzten aus Schule oder Jugendorganisationen gilt es, mit dem «Heil Hitler» den ausgestreckten rechten Arm in die Höhe zu werfen, – während der nicht-offizielle

Alltag nur ein kurzes Aufwärtswinken mit dem Unterarm bei gestreckten Fingern fordert. Dies aber allein, dieser Hitlergruß, genannt: der «deutsche», exekutiert vom Erwachen bis zum Schlafengehn, dies Nennen eines Namens in Verbindung mit dem gehobenen, ja biblischen Worte «heil» ist von einschneidender Bedeutung, – es genügte, um dem Tag seine Farbe zu geben. «Heil» kam dem Menschen bis dato von *Gott*, – das «ewige Heil» stand für die «ewige Seligkeit», und vom Substantiv «Heil» kommt das Adjektiv «heilig». Jetzt aber gibt es dies Neue: «Heil Hitler».

Die deutschen Kinder sagen ihr «Heil Hitler» in den Tag hinein, achtlos, wie sie während des Krieges ihr «Gott strafe England» grüßend riefen. Sie verschlucken wohl auch die Konsonanten, – sie machen ein unverständliches Wort aus den beiden sonderbar kopulierten, ja, sie treiben sogar ihren Scherz mit dem «deutschen Gruß», – sagen «Drei Liter», statt «Heil Hitler», weil das lustig ist und niemand es nachweisen kann. Wie dem aber sei: der Tag des deutschen Kindes steht im Zeichen von «Heil Hitler», – *auch* äußerlich, – *auch* im rein Formalen.

Das Kind verläßt am Morgen mit «Heil Hitler» das Haus. Auf der Treppe begegnet es dem «Blockwart». Der «Blockwart» ist eine hochgestellte, sehr gefährliche Persönlichkeit; die Regierung hat den «Blockwart» eingesetzt, als Nazi-Aufpasser und -Kontrolleur für den Block, in welchem er lebt, – er hat regelmäßig Bericht zu erstatten über die Führung der Haus- und Blockbewohner. Es lohnt sich, für den «Blockwart» militärisch Front zu machen und den Arm zum «großen» Hitlergruß zu rekken. Draußen hängen Flaggen aus den Fenstern, – Nazi-Flaggen natürlich, rot, mit dem Hakenkreuz. Das Kind fragt nicht deswegen. «Irgendein nationaler Anlaß», denkt es, und es weiß, daß keine Woche vergeht, ohne daß alle Menschen ihr Hakenkreuz zum Fenster hinaushängen müssen, – es ist Vorschrift bei nationalen Anlässen, – nur die Juden sind ausgenommen, denn die Juden sind keine Deutschen, sie gehören nicht zur «Nation», und deshalb gibt es für sie auch keine «nationalen Anlässe». Auf dem Schulweg begegnen viel Uniformierte dem Kind, die schwarzen «SS-Leute», Männer vom «Freiwilligen Arbeitsdienst» und «Reichswehrsoldaten». Ein paar Straßen sind abgesperrt. Unberührt wählt das

Kind einen anderen Weg. «Ein Minister fährt durch unsere Stadt», – denkt es, – «natürlich sperrt man da die Straßen.» Daß in den Städten anderer Länder die Minister ihrer Wege gehn, ganz ohne daß man ihretwegen die Straßen sperrte, weiß das Kind nicht, und niemand wird es ihm sagen.

Irgendwo ist eine Baustelle. Die Arbeiter sind heut nicht am Platz, – wegen des «nationalen Anlasses». Aber am Gerüst ist, heut wie immer, das Schild zu sehen: «Daß wir hier arbeiten, verdanken wir dem Führer. Heil Hitler». Das Kind kennt das Plakat. Es kennt ungezählte solcher Plakate. Überall, wo gearbeitet wird, an Straßen, Kasernen, Sportplätzen, kann man es lesen: «Daß wir hier arbeiten, verdanken wir dem Führer. Heil Hitler». Macht das Kind sich deshalb Gedanken? Denkt es etwa darüber nach, wie auf den Bauplätzen anderer Länder gearbeitet wird, ganz ohne daß die Arbeitenden dies irgendeinem «Führer» zu danken hätten? Gewiß nicht. Aber der Satz lebt ihm in Kopf und Herz, wie ein Stückchen altvertrauter Melodie. «Natürlich», denkt das Kind, ohne es zu wissen, – «freilich doch, – daß sie hier arbeiten, verdanken sie dem Führer.»

Vorbei an Restaurants, Hotels, Hallenschwimmbädern führt sein Schulweg das Kind. Auch hier sind Aufschriften angebracht, aber sie heißen: «Juden ist der Eintritt verboten», – «Juden sind hier unerwünscht», – «Nicht für Juden!» Was fühlt das Kind beim Anblick solcher Plakate? Zustimmung? Auflehnung? Freude? Ekel? Gewiß nicht. Diese Plakate kennt das Kind seit beinahe fünf Jahren. «Natürlich», – denkt das Kind, – «freilich doch, – Juden ist der Eintritt verboten.» Weiter denkt es nichts. Zu stark sind die Gegebenheiten, zu altgewohnt bereits das Bild. Fünf Jahre im Leben eines neunjährigen Kindes, – sie sind in Wirklichkeit *das Leben* eines neunjährigen Kindes, denn die ersten vier Jahre sind Babyjahre, – erst mit dem fünften etwa beginnt die eigentliche, bewußte und wachsame Existenz.

Das Kind geht durch die Nazi-Straßen als ein Nazi-Kind. Nichts dort ist ihm auffällig, nichts der Erwähnung wert, oder gar der Kritik. Daß an den Zeitungskiosken beinahe nur noch Nazi-Zeitungen verkauft werden, ist selbstverständlich. Alle *deutschen* Blätter *sind* Nazi-Blätter, und alle ausländischen sind verboten, soweit ihr Charakter irgend unerwünscht ist den

Nazi-Machthabern. Das Kind blickt auf die schreienden Überschriften, ohne sich zu verwundern. «Unerhörte Gewalttätigkeiten gegen das Deutschtum in der Tschechoslowakei», steht da, – «Jüdische Gangster regieren Amerika!!!», – «Kommunistischer Terror in Spanien vom Papst gebilligt», – «Wieder 150 Geistliche als Sexualverbrecher entlarvt!!»

«Natürlich», denkt das Kind, – «freilich doch, – so geht es zu in der Welt. Ein Glück, daß wir unsern Führer haben, der es den bösen Tschechen, Juden, Amerikanern, Kommunisten und Geistlichen schon zeigen wird.»

Kommen irgendwelche Zweifel dem Kind, mißfallen ihm grobe Tonart und hysterische Exaltiertheit der Meldungen? Hält es etwa gar für denkbar, daß solche Berichte gefärbt sein und in keinerlei Einklang mit den Tatsachen stehen könnten? Gewiß nicht. All dies gehört in den Nazi-Alltag, wie «Blockwart», «Hakenkreuz», «Heil Hitler» und «Juden ist der Eintritt verboten». All dies wirkt zusammen, um jene Atmosphäre zu schaffen, in der zu leben dem freigeborenen Menschen Qual bedeutet, – jene Luft, die zu atmen vergiftend ist. Die Kinder in Deutschland kennen keine reinere, denn diese weht überall, wo die Nazis regieren, und sie regieren überall und absolut, wo das deutsche Kind atmet, schläft, ißt, lernt, marschiert, heranwächst.

Thomas Mann und seine Familie

Natürlich war es eine feine Sache für mich, meinen Eltern Amerika zu zeigen, als ich sie auf einer Vortragsreise im März 1938 begleitete. Alles, was sie von Amerika kannten, war New York und Washington, und gleich nach ihrer Ankunft konnte ich ihnen im Stil einer Eingeweihten mitteilen: «Wißt ihr, New York ist nicht Amerika, und Washington auch nicht.» Sie nickten eifrig. «Ist Tulsa in Oklahoma Amerika?», fragten sie. Ich erwiderte: Ja, von Tulsa werde dies gesagt, und meiner Ansicht nach gelte dasselbe für Kansas City und Salt Lake City, wo wir noch hinfahren sollten.

So begannen wir die Vortragsreise, und die ersten Tage waren wundervoll. Meine Eltern zeigten sich an allem Neuen interessiert, ganz wie aufgeweckte Kinder. Sie sind sehr wißbegierig und außerordentlich aufnahmefähig. Beide begegnen Fremden mit bereitwilliger Verbindlichkeit. Im Zug teilten sie sich ein Abteil, und ich übernachtete in der unteren Koje eines Etagenbettes hinter einem grünen Vorhang. Sie genossen die Annehmlichkeiten der amerikanischen Eisenbahn mit kindlicher Freude. Und als wir, als Höhepunkt, im Clubwagen aus Philadelphia kommend ein wundervolles Wagner-Konzert hörten (wir fuhren gerade gottweißwo durch die Wüste), kannte ihre Begeisterung keine Grenzen.

Am 11. März 1938 annektierte Deutschland Österreich. Und plötzlich wurde unsere Reise, die so fröhlich begonnen hatte, schwierig. Zu dieser Zeit sprach mein Vater noch wenig Englisch, und so war ich es, die seine leise gesprochenen Antworten bei Pressekonferenzen und Fragestunden der Presse und der Öffentlichkeit mitteilte. Ich versuchte ihn aufzumuntern und erzählte ihm etwas über ein wichtiges Footballspiel, das ich im Herbst gesehen hatte. «Ich verstehe nicht viel vom Baseball», meinte er traurig, und ich unterließ es, ihn über den geringfügigen Unterschied zwischen den beiden Sportarten aufzuklären. Sein Vorrat an Schweizer Zigaretten war aufgebraucht, und er glaubte, die amerikanischen nicht rauchen zu können. Er bekam Briefe, in denen er gebeten wurde, als Sponsor für dieses oder jenes aufzutreten. «Was ist ein Sponsor?», fragte er mich mit verzweifelter Miene.

Dann meinte er, daß er so nicht arbeiten könne, wenn er dauernd herumreiste, und daß er für solch ein Leben nicht geschaffen sei. «Ich brauche ein kleines Haus», sagte er, «wo mein großer und verläßlicher Schreibtisch steht, aber wo soll ich es finden?» Meine Mutter sagte: «Wir werden wieder ein kleines Haus finden, du sollst sehen! Wir werden hier in Amerika leben und uns zuhause fühlen, überlaß' das nur mir.» Ich sah sie an – ihre Stimme klang zuversichtlich, aber ihre Augen hatten einen traurigen Blick.

Im Herbst 1938 kam ich von einer Reise nach Sudetendeutschland zurück und blinzelte in die Sonne, die über Princeton, New Jersey schien.

Das niedrige, ansehnliche Backsteinhaus, das da vor mir lag, Stockton Street Nr. 65, war unser neues Heim in Amerika. Hier lebten meine Eltern jetzt mit vier meiner fünf Geschwister (eins war noch in London und sollte bald ankommen). Wunderschöne, herrlich gefärbte Herbstblumen blühten im Garten, die Bäume trugen ebenso vielfarbiges Laub – der Herbst in

München hatte dasselbe Bild geboten, und auch in Südfrankreich, wo wir 1933 «zuhause» gewesen waren, und in Küsnacht bei Zürich, das ebenfalls für ein paar Jahre unser Heim war, war es ähnlich.

Ich kam genau zur Teezeit ins Wohnzimmer. Das Bild, das sich mir bot, war zugleich vertraut und fremd. Meine Eltern und meine Geschwister saßen um den runden Teetisch herum, Vater mit der «New York Times» auf den Knien, laut und etwas stockend, aber mit guter Aussprache daraus vorlesend. Ein schwarzer Diener in weißem Jackett bot Cracker an; auf dem Grammophon (es war das Gerät aus München, unsere gute alte Victrola – ich erkannte sie sofort) lagen ein paar amerikanische Zeitschriften. Die schönen Empire-Bücherregale, Schätze aus dem Haus unserer Großeltern in Lübeck, standen schlank und ehrwürdig im Hintergrund dieses großen Zimmers, das unverkennbar vom würzigen und leicht süßlichen Rauch amerikanischer Zigaretten durchzogen wurde.

Für einen Moment stand ich in der Tür, bevor ich mit einem ziemlich amerikanischen «Hello» einen Sturm von Begrüßungen entfesselte. Sie sprangen alle auf und sprachen wild durcheinander. «Wie gefällt es dir?», fragten sie. «Ist es nicht großartig hier? Und so amerikanisch? Und ganz wie zuhause?» Auf den schwarzen Diener deutend, sagte Vater: «Das ist John; er erinnert einen zwar nicht sehr an unsere Marie in München, aber er macht seine Arbeit sehr gut.» Meine Mutter fügte hinzu: «Und dann ist da noch Lucy. Heute abend wird sie zum ersten mal Knödel (‹dumplings›) machen. Wir sind alle sehr gespannt, und Lucy natürlich am meisten.»

Ich bekomme Tee serviert, aber Vater besteht darauf, daß ich mir sein Arbeitszimmer ansehe, «my studio», wie er auf Englisch sagt, und ich stimme zu, daß das wichtiger ist als der Tee. Dort steht sein Schreibtisch, «groß und verläßlich», denke ich bei mir, als wir beide vor ihm stehen. «Es ist schon seltsam», sagt mein Vater, «hier steht er nun, und all die kleinen Dinge sind in alter Weise auf ihm angeordnet: der große Brieföffner aus Elfenbein, die Münzen und die Photographien. Der Diener staubt sie ab, und ich habe ihn auf Englisch gebeten, nichts durcheinanderzubringen. Er versteht mich mindestens so gut wie unsere Marie, die auch ihren Ärger mit mir hatte, weil sie wirklich nur Münchner Dialekt verstand, wo ich doch Hochdeutsch mit norddeutschem Einschlag spreche.»

Mutter kommt herein und erinnert uns, daß der Tee kalt wird. Der Blick, den mein Vater ihr zuwirft, zeugt von tiefer Dankbarkeit. «Einmal mehr hat sie es geschafft», meint er. «Sie hat dieses Haus gefunden, das wie für uns gemacht ist, und sie hat den Umzug arrangiert, so daß ich fast nichts davon gemerkt habe. Das Essen schmeckt fast so gut wie zuhause, und wenn ich morgens am Schreibtisch sitze und in die Köpfe und die Herzen der Figuren eindringe, die ich zum Leben erwecken will, weiß ich manchmal tatsächlich nicht, wo ich bin – in München? In Küsnacht? Wie dem auch sei: Ich bin offensichtlich zuhause, und das ist die Hauptsache.»

Abends beim Dinner besteht der erste Gang aus Tomatensaft («Die schwarzen Diener haben uns das beigebracht», sagt Vater. «Wir haben uns schon ganz daran gewöhnt!»), Sauerbraten («pickled beef») und Knödeln. Die bayerischen Gerichte sind vorzüglich geworden, aber Mutter sagt: «Die Semmeln waren noch nicht alt genug. Lucy muß lernen, daß nur alte Semmeln gut für Knödel sind.»

Nach dem Dinner trinken wir Whiskey, offensichtlich auch ein Resultat der «schwarzen Schule» – zuhause gab es früher nie Whiskey. Vater hat ein schönes Programm auf dem Grammophon zusammengestellt. Wir hören Beethoven, Brahms und Schubert und als Finale ein paar Lieder von Hugo Wolf – es ist ein sehr deutsches Konzert. Zwischen den Stücken plaudern wir. Das große Spiel steht bevor, Princeton gegen Yale. «Wir haben gute Chancen», meint Vater. «Wir werden zweifellos gegen Yale gewinnen.» «Im Baseball?», frage ich, und Vater mustert mich mit einem verächtlichen Blick. «Im Football», sagt er lakonisch, aber ich werde den Verdacht nicht los, daß er bis heute den genauen Unterschied zwischen beidem nicht erklären könnte.

Später am Abend liest er uns vor. Er sitzt bei der Lampe, wie er es immer getan hat, wie vor zwanzig Jahren in unserem Haus an der Isar, als wir klein waren. Er liest aus einem maschinengeschriebenen Manuskript, aber ich weiß, daß er nur mit der Hand schreibt, ordentlich und sehr unleserlich, in deutscher Schrift.

Unsere Mutter hat alles abgeschrieben; sie ist die einzige, die seine Handschrift ohne Schwierigkeiten entziffern kann. Sie kümmert sich auch um Vaters Korrespondenz; er diktiert ihr, und sie ist es, die mit seinen Verlegern verhandelt. Sie weiß, daß ihm Tantiemen zustehen (er selbst weiß das nicht), sie fährt den Wagen, sie macht alle Einkäufe (geht zum Supermarkt, wo alles ein bißchen billiger ist, und sucht das Gemüse selbst aus, wofür sie einen der kleinen Einkaufswagen benutzt, die dort bereitstehen), sie tröstet uns, wenn wir niedergeschlagen sind, und berät uns alle bei unserer Arbeit.

«Michaels Lehrer und seine Schüler sind sehr mit seiner Arbeit zufrieden», sagt sie, als Vater seine Lesung unterbricht, um seinen Jüngsten, den neunzehnjährigen Michael, zu fragen, ob er alles verstanden hat. «Michael hat Schüler?», frage ich. Ja, er mache von seinem Schweizer Lehrerdiplom Gebrauch und gebe kleinen amerikanischen Jungen Geigenunterricht. «Michael und Elisabeth spielen jetzt sehr schön zusammen», meint Vater. «Morgen müßt ihr ein Konzert geben, Kinder. Hast du dich an den neuen Flügel gewöhnt, Elisabeth? Und übermorgen muß Klaus uns vorlesen, oder Eri. Ist ‹Escape to

Life› schon fertig?» Wir sagen ihm, daß es fertig ist, aber daß uns lieber Golo vorlesen soll – um etwas für unsere geistige Bildung zu tun. Golo ist Philosoph und Historiker und hätte Professor in Heidelberg werden können.

«Übermorgen?», fragt er jetzt. «Aber übermorgen sehen wir uns einen Film an!» Vater liebt es, ins Kino zu gehen. «Ich verstehe schon alles», sagt er und lacht, stolz wie ein Kind. «Ich habe fast keine Schwierigkeiten beim Verstehen der Sprache; wenn ich in einer amerikanischen Familie leben würde, dann spräche ich bald wie ein amerikanischer Wasserfall.» Aber er sieht uns so freundlich an, als er das sagt, daß wir fühlen: Als Familie sind wir ihm gerade recht, genau so wie wir sind.

Zuhause, obwohl im Exil – ja, wir sind zuhause, einmal mehr zuhause. Tomatensaft und Knödel auf dem Tisch, Hemingway und Goethe im Bücherregal, Brahms in der Schallplattensammlung und Jazz im Radio, deutsche Lesungen unter der Lampe und gute Chancen für «uns» gegen Yale. Deutschland ist weit weg, und das Land liegt in Dunkelheit gehüllt. Aber wo wir sind, da ist Deutschland, und wir sind da zuhause, wo der Schreibtisch steht.

«Man wird uns erlauben, in Amerika zu bleiben», sagt Vater. «Hier ist die Demokratie stark und ehrlich.» Wir nicken alle zustimmend. Und der kleine Michael, der noch nichts von Politik versteht, obwohl er schon Schüler hat, sagt: «Und wenn wir wieder fortmüssen, diesmal vielleicht zum Mond, dann wird es auch nicht anders sein. Mutter wird den Mondengeln zeigen, wie man Knödel macht, und sie wird aufpassen, daß sie nichts auf dem Schreibtisch in Unordnung bringen. Und das wäre eigentlich schon alles.»

KLAUS MANN

München 1906–1949 Cannes

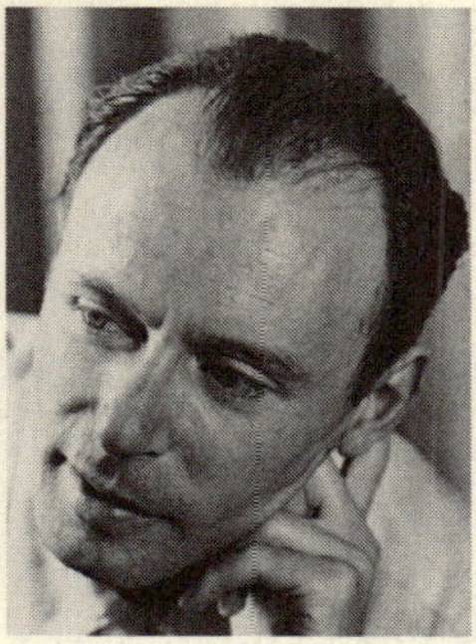

Geht 1924 als Theaterkritiker nach Berlin und gründet mit seiner Verlobten Pamela Wedekind, der Schwester Erika und Gustaf Gründgens ein Theaterensemble. Seither als Schriftsteller tätig (Romane und Erzählungen, Theaterstücke, Essays), 1932 erscheint die (erste) Autobiographie Kind dieser Zeit. *1933 Emigration, zunächst nach Paris, Herausgabe der Zeitschrift* Die Sammlung *(bis 1935). 1934 Aberkennung der deutschen Staatsbürgerschaft. Veröffentlicht 1936 den zeitkritischen Roman* Mephisto *(wird 1966 als eine «Beleidigung, Verächtlichmachung und Verunglimpfung» von Gustaf Gründgens in der Figur des Höfgen verboten). 1937 tschechische Staatsbürgerschaft. 1938 Reporter im Spanischen Bürgerkrieg, Übersiedlung in die USA. 1941/42 Herausgeber der Zeitschrift* Decision. *1942 Einberufung in die US Army, 1944 Teilnehmer am alliierten Italien-Feldzug; 1945 Mitarbeiter der Armeezeitung* Stars and Stripes; *Aufenthalte an wechselnden Orten. 1949 Tod nach einer Überdosis Schlaftabletten.*

«Die Emigration war nicht gut, aber man gewöhnt sich an alles», schreibt Klaus Mann in seinem Lebensbericht *Der Wendepunkt,* «man bewegte sich auf vulkanisch unsicherem Boden. Je mehr Macht und Prestige das Dritte Reich gewann, desto prekärer wurde die Position der deutschen Antifaschisten, im Lande selbst und draußen, im Exil. (...) Ich sitze in einem New Yorker Hotelzimmer und bemühe mich, das wirre, reiche, trübe Exil-Erlebnis in epische Form zu bringen. Erinnertes und Geahntes, Traum und Gedanke, Einsicht und Gefühl, der Todestrieb, die Wollust und der Kampf (...), Musik und Dialektik, die Entwurzelungsneurose, das Heimweh als Geißel und Stimulans (...) Nicht fehlen durfte dem Ganzen die düster-fahle Farbe der Gefahr, schwefliger Reflex nahender Feuerbrände, phosphoreszierende Aura des Verhängnisses. Komplexes Gespinst! Ehrgeiziges Unterfangen!» Keines seiner Bücher habe ihn so lange beschäftigt: Im Herbst 1937 beginnt er seinen dritten Exilroman, der in Paris spielt und stark autobiographische Züge trägt, im Frühjahr 1939 schließt er ihn – «meine umfangreichste Arbeit, vielleicht meine beste» – ab: ***Der Vulkan. Roman unter Emigranten*** erscheint im Sommer 1939, einige Wochen vor Ausbruch des Zweiten Weltkrieges. «Mit scharfem Blick sieht der Autor diese Menschen, er zeichnet sie bis in ihre letzten Schnörkel mit Liebe und Delikatesse», kommentierte Lion Feuchtwanger, und der Vater bezeichnet ihn als «wirklich vorzügliche Sache». Nachzulesen sind der Beginn des Romans und zwei aufeinander Bezug nehmende Szenen.

«Drei deutsche Meister» erschien erstmals im Januar 1946 in der amerikanischen Zeitschrift *Esquire*. Zitiert wird die erste Hälfte der Reportage, die Wiederbegegnung mit Richard Strauss nach den Jahren der Nazi-Herrschaft.

Der Vulkan. Roman unter Emigranten

Das kleine Restaurant, Ecke Boulevard St. Germain / Rue des Saints Pères, war um halb neun Uhr schon beinahe ganz leer. Die Stunde des Diners dauert in Paris von halb sieben bis acht Uhr; später sitzen nur noch Wahnsinnige oder Ausländer bei Tisch. Die beiden letzten Gäste, ein amerikanisches Ehepaar, waren eben dabei, ihren Kaffee zu trinken; da machte die Kellnerin ein erschrockenes Gesicht: es kamen noch vier Leute von der Straße – zwei junge Männer, ein Fräulein und eine ältere Frau.

Einer der jungen Männer – er war auffallend bleich und mager; über seinem Gesicht, das wie aus Wachs gebildet schien, stand das schwarze harte Haar aufrecht, wie in ständigem Entsetzen gesträubt – erkundigte sich, ob man noch etwas zu essen bekommen könne. Die Kellnerin war schon im Begriff zu verneinen, als die Patronne, von der Theke her, ihre Stimme vernehmen ließ: aber gewiß doch, es seien noch zwei Portionen Poulet da, außerdem ein ‹Schnitzel Viennois›, und für eine der Damen könnte man eine Omelette machen. Die vier schienen es zufrieden; während sie sich um einen Tisch in der Ecke niederließen, erklärte der junge Mann, der vorhin mit der Kellnerin verhandelt hatte: «Ich habe neue Berliner Zeitungen besorgt!» Dabei legte er den Stoß von Papieren vor sich hin. Das junge Mädchen schnitt eine Grimasse und sagte: «Pfui!»

Sie redeten deutsch – was das Ehepaar am Nebentisch aufhorchen ließ. Nun war es die Amerikanerin, die eine angewiderte Grimasse schnitt. Gleichzeitig zuckte sie die Achseln und sagte etwas zu ihrem Gatten, was sich wohl in einem kränkenden Sinn auf die Deutschen im allgemeinen und die Vier am Nebentisch im besonderen bezog. Der Gatte schien ihr in allen Punkten recht zu geben; er nickte empört und rief dann schallend: «L'addition, Mademoiselle!»

Die Deutschen inzwischen hatten ihre Zeitungen vor sich ausgebreitet. Das Mädchen sagte, mit einer schön sonoren, etwas grollenden Stimme: «Auch noch Geld ausgeben für das Dreckszeug! Eine Schande!» Während ihr Gesicht vor Ekel verzerrt blieb – als läge etwas

Stinkendes, eine kleine Tierleiche etwa oder Erbrochenes, auf dem Tischtuch, zwischen den Gedecken –, streckte sie ihre langen, unruhigen, muskulösen Hände gierig nach den Papieren aus. «Laß gleich das Scheußlichste sehen!» rief sie und lachte finster. «Die ‹Berliner Illustrierte›!» Der schwarze Hagere hielt ihr mit melancholischer Neckerei das Titelblatt der Illustrierten hin: es zeigte den Führer und Reichskanzler in idyllischem Tête-à-tête mit einem kleinen blond-bezopften Mädchen, das ihm einen enormen Blumenstrauß überreichte. «Ist er nicht schön?» fragte der Bleiche, wobei sein Lächeln säuerlich war. Die ältere Frauensperson – sie fiel durch kurzgeschorenes, hartes graues Haar und ein rotbraunes Kapitänsgesicht auf – stemmte die Arme in die Hüften und machte dröhnend: «Hoho!»

Die amerikanische Dame sagte, ziemlich laut: «Disgusting!» und stand auf. Die vier Deutschen, in den Anblick des Bildes versenkt, überhörten den Ausruf; sie sahen auch nicht, was für ein furchtbar drohendes Gesicht die Amerikanerin hatte, als sie nun, vom Gemahl gefolgt, das Lokal durchquerte, um die Ausgangstür zu erreichen. «Er bekommt einen

Bauch!» stellte animiert der zweite junge Mann fest, und meinte den ‹Führer›.

Als die Amerikanerin an dem Tisch vorbeikam, wo deutsch gesprochen und das Hitler-Bild betrachtet wurde, blieb sie eine Sekunde lang stehen und sagte sehr deutlich: «A bas les boches!» Ihr französischer Akzent war leidlich; jedenfalls viel besser als der des Gatten, der noch breit hinzufügte «A bas les Nazis!» Dabei hatte er sich der Türe genähert. Die Dame aber wandte sich noch einmal um, und nun spuckte sie aus. Auf eine Entfernung von mindestens zwei Metern spuckte sie recht kräftig und geschickt – man hätte es der respektabeln, keineswegs jungen Person kaum zugetraut –, so daß eine nette, saftige Portion Speichel direkt neben den Schuhen des hageren jungen Mannes auf den Fußboden klatschte. Dann fiel die Türe hinter der Amerikanerin zu.

Die Kellnerin und die Patronne des Lokals hatten den Vorgang wortlos beobachtet; die Kellnerin mit einem kaum sichtbaren, hämischen Grinsen, die Chefin mit einem Achselzukken, als wollte sie sagen: ‹Wozu soviel Aufregung wegen dieser Deutschen? Solange sie ihre Zeche zahlen, soll mir alles andere egal sein ...›

Die vier am Tisch waren so erschrocken und derart fassungslos erstaunt, daß mehrere Sekunden lang keiner von ihnen ein Wort hervorbrachte. Die beiden jungen Männer und das Mädchen waren sehr blaß geworden, während das Gesicht der Alten leuchtend rotbraun blieb. Sie war es, die das Schweigen brach, indem sie schallend zu lachen begann. «Das ist wunderbar!» brachte sie unter großem Gelächter hervor, wobei sie mehrfach dröhnend auf die Tischplatte schlug. «Ausgerechnet uns muß das passieren! Das ist köstlich! Nein, so was!» Die beiden Jungen versuchten mitzulachen; aber das Resultat ihrer Bemühung war kümmerlich, nur die bittere Andeutung eines Lächelns kam zustande. Das Mädchen schaute vor sich hin auf den Teller und sagte leise: «Ich finde es gar nicht komisch». – Warum nicht komisch? Wieso nicht? – wollte die Alte wissen. Aber nun gestand der zweite junge Mann – der blond und stattlich war, mit einem hellen, großflächigen, hübschen, etwas weichen und müden Gesicht –: «Ich kann mich eigentlich auch nicht besonders darüber amüsieren. Mein Gott, bin ich erschrocken!» Dabei führte er die Hand ans Herz und blickte aus großen, entsetzten

Augen, kokett um Mitleid werbend, von einem zu anderen. Der hagere Schwarze betrachtete grüblerisch den Speichelpatzen, der noch neben seinen Füßen auf dem Boden lag. «Vor zwei Wochen», sagte er leise, «vor genau zwei Wochen hat in Berlin, auf dem Kurfürstendamm, ein SA-Mann mich angespuckt. Auch aus ziemlicher Entfernung. Er traf noch etwas besser als diese Lady: sein Speichel clebte an meinen Schuhen ...» In eine kleine Stille hinein, die diesem Bericht folgte, sagte die Grauhaarige: «Armer David ...» Die Kellnerin stellte mit einem demonstrativen Mangel an Höflichkeit die zwei Portionen Poulet, das Schnitzel Viennois und ein Omelett auf den Tisch.

«Man hätte die Leute ja aufklären können», sagte der blonde junge Mann mit dem hübschen, weichen Gesicht – er hatte eine schleppend melodiöse Art zu sprechen; seine Worte kamen zögernd und einschmeichelnd daher. «Man hätte ihnen auseinandersetzen können, daß wir zwar vielleicht ‹des sales boches›, aber sicher nicht ‹des sales nazis› sind. Nur scheint mir ungewiß, ob die Herrschaften sich für solche Nuancen überhaupt interessiert hätten, für sie ist das alles wohl das gleiche ...» Er zuckte die Achsel und lächelte resigniert. «Außerdem ließen sie uns keine Zeit zu ausführlichen Konversationen.»

(...)

Das Leben hat viele Inhalte, und es bringt mit sich mancherlei Erschütterungen. Niemals wird es nur von einem Ereignis, von einem Umstand bestimmt. Die Emigranten denken nicht immer, nicht ohne Unterbrechung daran, daß sie sich im Exil befinden und ein gewisses Regime in der Heimat hassen oder sogar bekämpfen. Nicht stets und pausenlos können sie ‹Emigranten im Hauptberuf› sein –: es wäre gar zu quälend und übrigens einfach langweilig. Zwar ist ihr Leben weitgehend beherrscht von der einen großen, alles verändernden Tatsache: dem Exil. Indessen hörten einige große Gefühle nicht auf, das Menschenherz zu beschäftigen: Ehrgeiz und Liebe, Einsamkeit und Hunger, Freundschaft und die Angst vorm Tode – oder die Sehnsucht nach ihm ...

Die Zeit vergeht, im Exil wie zu Hause. Menschen finden sich und verlieren sich; haben Erfolge oder Mißerfolge; werden krank, verfallen Lastern, werden wieder gesund oder sterben; verwelken oder blühen auf.

Meisje, zum Beispiel – das ährenblonde Kind halb holländischer, halb deutscher Abkunft; erst als Gärtnerin, dann als Krankenschwester ausgebildet – war aufs erfreulichste erblüht und jeden Tag immer noch ein wenig schöner geworden. Sie hieß nun Frau Doktor Mathes und hatte eine Stellung als Nurse in einem Englischen Krankenhaus zu Paris. Dort war auch Mathes als Arzt tätig. Beide hatten kolossales Glück gehabt, sie wurden von allen beneidet. Daß solcher Neid der Freunde und Kollegen sich in durchaus gutmütigen Grenzen hielt, lag daran, daß dies junge Paar sich weiter als besonders brav und hilfsbereit erwies. Auch der Doktor hatte sich entschieden zu seinem Vorteil verändert, unter Meisjens energisch-weiblichem Einfluß. Er sah nun viel adretter und zivilisierter aus; sein Blick war fast nie mehr glasig, und der rotblonde Schnurrbart hing ihm nicht mehr feucht und fransig auf die Oberlippe.

Doktor Mathes und sein Meisje hatten bei der Schwalbe Hochzeit gefeiert; Fräulein Sirowitsch und Nathan-Morelli saßen dabei und tauschten Blicke voll Wehmut. Auch zwischen ihnen war seit längerem von Eheschließung die

Rede. Nathan-Morelli – einst spöttisch und beinah unzugänglich – hatte sich derartig an die kluge, ernste Dame gewöhnt, daß er nun seinerseits Wert darauf legte, die Liaison mit ihr zu legalisieren. Nun aber hielt sie es für passend, sich ein wenig rar zu machen und noch etwas zu zieren. Sie stand auf eigenen Füßen, sorgte für sich selber, war auf niemanden angewiesen. Seit dem Frühling 1935 leitete sie einen großen Presse-Vertrieb – ein Bureau, in dem außer ihr zwei Mädchen und ein junger Mann beschäftigt waren und dessen Funktion darin bestand, die holländischen, französischen, englischen, schweizerischen Zeitungen mit journalistischem oder photographischem Material zu versorgen. Einer der Autoren, mit dem die Sirowitsch regelmäßig zu tun hatte, durch den sie gut verdiente und den sie ihrerseits nicht schlecht verdienen ließ, war Helmuth Kündinger.

An der deutschen Tageszeitung, die in Paris erschien, hatte er einen gehobenen Posten. Man schätzte seine gewandte Feder, seinen zugleich soliden und beweglichen Geist; die Artikel, die von ihm stammten, waren beliebt. Besonders wurde Kündingers Ansehen bei den Kollegen dadurch gesteigert, daß auch französische Gazetten sich für seine Beiträge interessierten. Nicht nur in Provinz-Blättern, sondern auch in Pariser Zeitungen tauchte ab und zu sein Name auf. So weit hatten es nur wenige exilierte deutsche Journalisten gebracht. Übrigens war Kündinger nun auch politisch tätig und galt als Verfasser oder Mitverfasser zahlreicher Broschüren und Manifeste, die entweder im Ausland oder, illegal, im Reiche wirken sollten. Hier war es vor allem Theo Hummler, mit dem er zusammenarbeitete.

Der wurde immer energischer und immer geübter, was die politisch-propagandistische Aktivität betraf. Ein großer Teil der aufklärenden, warnenden, zum Widerstand rufenden Texte, die den geheimen, schwierigen, gefahrvollen Weg nach Deutschland fanden, stammte von ihm. Ein geheimnisvoller Nimbus begann, sich um seine Person zu bilden. Niemand wußte im Grunde genau, was er alles organisierte; wieviel wichtige und unsichtbare Fäden in seinen Händen zusammenfielen. Er trat häufig kleine Reisen an, deren Ziele unbekannt blieben. War er nach Prag unterwegs, oder nach Kopenhagen, oder gar nach Berlin? Richtete er einen Schwarzsender in Straßburg ein, dessen aufrührerische Verlautbarungen von deutschen Proleten, nachts und unter Lebensgefahr, abgehört wurden, oder konspirierte er mit Gesinnungsgenossen in Wien? … Theo Hummler redete nicht viel. Seine Miene wurde immer verschlossener, fast unheilverkündend vor lauter Energie und Geheimnis.

Bei anderen war es deutlicher, was sie taten und womit sie etwas erreichten. Ilse Ill, zum Beispiel, die Kabarettistin, hatte plötzlich einfach Erfolg – in allen Zeitungen stand es zu lesen. Monate und Jahre war sie arbeitslos umhergegangen, fast verzweifelt und schon halb zerlumpt, und jedem, der nicht davonlief, hatte sie es erzählt: «Schon wieder hat ein Direktor zu mir gesagt, ich sei ihm zu häßlich. Dabei hat er mir zugegeben, ich hätte Talent. Wenn ich aber Talent habe, dann habe ich ein Gesicht. Und wenn ich ein Gesicht habe, dann bin ich doch nicht häßlich …» Gleichsam über Nacht hatte man es entdeckt, ihr Gesicht, und nun leuchtete ihre Photographie aus den Illustrierten. Sie hatte es geschafft, freilich unter Verwendung radikaler Mittel. Der Einfall war ihr gekommen, sich das Haar grasgrün zu färben.

Dazu schminkte sie sich die Lippen schwärzlich, die Wangen violett und wählte zu einem schwarzen engen Kleid eine scharlachrote Pierrot-Krause. Es fiel immerhin auf. Außerdem hatte sie sich ein Programm einstudiert, das an fürchterlicher Kraßheit nichts zu wünschen übrig ließ. Zunächst durfte sie es nur in einem sehr bescheidenen Nachtlokal zum Vortrag bringen. Dort fanden sich Leute, die es ansprach; daraufhin machte sie einen Selbstmordversuch. Die Pariser wurden neugierig. Die Direktion eines großen Montmartre-Kabaretts bot ihr einen Vertrag an. Sie wand sich schlangenhaft zwischen den Tischen, an denen Sekt getrunken ward, warf die schwarzen Arme gen Himmel, verzerrte das bläuliche Gesicht über dem macabren Putz der Scharlach-Krause und schrie tragische Obszönitäten. Dieses war der Erfolg.

Auch Bobby Sedelmayer hatte es noch einmal geschafft. Dem charmanten, unverwüstlichen und gutmütigen Burschen zeigte sich in Shanghai das Glück wieder treu, das ihn an der Avenue de l'Opéra vorübergehend verlassen hatte. Seine Berichte aus China hatten begeisterten Ton. ‹Meine Bar ist die schönste des Fernen Ostens!› meldete er enthusiastisch – und alle, die dort gewesen waren, bestätigten es. ‹Nur ihr fehlt mir!› versicherte Bobby den alten Freunden. ‹Sonst wäre ich restlos froh.› – Er hatte sein Lokal in einem der ersten Hotels der Stadt etablieren können. Es war ein geselliges Zentrum dieser Weltgegend. Bobby verdiente in so hübschen Mengen, daß er dem jüdischen Comité, für das Dora Proskauer arbeitete, eine runde Summe überweisen konnte. An den Bankier Bernheim schrieb er, nicht ganz ohne Spott: ‹Wenn Sie in dieses Unternehmen Geld investiert hätten, verehrter Freund, wären Sie fein heraus!›

Übrigens hatte der Financier die Verluste, die seine Beteiligung an der Rix-Rax-Bar für ihn bedeutet hatte, leicht verschmerzen können. Ihm ging es vortrefflich; sein geschäftliches Genie bewies sich auch unter den abnorm erschwerten Umständen seiner jetzigen Existenz. Die prachtvolle Wohnung in Passy hatte schon wieder fast ebenso viel mondäne Anziehungskraft wie einst die Grunewald-Villa. Die Elite der Emigration – Künstler, Politiker und die Herren von der Börse – begegneten sich dort mit dem höheren Personal der Botschaften, Pariser

Zeitungsbesitzern und den halb deklassierten Mitgliedern des Faubourg St. Germain. Bernheim genoß die allgemeine Achtung. Einen Teil des Jahres verbrachte er in einem kleinen Ort bei Palma, auf der Insel Mallorca, wo er eine Villa gekauft hatte.

Dort hielt sich Professor Samuel auf, auch während der Hausherr abwesend war. Samuel hatte sich verliebt in Mallorca, in die Landschaft und in die Menschen. Außerdem hatte er dort ein sorgenloses Leben. Der Bankier schätzte ihn als Künstler wie als Causeur; großzügig und ohne gar zu viel Wesens davon zu machen, stellte er ihm Haus und Garten, Dienerschaft und Weinkeller, Küche und Bibliothek zur Verfügung. Wenn Samuel sich bedanken und die Großmut seines Freundes preisen wollte, sprach Bernheim schlicht: «Ich bin stolz darauf, mein Lieber, daß in meinem Hause Meisterwerke entstehen.» – Wirklich gerieten dem Maler auf Mallorca Bilder von ungewöhnlicher Qualität: Ansichten von Meer und Bergen in starken, hart leuchtenden Farben und reizende Portraits von Fischerknaben, Stierkämpfern oder Bauernfrauen. Eine kleine Gruppe von Künstlern – Schriftstellern oder

Malern – begann sich um das Mallorcanische Idyll von Samuel und Bernheim zu bilden. Man verbrachte unschuldsvolle, blaue Tage am Strande und wilde Nächte in Palma. In Bernheims Villa war der Tisch stets für viele gedeckt. Wenn der Bankier in Paris weilte, vertrat ihn Samuel: schalkhaft und würdig, mit Grandezza, milder Klugheit und gepfeffertem Witz.

... Die Zeit verging, auch für die Emigranten. Schriftsteller schrieben Bücher – manche davon waren gut, andere ließen zu wünschen übrig –; Politiker entwarfen ihr Programm und stritten mit den Kollegen darüber; Zeitschriften wurden gegründet und gingen ein; Frauen gaben sich hin, erwarteten ein Kind, ließen es abtreiben oder bekamen es; Geschäftsleute spekulierten; Ärzte und Rechtsanwälte hatten keine Praxis, aber doch ab und zu Klienten; Schauspieler hatten kein Engagement, aber durften sich doch hier und dort öffentlich zeigen. Das Leben stagniert nicht, geht weiter, bringt Überraschungen, Veränderungen, Sensationen, Schmerzen, kleines Glück, heftigen Kummer, Langeweile, Lust, Müdigkeit, Hunger, Schreck, Enttäuschung.

Sogar für die arme Friederike Markus sollten

schließlich Abenteuer kommen. Wie lange Zeit hatte sie nun, einsam und abgetrennt von allen übrigen, in ihrer tristen Wahnwelt gelebt? Jahre waren vergangen … Sie ging immer noch mit ihrem gelben Handtäschchen umher, in dem die Parfumflaschen an die Tuben mit Zahnpasta klapperten, und immer noch verfaßte sie ihre endlosen Epistel an britische Politiker, italienische Dirigenten oder deutsche Dichter. Tag und Nacht aber, ob sie schrieb oder Eau de Cologne verkaufte, träumte sie von jenem Gabriel, der sie verlassen hatte. Da erschien er ihr.

Als sie wieder einmal in einem Bistrot saß und im Begriffe war, eine ausführliche Klage an Frau Lagerlöf abzuschließen, mußte sie plötzlich aufschauen vom Papier. Ein Windhauch hatte sie angerührt; aber diesmal war er nicht frostig böse, vielmehr tröstlich mild: Hauch, Glanz und Wohlgeruch in einem. Friederike, die ihren Blick sehnsüchtig ausschickte, erkannte Gabriel; in höchst anmutiger Pose stand er gegen die Theke gelehnt. Er trug einen grauen Sportanzug mit weiten Pumphosen; von den Schultern aber wuchsen ihm silbrigblaue Flügel, starr und leuchtend, wie angefertigt aus einem biegsamen, starren und spröden

Metall. Unter einer schicken englischen Schirmmütze, die er tief in die Stirn gezogen trug, glänzten die Augen des huldreichen Engels derartig stark, daß Frau Viola sich zugleich entsetzt und beseligt fühlte. Ach, ihr Gabriel war wiedergekommen, alles konnte gut werden. Siehe – er hielt ein kleines Glas, gefüllt mit golden bräunlicher Flüssigkeit, auf kokette Art in der Hand. Den rechten Fuß hatte er lässig vorgestellt, wie ein Tänzer, der ausruht von seinen herrlichen Sprüngen und der, noch in der Ruhe, den hohen Anstand, die spielerische Grandezza des Tanzes bewahrt. Strahlenglanz umfloß ihn; die arme Viola zitterte davor, es könnte jene Rosenwolke wieder herbeigeschwebt kommen, auf der die Götter ihre Lieblinge entführen. «Gabriel!» rief sie schluchzend und reckte die hageren Hände nach ihm.

Ein mürrischer alter Kellner wunderte sich darüber, daß die eifrig schreibende Dame plötzlich mit weinerlich-schriller Stimme einen Herrn anrief, den sie vorher gar nicht beachtet hatte. Er befand sich schon seit einer Viertelstunde im Lokal und trank gerade seinen dritten Cognac. Als die Dame unvermittelt: «Gabriel!» schrie, wandte er sich ihr zu und lächelte wie jemand, der dergleichen gewohnt ist. «Wie beliebt, bitte?» fragte er mit einer Stimme, die sowohl kräftig als auch einschmeichelnd war.

Die Frau am Tisch schien aus einem tiefen Traum zu erwachen. «Entschuldigen Sie!» brachte sie mühsam hervor. «Ich habe Sie ... mit einem Bekannten verwechselt ...» Die Hände und die Lippen zitterten ihr. ‹Sie sieht ja besorgniserregend aus›, dachte der junge Mann. Während er federnden Schrittes auf sie zutrat, sprach er mit einer galanten Neigung des Oberkörpers: «So etwas kann passieren!» Und er fügte hinzu – wobei er sich ein geübtes Don-Juan-Lächeln wie eine feine seidene Maske übers Gesicht zog –: «Mein Name ist Walter Konradi. Sind Gnädigste auch Emigrantin?»

(...)

Walter Konradi war ein aktiver Antifaschist. Er stand in lebhafter Beziehung zu den Illegalen im Reiche und zu verschiedenen Zirkeln der politischen Emigration. Durch seine Freundschaft mit der armen Friederike Markus, genannt Frau Viola, war er nun mit dem Kreis der Schwalbe in Kontakt gekommen; besonders schloß er sich an Dora Proskauer an. Als er sich mit ihr verabredete, sprach er so leise, daß Frau Viola es nicht hören konnte. Er lud die Proskauer in ein Kino ein; spazierte auch mit ihr durch den Bois de Boulogne. Sie war erst etwas erschrocken, weil er ihr so intensiv den Hof machte. Schließlich glaubte sie ihm, daß er sie reizend fand. «Sie sind schön, Dora – schön von innen heraus ...» flüsterte er ihr in den schrägen Nacken. Dergleichen hatte sie noch selten zu hören bekommen; um so angenehmer klang es ihr nun. Er war ein perfekter Don Juan –: seine Stimme, kräftig sowohl wie einschmeichelnd; seine Hände, wohl geübt in allen Zärtlichkeiten. Sie ließ sich küssen; er bog, leidenschaftlich aber gewandt, ihren Kopf nach hinten: – «Du bist wundervoll – von innen heraus ...», hauchte er ihr zu –; seine Lippen glitten über ihre große, gebogene Nase. Er fragte sie: «Darf ich zu dir kommen – heut nacht?» Sie nickte selig. Er kam. Es fiel ihr auf, daß er nach Cognac roch – er hatte sich Mut angetrunken –; sie vergaß es. Er liebte sie, es gab keinen Zweifel. Sie war nie geliebt worden. Sie hatte nie geglaubt, daß sie begehrenswert sei. Es war köstlich, in seinen Armen zu liegen. Er erzählte ihr aus dem Konzentrationslager. «Mein Süßer – was mußt du gelitten haben!» Und er gestand ihr: «Wie oft habe ich mich damals nach einer Frau, wie du es bist, gesehnt.» Sie war glücklich; er schien es auch zu sein. Ehe sie sich am Morgen trennten, erfuhr sie: er mußte nach Deutschland, ‹in geheimer Mission›. –

«Aber das ist doch gefährlich!» Dora war entsetzt.

Er versicherte: «Ich komme schon heil zurück.»

Ein paar Tage später war er wieder da; ein dicker Haufen illegaler Anti-Nazi-Literatur – in Deutschland gedruckte Flugblätter und Broschüren – bewies, daß er nicht untätig gewesen war und die richtigen Leute gesehen hatte. Er gab sich wieder ziemlich viel mit der Proskauer ab, schlief auch noch einmal mit ihr und ließ sich von ihr Details über ihre Arbeit für das Jüdische Hilfscomité erzählen. Sie berichtete gerne, weil er beeindruckt schien. Eigentlich war sie diskret; ihm aber vertraute sie, er hatte sie ganz gewonnen. «Es ist eine wunderbare Arbeit», versicherte sie. «Ich bekomme Einblick in so viel menschliches Schicksal. Auch in

Deutschland haben wir Freunde. Sie liefern uns Material über die Greuel der Judenverfolgungen, das wir in die französische Presse bringen.» Grade für diesen Punkt schien er sich besonders zu interessieren. Er küßte sie innig, gleichsam als Belohnung für ihre lobenswerte Gesprächigkeit. – Sie bekam ein weiches, dankbares Lächeln, als er ihr sagte: «Du bist eine herrliche Frau! Was du alles leistest! – Und doch – ich habe mir's überlegt: es ist schade, daß du deine Kräfte ganz für diese humanitäre Organisation verwendest. Es gibt andres zu tun …» Sie fragte gierig: «Was meinst du? Was hast du im Sinn?» – «Ach, laß nur!» Er winkte ab. Endlich aber rückte er heraus: Dora sollte jetzt nach Deutschland fahren. «Ich kann es nicht mehr riskieren», bedauerte er. «Schon diesmal bin ich verdammt aufgefallen; beinah wäre es mir an den Kragen gegangen.» Sie erschauerte bei der Idee. – «Dich kennt doch niemand», meinte Walter Konradi. «Aber andererseits – gefährlich bleibt es natürlich immer. Ich weiß doch nicht, ob man dir so viel zumuten darf. Mindestens müßte ich erst mal mit meinen Genossen Rücksprache nehmen. Du hast nicht viel politische Erfahrung – wenngleich euer

Comité nicht ohne politischen Charakter ist –, und es handelt sich um enorm wichtige Dinge.» Sie zeigte sich etwas gekränkt. «Natürlich – wenn du mir nicht vertraust …» – «Ich kenne dich ja …» Er legte ihr den Arm um die Schulter. «Aber die Kameraden …» – «Was für Leute sind das?» wollte sie wissen – woraufhin er etwas verächtlich grinste: «Gute Leute – das kannst du mir glauben, mein Kind!» – Sie drang weiter in ihn; aber er blieb wortkarg; nahm ihr nur das Versprechen ab, mit keinem Menschen über seinen Vorschlag zu reden.

Am nächsten Abend fing er wieder davon an. Es sei ihm gelungen, die ‹Kameraden› von Doras Zuverlässigkeit und Tapferkeit zu überzeugen. Es handle sich um eine kurze Reise nach Köln: «eigentlich nur um ein einziges Gespräch mit einer bestimmten Person», gab er ihr zu verstehen. «Es ist der Mann, der die illegale Arbeit im Rheinland leitet. Die Instruktionen für ihn müßtest du dir merken; Schriftliches bekommst du nicht mit.»

Dora war, alles in allem, von der Idee entzückt. Es lockte sie, sich vor Walter tapfer zu bewähren und ihr Leben aufs Spiel zu setzen für eine Sache, die ihm so wichtig schien. Übrigens empfand sie selber mit Begeisterung Ernst und Pathos eines solchen Unternehmens. Wie fast alle Menschen ihrer Generation war sie im Innersten besessen vom Bedürfnis nach dem Heroischen; von dem Drang, sich zu opfern. Die Arbeit im Jüdischen Comité genügte ihr längst nicht mehr. Sie wollte mehr leisten, mehr wagen –: das Äußerste. Und nun kam dieses Angebot, aus geliebtem Munde. Es kamen Instruktionen, der falsche Paß, das verschwörerische Gebot, absolutes Schweigen zu bewahren. Sie war eine politische Dilettantin; außerdem war sie verliebt. Verliebt nicht nur in den schönen Mann – Walter Konradi, den aktiven Antifaschisten –, sondern auch in das Abenteuer. Ihr Leben, bis zu diesem Tage, war langweilig gewesen. Die Begegnung mit Walter hatte es schöner gemacht; jetzt aber erhielt es Sinn und Würde durch die Verantwortung, die Gefahr.

‹Die Verbindung mit der Opposition im Lande; der Kontakt zu den Illegalen› –: die Proskauer wußte, wie bedeutungsvoll dies war. Alle Emigranten bewunderten ‹die Illegalen› und erzählten sich Anekdoten über ihre Listen, ihren Opfermut, ihre Ausdauer. Was leisteten nicht alles die Illegalen! Sie beeinflußten die

Arbeiter in den deutschen Betrieben, durch Flugblätter oder Flüster-Parolen; geheime Radio-Sender legten sie an, und auf den Straßen der deutschen Städte verkauften sie Grammophonplatten, die erst einen Marsch hören ließen: nach einigen Takten aber begann eine zornig bewegte Stimme zum Kampfe gegen Hitler aufzurufen. Dünne Heftchen mit bunten Bildern sahen aus, als wollten sie harmlose Reklame für Zahnpasta, Füllfederhalter, landwirtschaftliche Geräte oder Damenwäsche machen; in Wirklichkeit enthielten sie antifaschistische Manifeste, trockene Daten, die zeigten, wie unter den Nazis die Wirtschaft verkam, oder andere, die bewiesen, mit welch infernalischem Eifer zum Kriege gerüstet ward. Für die Verteilung einer Propaganda-Schrift, für den Sabotage-Akt in einer Fabrik oder in einer Kaserne riskierten die Illegalen ihr Leben. Dergleichen flößte Ehrfurcht ein, und es wurde zum Ehrgeiz der politischen Emigranten, diesen Helden – den über Deutschland verstreuten Märtyrern ihres Glaubens und ihres Hasses – behilflich zu sein, sie mit Material oder Geld zu versorgen.

Dora Proskauer nahm von den ‹Kameraden› – zwei düsteren Männern vom Typ der nihilistischen Verschwörer aus dem zaristischen Rußland – Instruktionen, Reisegeld und falschen Paß entgegen. Walter Konradi begleitete sie zur Gare de l'Est. Er war ernst, wie es der Stunde entsprach; doch gab es in seinen Worten wie in seiner Miene eine Zuversicht, an der Dora sich stärkte. «Du wirst es schon schaffen!» sagte er immer wieder und drückte ihr im Taxi die Hand. Als er sie auf dem Bahnsteig küßte, kamen ihm plötzlich noch Zweifel. «Ich hätte es dir doch nicht zumuten sollen ...» Die Proskauer stand mit schrägem Nacken, blickte sorgenvoll an der enormen Zacke ihrer Nase vorbei und sprach mit plätschernd sonorer Stimme: «Aber Walter – was andere gewagt haben, ist für mich nicht zuviel ... Es ist furchtbar aufregend, Deutschland wiederzusehen ... Die tapferen Illegalen ... Unerhörtes Erlebnis ... Ich zittere – spürst du es? – aber nicht aus Angst!» – «Tapferes Mädel!» Er konstatierte es innig, dabei forsch. Noch ein Kuß, dann mußte sie ins Abteil.

Die Proskauer kehrte nicht wieder. Ehe man in Paris erfuhr, daß sie verhaftet war, wurde, durch Berliner Freunde, bei der Schwalbe bekannt, daß der alte Herr Korella, Martins Vater, in einem Konzentrationslager saß. Gleich nach seiner Rückkehr hatten die Gestapo-Beamten ihn abgeholt. Frau Korella war in ein Krankenhaus überführt worden. «Man hat die beiden alten Leute denunziert», berichteten die Berliner Freunde. «Sie sollen in Pariser Emigrantenkreisen kraß staatsfeindliche Reden mitangehört und sogar selbst geführt haben.» – Da begriffen alle: Auf dem Friedhof, als die Schwalbe an Martins Urne etwas unbeherrscht war, ist ein Spitzel unter uns gewesen. Sie ahnten, um wen es sich handeln mußte. Dieser Walter Konradi ...: den meisten war er gleich nicht sympathisch gewesen, nun betonten sie es. Theo Hummler stellte Nachforschungen an. Konradi war abgereist –: ‹nach Belgien›, wie der Concierge seines Hotels versicherte. Bei der Schwalbe hatte man keine Zweifel mehr: ‹Von dort aus ist er weiter nach Berlin gefahren ...›

Theo Hummler hatte seine Beziehungen im Reich. Er war es, dem die Nachricht zugetragen ward, daß die arme Proskauer – mit einer Naivität, einer Dummheit, die unglaublich schienen – dem Spitzel und Agent-provocateur auf den Leim gegangen war. An der deutschen

Grenze war sie festgenommen worden; Name und Nummer des falschen Passes, auf den sie reiste, waren der Kontrolle bekannt. «Man wird ihr in Berlin den Hochverrats-Prozeß machen», wußte Theo Hummler.

Bei der Schwalbe saßen sie wie versteinert. Ein paar Sekunden lang sagte niemand ein Wort; dann erschraken alle; denn die Schwalben-Mutter hatte furchtbar auf den Tisch geschlagen, und nun brüllte sie: «Dieser Hund! Dieser Hund!!» Ein anderes Wort schien ihr nicht einzufallen. Sie bekam keinen Atem mehr; ihr Gesicht wurde blau. Niemals hatte man sie so gesehen. Ihre Faust fiel noch einmal, schwer wie ein Stück Eisen, auf die Tischplatte nieder. «Wann holt diese Hunde der Teufel?» fragte die alte Frau. Ihre Kapitäns-Augen, mit denen sie drohend von unten schaute, waren blutunterlaufen.

Schließlich sagte das Meisje: «Ich verstehe das nicht ... Ich kann so etwas nicht verstehen ... Ein Spitzel – jemand, der von den Nazis doch wahrscheinlich ziemlich viel Geld bekommt – sollte größere Dinge zu tun haben, als ein paar arme Emigranten ins Unglück zu bringen. Militärische Geheimnisse, diplomatische Intrigen –: so was müßte er herausbekommen. Was für ein Vergnügen kann es ihm machen, die arme Proskauer zugrunde zu richten?» – Ein anderer erklärte: «Solche Sachen macht er nebenbei, als Fleißaufgabe. Sicher wird er in Berlin besonders belobigt, wenn er nicht nur Pariser Staatsgeheimnisse mitbringt, sondern auch noch ein paar Emigranten ans Messer liefert. Außerdem weiß die Proskauer vielleicht Adressen von ein paar Sympathisierenden in Deutschland: die will man von ihr erpressen.» – Das Meisje blieb fassungslos. «Und alte Korellas? Die waren doch an keinem Comité angestellt, wußten keine Geheimnisse, waren brave, reaktionäre Spießer ...» Theo Hummler – mehr nachdenklich als empört –: «Man gewöhnt sich nicht so leicht an den Gedanken, daß menschliche Wesen Dinge aus purer Gemeinheit tun; – aus keinem anderen Grund. Gemeinheiten um eines Vorteils willen – das nimmt man ja schon fast als Selbstverständlichkeit hin. Die Gemeinheit um der Gemeinheit willen hat noch immer was Überraschendes ...»

Sollte man sich mit der französischen Polizei in Verbindung setzen? Sicherlich; die Proskauer aber wurde dadurch keineswegs frei. –

Wußte Friederike Markus, genannt Frau Viola, über die Machenschaften ihres Liebsten Bescheid? Man hielt dies für unwahrscheinlich; immerhin schien es ratsam, mit ihr Fühlung zu nehmen; um sie aufzuklären, wenn sie ahnungslos war; um sie unschädlich zu machen, sollte ihre Mitschuld an den Tag kommen.

Niemand zeigte Lust zu so delikater Visite; schließlich erklärte David Deutsch sich bereit. «Wenn es sein muß», sagte er, und verneigte sich schief, das Haar wie in ständigem Entsetzen gesträubt über dem wächsern zarten Gesicht. Eine Stunde später saß er bei Friederiken, die ein wunderliches Hauskostüm trug und ihn zunächst herzlich bat: «Nennen Sie mich Frau Viola! Ich bin es nicht anders gewöhnt, auch mein Gabriel nennt mich so.» – «Ihr Gabriel», bemerkte David Deutsch – wobei er gequält die Schultern bewegte und ganz bucklig aussah vor Verlegenheit –, «– er ist abgereist.» Frau Viola schien es nicht zu begreifen – jedenfalls nicht zu realisieren, was es für sie bedeutete. «Ei, ei», sagte sie nur und spielte sinnend mit den fahlen, steif gedrehten Löckchen über ihrer Stirn. David ergänzte: «Und so bald wird der wohl auch nicht wieder kommen. – Wußten Sie denn, daß er reisen wird?» – «Ich? – Wieso?» fragte Friederike. Und, mit einem plötzlichen Flakkern von Angst im Blick: «Er ist doch in Paris!»

Es dauerte lange, ehe die Ärmste alles verstand – und als sie verstanden hatte, wollte sie noch nicht glauben. «Ein Spitzel?!» Sie kicherte schrill. «Mein Gabriel, mein Süßer – ein Spion? – hi hi hi! Verzeihen Sie, daß ich mich amüsiere!» Sie barg den verzerrten Mund hinter der Hand, wie etwas Häßliches oder Obszönes. «Ein Spitzel! Das könnte Ihnen so passen, Herr Deutsch! Mein Gatte hat Sie wohl geschickt – er spinnt Intrigen, er bezahlt die Häscher, er finanziert ganze Bureaus, die mich und Gabriel auseinanderbringen sollen. Vor keinerlei Unkosten scheut er zurück, nun hat er also auch Sie bestochen. Pfui, Herr Deutsch, das hätte ich nicht von Ihnen erwartet!» Sie schüttelte tadelnd den Kopf, zeigte bittere Gekränktheit – bis ihr ein anderer Einfall kam, der sie eher heiter stimmte und ihr Mienenspiel neckisch machte.

«Oder geht der ganze Scherz von Ihnen aus?»

Sie blinzelte anzüglich, spitzte auch die Lippen, wie zum Pfeifen oder zum Küssen.

«Herr Doktor – Sie Böser! Haben Sie es darauf abgesehen, Gabriels Nachfolger bei mir zu werden? Sind Sie in mich verliebt?» Endlich glaubte sie es: ihr Gabriel war fort und er würde nicht wieder kommen. Sollte er es aber wagen, noch einmal zu erscheinen, so mußte sie ihm ins Gesicht spucken; denn er hatte sie mißbraucht und betrogen, von Anfang an. Da warf sie die Arme gen Himmel und schrie.

Der Schreikrampf dauerte minutenlang. Sie stand mit hochgereckten Armen mitten im Zimmer, das fahle Madonnen-Gesicht etwas schief gestellt, die Löckchen, steif und zierlich gedreht, hingen ihr in die Stirne, und aus dem Mund, der klagend offenstand, kam das Gellen. Für David Deutsch war es eine gräßliche Situation. Er sagte: «Aber gnädige Frau! Ich bitte Sie, liebste Frau Markus! So beruhigen Sie sich doch, Frau Viola!» Sie schrie noch ein wenig weiter, als läge ihr daran, zu beweisen, daß sie erst dann aufhören werde, Lärm zu machen, wenn es ihr gefiel – keinen Augenblick früher. David meinte schon, sie werde ewig weiter kreischen – und er werde immer dazu verurteilt sein, ihr zuzuhören –, da schloß sie plötzlich den Mund. Schon war er im Begriff, erleichtert aufzuatmen – als Friederike erst recht schaurig wurde. Sie stolzierte, die Arme vor der Brust gekreuzt, gravitätisch-langsam im Zimmer auf und ab, wobei sie sich in einem gleichmäßigen Rhythmus unaufhörlich verneigte. In ihren Augen phosphoreszierte es grünlich; sie schüttelte die starren Löckchen, grinste und murmelte: «Herr Erzengel Gabriel – sehr erfreut, Ihre Bekanntschaft zu machen! Jetzt erkenne ich Sie erst, mein Herr Erzengel: Sie sind ja der Teufel. Mes respects, Monsieur le Diable! Sehr geschmeichelt, Exzellenz Gottseibeiuns!» – Dazu Verneigungen und stolze Schritte.

‹Sie ist endgültig wahnsinnig geworden.› David beobachtete, an die Wand gepreßt, das macabre Schauspiel. ‹Was soll ich tun? Ich muß einen Arzt kommen lassen. Aber sie darf doch keinen Augenblick allein im Zimmer bleiben ... Kann ich in ihrer Gegenwart telephonieren? Vielleicht würde sie gar nichts merken. Vielleicht würde sie mißtrauisch werden und sich auf mich stürzen ... Ich fürchte mich. Was für schlimme Lichter sie in den Augen hat! Wie sie selber satanisch wird, da sie sich vor dem Satan verneigt! Ich habe Angst. Das Böse ist stark –

stärker, als wir es ahnten; furchtbar stark in unserer erschütterten Zeit … Wie komme ich von hier weg? Wenn sie nur aufhören wollte, zu grinsen! … Oh – sie hat den Teufel im Leib!›

Drei deutsche Meister

Während der vergangenen Tage besuchte ich drei Künstler, die wenigstens drei Eigenheiten gemeinsam haben. Alle drei sind weltberühmt. Alle drei verdanken ihr weltweites Ansehen außergewöhnlicher Begabung und solidem Können. Alle drei blieben in Deutschland und feierten unter den Nazis Triumphe, obwohl jeder von ihnen ohne Probleme Deutschland hätte verlassen und im Ausland leben können.

Die drei Meister, die ich interviewte, waren Richard Strauss, Emil Jannings und Franz Lehár.

Richard Strauss wohnt mit seiner Familie in dem bayerischen Ort Garmisch-Partenkirchen – in Vorkriegstagen eines der beliebtesten deutschen Ferienziele. Unsere Unterhaltung fand vor seiner herrschaftlichen Villa statt, unter den Bäumen eines großen, gepflegten Gartens. Wir waren zu fünft und nahmen in ausladenden Gartenmöbeln Platz: Der Komponist, sein

Sohn, seine Schwiegertochter, ein Freund, der mich begleitete, und ich.

Als «zwei amerikanische Korrespondenten» stellten wir uns vor. Ich hielt es für klüger, meine Identität nicht preiszugeben; unser Gastgeber hätte von dem Namen Mann irritiert oder peinlich berührt sein können. Eine der ersten öffentlichen Äußerungen von Strauss nach der Machtergreifung 1933 hatte sich gegen meinen Vater gerichtet. Der Komponist gehörte zu jenen deutschen Künstlern und Intellektuellen, die eine von den Nazis inspirierte Erklärung gegen Thomas Manns Richard-Wagner-Vortrag unterschrieben, weil er angeblich eine «Beleidigung für das größte musikalische Genie der Nation» darstellte. Später um Auskunft gebeten, was er eigentlich an dieser psychologisch argumentierenden Lobrede, an der preisenden Analyse des Wagnerschen Stils so «beleidigend» gefunden habe, tat Strauss diese Frage achzelzuckend ab mit der zynischen Bemerkung: «Dazu kann ich wahrhaftig nichts sagen: ich habe den Text gar nicht gelesen.»

Er ahnte nicht, daß er den Sohn eines Mannes empfing, den er einst gewissenlos verleumdet hatte. Mit einem breiten Lächeln und großer

Herzlichkeit schüttelte er uns die Hände. Seine Gesundheit sei blendend, versicherte er uns, und tatsächlich sah er überraschend gut aus für einen Mann von 81 Jahren. Sein rosiges Gesicht unter dem Silberhaar strahlte Gemütsruhe aus. Seine Bewegungen und sein Gang waren nicht ohne Anmut und würdevolle Eleganz. Er hatte nichts Greisenhaftes an sich.

Als wir ihn jedoch nach seinen musikalischen Plänen fragten, schüttelte er in weiser Resignation den Kopf: «Für mich gibt es keine Pläne mehr! Fünfzehn Opern habe ich komponiert, ganz zu schweigen von meinen symphonischen Stücken und den zahlreichen Liedern. Das genügt für ein Leben. Meinen Sie nicht auch, ich hätte etwas Ruhe verdient?»

Dem stimmten wir zu. Respektvoll hörten wir uns seine Klagen an, wie das Nazi-Regime mit seiner letzten Oper «Die Liebe der Danae» umgesprungen sei. Die Uraufführung des neuen Musikdramas war als Eröffnung der Salzburger Festspiele im August 1944 geplant, doch mußte die Produktion wegen des von Goebbels proklamierten «Totalen Kriegs» verschoben werden. Der Meister zeigte sich verärgert über diese Mißachtung seines Werkes seitens einer Regierung, mit der er sonst immer korrekte, um nicht zu sagen freundliche Beziehungen gepflegt hatte.

«Das waren natürlich nicht die ersten Schwierigkeiten», erklärte er. «Ich hatte zwei ziemlich ernsthafte Zusammenstöße mit der Nazi-Regierung.»

Einer dieser «Zusammenstöße» fand im letzten Jahr statt, als man Herrn Strauss tatsächlich zumutete, eine ausgebombte deutsche Familie in seiner weitläufigen Villa unterzubringen. Ein solches Ärgernis konnte er einfach nicht ertragen. Er protestierte, appellierte an Hitler. Der Führer blieb unerbittlich. Jeder Bürger, erwiderte er, habe in Zeiten nationaler Not Opfer zu bringen. Strauss könne davon nicht ausgenommen werden.

Diese Entscheidung – wohl die vernünftigste, die Hitler jemals getroffen hat – schien den egoistischen Alten wirklich empört zu haben. Noch in der Erinnerung an diesen skandalösen Vorfall konnte er sich neuerlich aufregen.

«Eine Bande Fremder in meinem Heim», schrie er. «Stellen Sie sich das vor! Eine Familie mit *Kindern*, ich bitte Sie. Ich war ratlos. Wirklich, ich dachte daran, Deutschland zu verlassen und in die Schweiz zu ziehen. Aber wie hätte ich es mir leisten können, meiner Haupteinnahmequelle den Rücken zu kehren. Wir haben etwa achtzig Opernhäuser in diesem Land: Daher kommen die meisten meiner Tantiemen.»

«Sie meinen wohl, Sie *hatten* achtzig Opernhäuser», wagte ich einzuwerfen. Es dauerte einige Zeit, bis er mich verstand. Ausschließlich beschäftigt mit seinen eigenen Angelegenheiten, hatte er wohl noch keine Zeit gehabt, eine Bagatelle wie die Zerstörung der deutschen Städte zur Kenntnis zu nehmen.

Der zweite, eigentlich der erste Konflikt zwischen den Interessen des Meisters und der Politik der Nazis liegt schon über zehn Jahre zurück; er ereignete sich in der Anfangsphase des «Tausendjährigen Reichs». Damals hatte Strauss seiner Oper «Die schweigsame Frau» ein Libretto von Stefan Zweig zugrunde gelegt. Es liefen bereits die Proben im Dresdner Opernhaus – dieses Haus hatte das Privileg, die meisten Werke von Strauss uraufzuführen –, als Goebbels wegen der rassischen Herkunft Stefan Zweigs intervenierte. In diesem Fall verhielt sich Hitler jedoch diplomatischer als sein

Propaganda-Minister. Er gestattete einige Aufführungen der «Schweigsamen Frau» in Dresden, worauf die Oper dann aus dem Repertoire genommen wurde und für den Rest der Nazi-Zeit in der Versenkung verschwand.

«Die ganze Geschichte war äußerst verdrießlich», erzählte uns Strauss. «Ich war gar nicht froh, Stefan Zweig zu verlieren – den besten Librettisten, den ich je hatte, seit dem Tod Hugo von Hofmannsthals, der übrigens auch teilweise jüdisch war. Was aber konnte ich tun? Ich mußte einen anderen Mann für die Arbeit finden. Kennen Sie Joseph Gregor? Er schrieb für mich drei Librettos – ‹Capriccio›, ‹Der Friedenstag› und ‹Daphne›. Gar nicht schlecht, der Mann – und reiner Arier.»

Der Antisemitismus oder andere Anzeichen des Nazi-Wahnsinns irritierten Strauss nur, wenn sie seine eigenen Interessen berührten. Er hat niemals ein Wort über die Verfolgung seiner jüdische Kollegen verloren. Im Gegenteil, als Bruno Walter 1933 verboten wurde, die Berliner Philharmoniker zu dirigieren, war es Richard Strauss, der ihn ersetzte – und so den Nazi-Führern aus der Klemme half, die anderenfalls das Konzert hätten ausfallen oder es von einem zweitrangigen Musiker dirigieren lassen müssen.

Mein Begleiter erwähnte die Affäre, aber der Meister blieb gelassen. «Warum hätte ich das Konzert nicht übernehmen sollen?» fragte er mit einer Naivität, die mir ebenso provokativ wie entwaffnend vorkam. «Es hätte meinem alten Freund Walter nicht geholfen, wenn ich mich geweigert hätte. Trotzdem scheine ich seine Gefühle verletzt zu haben; ich habe für solche Empfindlichkeiten wirklich kein Verständnis. Als ich ihm später in Salzburg begegnete, hat er mich nicht einmal mehr gegrüßt. Wir haben uns so viele Jahre lang gekannt, und nun schnitt er mich vor allen Leuten! Wenn das nicht töricht ist!»

Es wäre sinnlos gewesen, ihm zu erklären, warum Bruno Walter sein Verhalten ablehnte und warum wohl alle anständigen Leute Walters berechtigte Entrüstung teilten. Er hätte es nicht verstanden. Ebensowenig verstand er, warum mein Begleiter und ich entsetzte Blicke tauschten, als er jetzt Baldur von Schirach, den vormaligen Gauleiter von Wien, einen «wirklich famosen Kerl» nannte. Der Meister schätzte ihn, weil der Nazi-Bonze ihm und seiner Familie eine Vorzugsstellung eingeräumt hatte.

«Meine Schwiegertochter ist Jüdin», erklärte Herr Strauss. «Ich darf wohl behaupten, daß sie die einzige freie Jüdin in Großdeutschland war – dank der Großzügigkeit und des Verständnisses des Herrn Gauleiters.»

«*Vergleichsweise* frei, solltest du sagen, Papa›, verbesserte sie ihn, nicht ohne Bitterkeit. «Auch ich hatte zu leiden und Erniedrigungen zu ertragen; zum Beispiel wurde mir nach 1938 nicht mehr erlaubt, zu reiten und zu jagen.»

Ich schwöre, das sagte sie. Während Millionen von Juden wie wilde Tiere über den Kontinent gejagt wurden, sorgte sich die «einzige freie Jüdin in Großdeutschland» um ihre Jagderlaubnis.

Das war mehr, als ich ertragen konnte. Nur aus Rücksicht auf das Alter von Richard Strauss unterdrückte ich einige böse Worte und blieb still. Er ist einundachtzig, dachte ich. Immerhin hat er einige Meisterwerke geschaffen …

«Einige der Partei-Oberen waren wirklich nette Kerle», meinte Strauss. «Nehmen Sie zum

Beispiel einen Mann wie Hans Frank: ein Musikkenner mit feinen Manieren und einem ausgesprochenen Sinn für Humor …» Hans Frank – das war der Generalgouverneur von Polen, ein Krimineller, der Greueltaten von unvorstellbaren Ausmaßen zu verantworten hatte. Ich versuchte, meine Gedanken auf «Salome» und den «Rosenkavalier» zu lenken. Erinnere dich an «Don Juan» und «Till Eulenspiegel», sagte ich zu mir selbst. Strauss mag furchtbar egozentrisch und zynisch sein, aber vergiß nicht, daß er zufällig auch ein Genie ist. Natürlich ist es überraschend und erschreckend, wenn ein Genie keinerlei moralisches Gewissen besitzt; doch es wäre sinnlos und unangebracht, auf eine so bösartige Erscheinung mit wilder Empörung zu reagieren.

Ich stand auf und bat, mich zu entschuldigen. Die Schwiegertochter schlug vor, daß wir zum Essen bleiben sollten. «Ich habe zwar nicht viel anzubieten», meinte sie kokett. «Nur einen Happen.»

Ich erklärte, daß ich nicht hungrig sei.

Als wir aufbrachen, bat mein Begleiter den Meister um ein Autogramm. Nur zu gern schickte er seinen Sohn los, zwei Fotos zu holen. «Ich nehme an, daß Sie auch eins wollen», sagte er mit ausgesuchter Höflichkeit.

«Vielen Dank», erklärte ich trocken, «aber ich bin kein Sammler.» Er warf mir einen überraschten Blick zu, dann zuckte er die Schultern, wobei er wohl dachte: Ein ungebildeter kleiner Zeitungsmensch, der den Wert meiner Unterschrift nicht zu schätzen weiß.

Er hatte nichts begriffen.

GOLO MANN

München 1909–1994 Leverkusen

Studium der Geschichte, Philosophie und Altphilologie in Berlin und überwiegend Heidelberg, Promotion 1932 bei Karl Jaspers über Hegel. Seit 1933 außerhalb Deutschlands, in der Schweiz, Frankreich und der Tschechoslowakei ansässig. Publikationen in der Neuen Zürcher Zeitung, *der Züricher* Weltwoche *und Emigranten-Zeitschriften, 1939/40 Redakteur der Zeitschrift* Maß und Wert. *Internierung in Frankreich 1940, Flucht in die Pyrenäen und Exil in den USA; bis 1958 mit Unterbrechungen Lehraufträge an verschiedenen US-Colleges. 1943 bis 1946 in der Army, am Aufbau von Radio Frankfurt beteiligt. 1958 bis 1963 verschiedene Professuren, u.a. an der Universität Münster; seither als freier Schriftsteller tätig. 1968 Schweizer Staatsbürger. Bekannt für seine* Deutsche Geschichte des 19. und 20. Jahrhunderts *(1958) und seine* Wallenstein-*Biographie (1971). Mitherausgeber der zwölfbändigen* Propyläen-Weltgeschichte. *Erhält diverse Literaturpreise, u.a. 1985 den Goethe-Preis der Stadt Frankfurt.*

Golo Mann schreibt 1986, mittlerweile einer der bekanntesten deutschen Historiker, seine *Erinnerungen und Gedanken* (so der Obertitel) zu seiner ***Jugend in Deutschland*** zwischen 1909 und 1933. Marcel Reich-Ranicki bezeichnete dieses Buch nach seinem Erscheinen als «weise und, aller Bitterkeit zum Trotz, zugleich auf seine Art heiter».

Er wächst als der Drittgeborene im Schatten der beiden Großen Erika und Klaus auf und unternimmt früh Versuche, dem großbürgerlichen Haushalt in München zu entfliehen: «Die Autorität des Vaters war enorm; die der Mutter, viel häufiger ausgeübt, auch nicht eben gering (...) Die erste, welche dieses Verhältnis überwand, war Erika, dank ihres früh sich zeigenden geselligen Talents, Charmes und Mutes. Meine Schwester Monika und ich, die beiden Kleinen, seit 1919 die beiden Mittleren, blieben noch lange stumm, am stummsten, wenn, wie später oft vorkam, die beiden Großen abwesend waren.» 1922 zieht es ihn auf das von dem Pädagogen Kurt Hahn geleitete Internat der Schloßschule Salem – Hahn wird die prägende Persönlichkeit seiner frühen Jugend.

Der gewählte Ausschnitt bezieht sich auf Golo Manns erste Studienzeit in München 1927 und dann vor allem das Studentenleben in der Hauptstadt Berlin, er endet mit den Wahlen im März 1933, die Golo Mann, von Göttingen kommend, in München verfolgt.

Eine Jugend in Deutschland

Mir schaudert, wenn ich an die Unkenntnis der weiten Welt denke, in welcher wir in Deutschland damals lebten und ohne die das fatale Abenteuer des «Dritten Reiches», samt aller seiner Folgen, überhaupt nicht denkbar gewesen wäre.

Was sogar für das Studium der Geschichte galt. Auch dieses war germano-zentrisch über alle Beschreibung. Im Mittelpunkt standen «die Wilhelmstraße» – das deutsche Auswärtige Amt – und der Wiener «Ballhaus-Platz». Das übrige war, wenn nicht Feindesland, so doch fremdes, mehr oder weniger feindliches Land, mit der linken Hand abzutun. Darin gab es zwischen den liberalen Historikern, Friedrich Meinecke, Hermann Oncken und den als deutsch-national bekannten nur Gradunterschiede. Nationalismus verstand sich so von selber, daß er eigentlich gar nicht unterschied, nur eine geringe Zahl von Lehrern zu verachteten Außenseitern machte. Der Jurist, Professor

Kisch, bei dem ich im Sommersemester 1927 ein Kolleg «Einführung in die Rechtswissenschaft» hörte, als die Mehrheit seiner Studenten wegen irgendeiner Festlichkeit eine Kollegstunde versäumt hatte: «Merken Sie denn nicht, daß es wieder losgeht? Daß man uns nicht hochkommen lassen will? Wie können Sie dann Ihr Studium so wenig ernst nehmen?» Indem wir eine Stunde schwänzten, hatten wir uns gegen die Nation und ihren Freiheitskampf vergangen.

Zu Wilhelm Kisch, einem witzigen und leicht dämonischen Lehrer mit Klumpfuß, kam ich auf folgende Weise. Ich hatte mir vorgenommen, während des ersten Semesters nur einmal so herumzuhören, ohne mich festzulegen. Nun hatten damals die Beginner in der Aula dem Rektor in die Hand zu geloben, sich stets der Universität würdig zu erweisen. Man zog an der Magnifizenz vorüber, es war der berühmte Romanist Karl Vossler, einige Hundert Neu-Kommilitonen – Vossler wird sich nachher die Hände gründlich gewaschen haben. Neben ihm saß der Administrator, ich habe vergessen, welchen Titels, bei dem man sich einzuschreiben hatte. «Was studieren Sie?» Das weiß ich noch nicht. «Das *müssen* Sie doch wissen!» Hunderte standen wartend hinter mir. Äh, äh, Jura. So war ich zunächst einmal Jurist. Nebenher hörte ich eine Vorlesung des Historikers Hermann Oncken über die napoleonische Zeit. Über die wußte ich nun gar nicht so viel weniger als der Professor; sogar von den Zitaten, die er bot, waren mir viele bekannt, zum Beispiel das Wort des Kaisers: «Ich habe der Welt den Frieden bringen wollen, und sie haben mich zum Dämon des Krieges gemacht.» Dies goldene Wort wiederholte er sogar. Mir schien es auf die Dauer nutzlos, solche mir wohlbekannten Dinge zu hören oder mitzuschreiben, was TM tadelte; er selber hatte die literar-geschichtlichen und historischen Kollegs an der Technischen Hochschule in München recht wohl mitgeschrieben, wir besitzen ja seine Aufzeichnungen. Aber seine Situation war wohl eine andere gewesen. Im allgemeinen sind mir geisteswissenschaftliche Kollegs immer sinnlos erschienen – seit Erfindung der Buchdruckerkunst. Man konnte ja doch lesen, mit besserer Ruhe und Konzentration; die Bücher, welche die Herren selber aus ihren Kollegs zu machen pflegten, oder Anderes, Besseres. Als Student habe ich kaum je ein Kolleg zu Ende gehört, außer wenn ich es aus rein opportunistischen Gründen mußte; als akademischer Lehrer litt ich unter der Sinnlosigkeit dieses Wortbetriebes, weswegen ich denn auch meine deutsche Professur bald wieder aufgab. Seminare sind etwas ganz anderes, die haben guten Sinn. Aber sie gab es für Anfänger nicht; mein Versuch, in Onckens Seminar einzudringen, scheiterte kläglich.

In Seminaren kann man auch Bekanntschaften machen; in den großen Hörsälen war es, jedenfalls für mich, den noch Scheuen, Kontaktschwierigen, durchaus nicht möglich. Verglichen mit Salem erschien mir die Universität als eine ungeheure, kalte, anonyme Maschinerie. Die meisten Studenten waren städtisch gekleidet, so auch ich; unter einem dem Hemd angeknöpften weißen Kragen die Krawatte. Sie redeten einander mit «Sie» und «Herr» an; «Glauben Sie an die Dialektik?» hörte ich einen den anderen fragen. Kurzum, der tägliche Gang zur Universität wurde mir zur Qual; ich ging der bloßen Form halber, woraus wieder, wie anno 25, große Not entstand. Einsamkeit draußen, Einsamkeit auch zu Hause. Den Eltern hatte ich mich während der Salemer Zeit mehr und mehr entfremdet; nie hatten wir einander so wenig zu sagen wie während jenes ersten Semesters. Die geistvolle, lustige Schwester Erika, die immer gute Laune verbreitete, lebte mit Gustaf Gründgens verheiratet in Hamburg. Der Bruder Klaus war meist auf Reisen, in Berlin, in Nizza oder sonstwo; nur gelegentlich und für kurze Zeit tauchte er auf.

Ein wenig Hilfe kam mir damals von meiner Großmutter, Hedwig Pringsheim. Unmöglich zu entscheiden, wer die bedeutendere war; sie oder ihre Tochter. Diese besaß die starke, immer präsente, aber nicht gar zu tief schürfende Intelligenz der Pringsheims. TM einmal zu ihr, gereizt: «Du hättest Juristin werden können, du hättest Mathematikerin werden können, aber eine Philosophin bist du nicht.» An einen höchst peinlichen Silvesterabend in der Arcisstraße erinnere ich mich, ungern. Der Geheimrat wie auch sein Sohn Peter, Physiker, sprachen mit Verachtung von Arthur Schopenhauer: es sei nichts als unbeweisbare Träumerei und Geschwätz. Alfred Pringsheim war ein leidenschaftlicher Wagnerianer, hatte in der Jugend im Hause Wahnfried verkehrt und den

Bau des Bayreuther Festspielhauses großzügig unterstützt. Nur der wachsende Antisemitismus des Wagnerkreises trennte ihn von dem Meister. Frau Cosima in ihrem Tagebuch: «Drei Pringsheims ausgetreten!» Es waren die Eltern des Mathematikers und er selber. Was ihn nicht hinderte, die Musik Wagners auch fürderhin herzlich zu lieben; er hat alle Opern Wagners in Auszügen für zwei Klaviere gesetzt. Von Schopenhauers Einfluß auf Wagner wußte er vermutlich überhaupt nichts; er verstand das Werk nicht wie TM vom «Geiste», sondern nur und ohne Umwege vom Musikalischen her. Nun schätzte Schopenhauer bekanntlich die Musik sehr hoch, einer der wenigen Philosophen, der ihr metaphysischen Rang verlieh, die Mathematik aber rein gar nicht. Dagegen protestierte Alfred Pringsheim in seiner Münchner Antrittsvorlesung; sie trug den Titel «Über den Wert und angeblichen Unwert der Mathematik». Das mit dem angeblichen Unwert ging gegen Schopenhauer. Daher der schlechte Ruf, den der Philosoph im Hause Pringsheim genoß. TM, beim Anhören solcher Reden, wurde blaß vor Zorn; er hielt sie für eine gezielte Beleidigung. Sie mußten doch wissen, was Schopenhauer für ihn bedeutete – ich denke freilich, sie wußten es keineswegs. Mit bebender Stimme zitierte er Nietzsche:

Was er lehrte, ist abgetan,
was er lebte, wird bleiben stahn:
seht ihn nur an –
Niemandem war er untertan!

Danach verstummte das Gespräch; nach ein paar für mich fürchterlichen Minuten trennte man sich. Es war das letzte Silvesterfest im Hause Pringsheim. Am nächsten Mittag hörte ich von der unteren Diele her aus einem Gespräch, welches meine Eltern in der oberen führten, den scharf und laut gesprochenen Satz TMs: «Sie haben mich nie gemocht, und ich sie auch nicht.» Soviel über die Pringsheims.

(…)

Reisen will gelernt sein, Leben auch. Erst allmählich lernt man sich selber kennen; den Lebensstil, dessen man bedarf, um halbwegs zufrieden zu sein. So wußte ich anfangs nicht, daß ich kein Großstädter war, für mich nur die Städte taugten, aus denen man bequem in den Wald, noch besser in die Berge entweichen kann. Hierin war ich grundverschieden von meinem Bruder Klaus, der eigentlich nur in den größten Städten, Berlin, Paris, New York wohnen mochte. Wir waren uns in manchem ähnlich, wie konnte es anders sein, in manchem einander auch polar entgegengesetzt; die Extreme, die sich berühren.

Jedenfalls wollte ich nun ganz woanders hin, weit fort vom Hause der Eltern. Berlin war etwas wie ein Reich für sich und gleichzeitig des Reiches Hauptstadt, wie sie es vor 1871 nie, unter Wilhelm II. auch nur in Grenzen gewesen war; für letztere sorgte Bismarcks Föderalismus, sorgten die vielen Dynastien, von den größeren bis zu den geringsten. Jetzt aber zog Berlin Talente aus allen deutschen Gegenden an sich; Wissenschaft, Literatur, Musik, Kunst, Theater, Presse – Berlin war wirklich *die* Zeitungsstadt, die Zeitungen im Lande, mit Ausnahme der Frankfurter und Kölnischen, provinziell, allenfalls regional –, ebenso die Politik und Finanz. Auch hatte ich zahlreiche, wenn nicht Freunde, so doch Bekannte und Verwandte dort: drei Brüder und ein ganzes Rudel Cousinen meiner Mutter, der Dirigent Bruno Walter mit seinen Töchtern, der Verleger S. Fischer mit zwei Häusern im Grunewald, seinem eigenen und dem seiner Tochter und deren Gatten, Gottfried Bermann Fischer, und andere mehr, so daß es mir hier, im Gegensatz zu München, an Geselligkeit nicht fehlen würde. Auch studierten zahlreiche ehemalige Salemer in Berlin. Die erste Arbeit des Studenten ist die Zimmersuche, wofür es Vermittlungsbüros gab und gewiß noch gibt; kein angenehmes Geschäft. Man steigt vier Treppen hinauf, um dann, durch den Spalt der Wohnungstür, ein «schon vergeben» zu hören. Man wird eingeführt, ausgefragt, mit einem «Sie passen nicht hierher» entlassen. Man wird angenommen und freundlich informiert, merkt sofort, daß hier keines Bleibens ist, hört aber höflich zu, stellt einige Fragen und verabschiedet sich mit einem vagen Vorentscheid. Endlich fand ich etwas im Alten Westen, in der Keithstraße: gut bürgerliche, aber etwas heruntergekommene Leute, bedürftig der 80 Reichsmark, welche das mit schwellenden Plüschpolstern möblierte Zimmer zusamt dem Wasserkrug kostete; 80 Mark, immerhin ein Drittel meines Monatsgeldes. In solchen Zimmern habe ich später noch oft gewohnt, es muß mein Geschmack gewesen sein. Regelmäßig hatte man die ganze Wohnung zusamt dem Eßzimmer zu durchqueren, um zum Bad zu gelangen. Am Morgen nahm ich ein kaltes, der Salemer Duschen eingedenk, und mußte einen Zuschlag dafür bezahlen; an ein warmes war nicht zu denken. Den Weg zur Universität machte ich zu Fuß durch den Tiergarten seiner Länge nach, dann die «Linden» herunter; auf welche Weise ich immerhin einen nicht unangenehmen Spaziergang hin und zurück von etwa anderthalb Stunden hatte. (...)

Tucholsky publizierte in der wöchentlich erscheinenden *Weltbühne*, er war dort der Zweite nach dem Herausgeber, Carl von Ossietzky. Den bewunderte ich ehrlich; ein politischer Publizist von Instinkt, Ernst, Leidenschaft und hoher Integrität. Dankbar war ich ihm zum Beispiel für den Artikel, den er 1928 zum Hinscheiden des Fürsten Lichnowsky schrieb: Wäre die deutsche Republik das, was sie sein sollte, aber nicht war, weil sie es nicht sein wollte, so hätte sie den einzigen großen Warner unter Deutschlands Vorkriegs-Diplomaten verwendet, anstatt ihn zu ignorieren und zu verfemen. Auch in den letzten Jahren vor Hitler bewies Ossietzky Mut und Klarsicht, wofür er danach den bittersten Lohn erhielt. Tucholsky war im Grund kein Politiker, obgleich er sich für einen solchen hielt. Tief erheiternd war der politisch-literarische Parodist. Noch heute muß ich lachen, wenn ich seinen Bericht über die Einführung der Prügelstrafe in Deutschland – *Gesetz zur körperlichen Zwangserzüchtigung* – lese oder die Nachrichten über den Tod Wilhelms des Zweiten, der erst dreizehn Jahre danach erfolgen sollte. «Auch die sozialdemokratischen Minister nehmen am Trauerzug teil. Nur die Kommunisten haben sich ausgeschlossen. Ihre Verhaftung steht unmittelbar bevor.» An Humor fehlte es ihm nicht, nicht an Intelligenz, und schreiben konnte er großartig. Daß man ihn heute in Israel verachtet, will ich verstehen: den Antisemitismus des Juden, verwirklicht in Tucholskys Figur des «Herrn Wendriner», die nun wieder unendlich komisch war, heute aber gar nicht mehr verstanden werden kann. Tucholskys wahre Schwäche war diese: er mochte seine Landsleute, die Deutschen, sehr wenig, und er glaubte an die Republik überhaupt nicht. Infolgedessen richtete sein hassender Spott sich nicht gegen die Feinde der Republik auf der Rechten, geschweige denn der Linken, gegen die Kommunisten ließ er nie ein böses Wort verlauten, sondern gegen die eigentlich staatstragende Partei, die Sozialdemokraten, denen er nicht verzieh, daß sie während des Krieges die Verteidigung des Vaterlandes bejaht und nach dem Krieg geholfen hatten, einen kommunistischen – «spartakistischen» – Aufstand niederzuschlagen. Auf die Frage: Wäre Ihnen denn ein Regime im Stil Lenins lieber gewesen, glauben Sie, daß die SPD ein solches Regime hätte stützen und aufrechterhalten sollen und können? – gab er keine Antwort. Auch verschwieg er, daß er während des Krieges selber «Durchhalte-Gedichte» veröffentlicht hatte, was ich ihm nicht weiter übelnahm, die Zeit war so, nur hätte er es nicht verschweigen sollen. Dieser hochbegabte Mensch konnte amüsieren, helfen nicht. Das Unglück war, daß es neben dem einen großen viele kleine Tucholskys gab, Nachahmer, die nie eine Fabrik betreten hatten, aber den «Proleten» besangen oder singen ließen und die Republik verspotteten, ohne zu wissen, was denn an ihre Stelle treten sollte. Ein Vierteljahrhundert später habe ich in meiner *Deutschen Geschichte* an den Intellektuellen der

Weimarer Zeit wegen dieser Haltung, so wie ich sie in früher Jugend erlebte, Kritik geübt; zum Ärger der Überlebenden, aber nicht, so glaube ich, der nachfolgenden Generation, der Böll und Grass, die von den Fehlern ihrer Ahnen gelernt hatten, ganz abgesehen davon, daß sie stärkere Talente waren.

Talente – nicht daß es in Berlin damals an ihnen gefehlt hätte. Es war die Epoche zweier historischer Durchbrüche, vollzogen mit Alfred Döblins *Berlin Alexanderplatz* und Bertolt Brechts *Dreigroschenoper.* Den Roman las oder verschlang ich bald nach seinem Erscheinen, und obgleich ich seitdem nie wieder hineinsah, bin ich sicher, daß dies Werk noch heute lebt und noch weiter leben wird. *Die Dreigroschenoper* sah ich in der ersten Berliner Inszenierung und war hingerissen davon, wie sollte ich nicht. Heute ist dies Werk meines Erachtens veraltet, wie manches zu seiner Zeit gar zu Durchschlagende, gar zu Modische. Andere Dramen des Meisters haben sich erhalten, und ich kann wohl verstehen, warum; so *Mutter Courage,* so *Der gute Mensch von Sezuan.* Was mir an Brecht gefiel, ist sein Mitleid und sein Zorn; was ich an ihm auf den Tod nicht ausstehen kann, ist seine

Schulmeisterei, woran der Marxismus schuld ist. Der hat noch keinem Dichter gut getan, wenn er zu viel davon verschluckte. In der Heidelberger «Sozialistischen Studentengruppe» las uns der Student Richard Löwenthal, nachmals der berühmte Professor und Berater der SPD, aus einem neuen Stück Brechts vor, das ihn entzückte; mich nicht. Löwenthal deklamierte:

Habt ihr die Welt verbessert, so
Verbessert die verbesserte Welt.
Gebt sie auf!
…
Habt ihr die Welt verbessernd die Wahrheit
vervollständigt, so
Vervollständigt die vervollständigte Wahrheit.
Gebt sie auf!

Weiter in diesem Stil. Viele Jahre später fand ich das Stück, aus dem Löwenthal uns vorgelesen hatte, das *Badener Lehrstück vom Einverständnis*. Hier agieren «die Menge», der «gelernte Chor» und die drei mit ihrem Flugzeug abgestürzten Monteure, die um Hilfe bitten, aber keine erhalten, denn:

Solange Gewalt herrscht, kann Hilfe verweigert werden. Wenn keine Gewalt mehr herrscht, ist keine Hilfe mehr nötig.

Also sollt ihr nicht Hilfe verlangen, sondern die Gewalt abschaffen.

Alles, was recht ist, aber solche trockene, törichte Schulmeisterei kann mir nicht imponieren. Auch nicht die Routine, welche der Dramatiker sich im Lauf seines produktiven Lebens gewann. (…)

Dem beeile ich mich hinzuzufügen, daß die *Legende von der Entstehung des Buches Taoteking* auf dem Weg des Laotse in die Emigration für mich zu den schönsten Balladen in deutscher Sprache gehört. Wie ich denn nicht so blind bin, den Dichter in Brecht zu verkennen. Das Leidige ist, oder war noch vor kurzem, daß man ihn geradezu vergottete und kaum noch andere Götter neben ihm dulden wollte. (…)

Oh gewiß, das Berliner Theater war großartig, und auch ich genoß es; die letzten Klassiker, Hauptmann und Shaw, auch neue Dinge. Zum Beispiel gab es da ein Erfolgsstück mit über 100 Aufführungen in Max Reinhardts Deutschem Theater, welches *Die Verbrecher* hieß. Der Autor, ein gewisser Ferdinand Bruckner, war allen ein Rätsel, bis er sich endlich als ein ehemaliger Theaterleiter minderen Erfolgs zu erkennen gab. Hier spielte Gustaf Gründgens, noch nicht von meiner Schwester geschieden, einen widerwärtigen Erzschurken, spielte ihn so überzeugend, daß meine Mutter förmlich entsetzt war: *das* war ihr Schwiegersohn! Ein Irrtum. Gründgens war ein großer Schauspieler, weiter nichts, und er konnte die erhabenen Figuren, Caesar, Fiesco, Hamlet, Wallenstein ebenso vollkommen inkarnieren wie das leise, grausame Scheusal, das hier einen Unschuldigen unter das Fallbeil bringt. Gründgens sah ich auch in dem schwachen Stück meines Bruders *Revue zu Vieren*, das schon gewohnte Quartett, er, Pamela Wedekind, Erika und Klaus. Ich war in der Uraufführung, der kein geringerer als der Kultusminister Becker beiwohnte. Dieser, am Ende, großmütig: «Er hat etwas dazugelernt.» Ratlos dagegen waren zwei Kritiker, deren Gespräch ich überhörte. Der eine: «Die Kritik wird schwierig sein?»; der andere, achselzuckend: «Nun ja, ein Versuch, die ganze geistige Krise unserer Zeit …» Das Stück war ein verdienter Mißerfolg, verursacht durch ein Mißverständnis des Autors: er hielt seine Vierergruppe für so interessant, daß er sie der Welt in allen möglichen Formationen darstellen zu sollen glaubte. Bald darauf fiel sie auseinander, indem nicht nur Gründgens, auch die Tochter Wedekinds aus dem Umkreis meiner Geschwister verschwand; sie hielt es nun mit Carl Sternheim, dem Dramatiker. Jedoch war Klaus mutig und damals auch noch für eine gute Zeit optimistisch genug, um sich durch Niederlagen nicht deprimieren zu lassen. Ein Mißerfolg war auch ein neues Stück Heinrich Manns, *Bibi. Seine Jugend in drei Akten*, in welchem der Aufstieg eines Berliner Karrieristen gezeigt wurde oder werden sollte. Alfred Kerr verspottete den Verfasser als jemanden aus der dunklen Provinz, der sich Berliner große Politik und Gesellschaft so vorstellte, wie man es in München eben tat. Weit entfernt davon, zu bestreiten, daß Kerr etwas von Theater verstand, waren mir seine Kritiken doch einigermaßen ekelhaft: diese spritzigen Abschnittchen, versehen mit römischen Ziffern und mit Kalauern gewürzt, wie etwa: «Der Werfel hat gefallen», über ein Stück von Franz Werfel, oder «Tua Kolpa, tua Kolpa» über das Drama eines Autors namens Kolb. Für mein Gefühl hätte Kerr der erste Kritiker der Hauptstadt nicht sein dürfen.

Auch Heinrich Mann lebte nun in Berlin, befreundet mit einer Dame vom Theater oder Cabaret namens Trude Hesterberg. Sein Roman *Die große Sache* war Frucht dieser Niederlassung. Unter Literaten galt er als politisches Orakel, was er nicht war, oder nur einmal gewesen war: 1914 und während des Krieges. Warum er seither ein voraussehender Beurteiler des Politischen nicht sein konnte, darüber vielleicht später. In der «Dichter-Akademie» machte er rege mit, demnächst als ihr Präsident. Ich erinnere mich an einen «Antrag Heinrich Mann: Warnung der Jugend vor dem Schriftsteller-Beruf.» Ein- oder zweimal lud er Klaus und mich zum Mittagessen in einem Restaurant ein. Regelmäßig redete er uns zuerst mit «Sie» an: «Wie geht es Ihrem – wie geht es deinem Vater?» Er war uns noch ziemlich fremd, trotz der nun acht Jahre zurückliegenden Versöhnung mit seinem Bruder; erst die Emigration brachte ihn uns näher.

(...)

Ja, und dann die Universität. Viel mehr als

von der Münchner hatte ich im Grunde von ihr nicht. Ich hörte Friedrich Meinecke über das «Zeitalter der Reformation»: ein feiner alter Herr mit schütterem Bart, dem das Collegehalten schwerfiel, zumal er an einem nervösen Tick litt. Später las ich seine berühmtesten Werke: *Die Idee der Staatsräson in der neueren Geschichte, Weltbürgertum und Nationalstaat, Die Entstehung des Historismus,* welch letzteres im Dritten Reich erschien; ich habe es in der Zürcher Emigrantenzeitschrift *Maß und Wert* einer freundlich-strengen Kritik unterzogen. Meinecke gehörte zu jenen «feinsinnigen» Historikern, die vor der harten gesellschaftlichen Wirklichkeit sich in die reineren Gefilde der Ideengeschichte zurückzogen. Ein guter Liberaler war er, «nationalgesinnt» auch, also eben ein Nationalliberaler, wenn auch nobelsten Stiles. Erich Marcks, den ich von München her kannte, hörte ich nicht, weil ich ihn nicht achtete. Sein Werk *Der Aufstieg des Reiches*, gleichfalls im Dritten Reich erschienen, nannte ich in meiner Besprechung eine zwei Bände dicke Kaiser-Geburtstags-Rede, und genau das war es, wobei der heimliche Kaiser freilich nicht Wilhelm, sondern Hitler hieß, den mit Bismarck zu vergleichen der törichte alte Mann sich nicht schämte. Natürlich war der Geist der Berliner Universität genau so national wie der der Münchner. Auch die besten Historiker blieben ihm untertan ... Bei Werner Sombart hörte ich Geschichte der Volkswirtschaftslehre. Er war ein hochgebildeter Herr und konnte elegant sprechen; dazu blasiert, eitel und müde. Kam er zu einer Theorie, an die er nicht glaubte, etwa die «Grenznutzenlehre» des Professors Böhm-Bawerk, so legte er sie so dar, daß man nur darüber lachen konnte.

Oft blieb ich einfach zu Hause, las und exzerpierte; zuerst Hegels *Vorlesungen über die Philosophie der Geschichte*. Weil er ein so berühmter Philosoph war und in diesem Werk sich auch schöne, intuitive Beschreibungen finden, etwa der alt-indischen Kultur und Religion, so glaubte ich ihm, wunderte mich nur darüber, daß wir schon am Ziel seien, vielmehr schon zu Hegels Zeiten gewesen waren, indessen seitdem doch manches Neue sich Bahn gebrochen hatte. Was mich einen Sinn in der Geschichte suchen und hier für ein paar Wochen finden ließ, war die alte metaphysische Angst: «Das Ganze» *mußte* doch einen Sinn haben. Und dann, dem Rat von Karl Korsch folgend, las ich Marx und Engels. Mein konservativer Instinkt spielte von Anfang an gegen die beiden Altmeister. Jedoch war ich nicht unbereit, mich bekehren zu lassen, und besonders die Engelsschen energisch klaren und hochmütigen Darlegungen hatten etwas Gewinnendes. Schriften, insgesamt, gegen die ein Neunzehnjähriger sich wehren mußte, um nicht völlig von ihnen kaptiviert zu werden. Beim *Kapital* kam ich nie über den ersten Band hinaus, und es ist auch völlig unnötig, den zweiten und dritten zu studieren, es wäre denn für Historiker der Nationalökonomie. Im ersten Band finden sich im hohen Grad lesenswerte historische Analysen. Über Marx hielt ich im Januar 1929 mein erstes Referat. Es geschah im philosophischen Seminar des Professors Max Dessoir, während jenes Winters eine etwas kunterbunte Lehrveranstaltung: jeder, der wollte, durfte sich zum Referat über irgendeinen Philosophen melden. Von Marx schien Dessoir noch nie etwas gehört zu haben, denn mehrmals unterbrach er mich mit dem erstaunten Ruf: «Genau wie bei Hegel!» Schon wagte ich zu unterscheiden zwischen Lebendigem und Totem in der Marxschen Lehre, fand einen Widerspruch zwischen seiner Dialektik und der Hauptthese, wonach der «wirtschaftliche Unterbau» in letzter Instanz ja doch alles andere bestimmte, und endete mit dem Satz: «Wahrscheinlich ist es Zeit, ihn als einen Denker seines eigenen Jahrhunderts zu verstehen und als einen nicht unfehlbaren Propheten des zwanzigsten.» So weit war ich immerhin und hatte zum ersten Mal erfahren, daß ich einen schwierigen geistigen Zusammenhang zur Zufriedenheit des Professors darstellen konnte. Daraus mein Entschluß, «Philosophie» inskünftig zum Hauptfach zu wählen.

Der Spätwinter 1929 war ein überaus kalter, die Zeitungen brachten Balkenüberschriften über das, was die Leute ja nun am eigenen Leibe spürten – «Die Kältekatastrophe» –, und wir froren erbärmlich; im Zimmer, die Vermieterinnen geizten mit Briketts, und draußen erst recht. Trauriger noch als im Vorjahr klangen gegen Abend in der Innenstadt die Ausrufer der Extrablätter: «Tragisches Ende in Konnersreuth?», «Aufsehenerregende Mitteilungen über Henny Porten!» (Therese Neumann von Konnersreuth, seit 1926 stigmatisiert; Henny Porten, Schauspielerin des frühen Stummfilms). Den ganzen Winter lang immer die gleichen Extrablätter, so als ob die armen Verkäufer jeden Abend ein neues Publikum erwarteten. Man sah mehr Bettler als im Vorjahr; mehr Darbieter, die dem Bettel nahekamen, Wahrsager etwa am Kurfürstendamm, die, wenn sie falsch geraten hatten – «Der Herr ist ein Gärtner»; er war aber keiner –, dennoch um eine kleine Gabe baten. Daß ich damals schon wußte oder fühlte, es gehe mit der kurzfristigen, verglichen mit späterem noch jämmerlich bescheidenen «Konjunktur» schon wieder zu Ende, kann ich nicht behaupten. Seit dem Frühjahr 1928 regierte in Berlin eine «Große Koalition», reichend von der Deutschen Volkspartei bis zu den Sozialdemokraten, welch letztere den Kanzler stellten; trotz des dramatischen oder höhnisch-aggressiven Tones, der im Reichstag von Anbeginn die Mode gewesen war, verließ ich mich auf die vernünftige Geschicklichkeit Stresemanns und erwartete keinerlei Krise während der bis 1932 dauernden Legislatur, im Wirtschaftlichen so wenig wie im Politischen. Nur gegenüber dem Berliner Literaturbetrieb, wie Alfred Kerr ihn repräsentierte, empfand ich Mißtrauen und Antipathie. Und deutlich war mir geworden, daß Berlin, besonders aber dieser Aspekt Berlins, mit Deutschland durchaus nicht gleichzusetzen war.

(...)

Es muß Mitte März gewesen sein, daß ich mit Kai Köster eine, wenn man so will, Vergnügungsreise nach Weimar machte. Unterwegs, in der Dämmerung und grauer Gegend überfiel mich ein Gefühl tiefen Schauders, und ich sagte zu Kai: «Das alles wird mit Krieg enden, einem noch viel schlimmeren als der vorige war» – ein Stimmungsmoment, der nicht lang dauerte, nicht einmal bis zur Einfahrt in das alte, scheinbar friedlich unveränderte Weimar. Wir fanden Quartier im «Elefanten». Ein ehrwürdiges Hotel; jedoch das Abendessen im Restaurant verlief abscheulich. Von unseren Nachbarn, zwei Justiz-Referendaren mit ihren Freundinnen, waren wir durch eine durchbrochene Laube getrennt und konnten oder mußten ihr Gespräch überhören. Die jungen Herren imponierten den Damen mit ihrem Bericht über eine Hinrichtung, deren Zeugen sie unlängst hatten sein dürfen: wie der Scharfrichter den Delinquenten mit zwei geübten Griffen zu Boden geworfen, wie seine Gehilfen den Liegenden gepackt, auf den rechten Platz geschoben und angeschnallt hätten, welch sonderbares Geräusch dann das Fallbeil machte, während es die Halsknorpel durchschnitt. «Nächste Woche kommen gleich zwei dran!» Kai nachher zu mir: «Da kommt einem doch alles hoch. Ich hatte gedacht, der Verurteilte würde niederknien und noch ein Gebet sprechen und so …» – Mit Hinrichtungen in Deutschland stand es damals folgendermaßen. Der sozialdemokratische Justizminister in Preußen hatte einmal, pflichtgemäß, einer solchen beigewohnt und danach entschieden, solange er Minister sei, werde eine so grauenhafte Barbarei sich nicht wiederholen. Die Verurteilten blieben unbegnadigt, ihre Exekution aber für unbestimmte Zeit aufgeschoben; ein Zustand, an dem in Preußen sich auch unter dem Reichskommissar von Papen nichts änderte. Es scheint, daß kleinere Länder wie Thüringen dem preußischen Beispiel folgten. Das änderte sich unter der Regierung Hitlers, welcher das Recht der Begnadigung Hermann Göring überließ; der begnadigte keinen. Folglich gab es während des Frühlings und Sommers Hinrichtungen in Deutschland beinahe täglich. Sie wurden bis Ende März durch die

Guillotine vollzogen. Eines der ersten Gesetze, die Hitler erließ, nachdem der neue Reichstag ihm das Recht, auf eigene Faust jederlei Art von Gesetzen zu machen, geschenkt hatte, war, die Guillotine durch die Axt oder, in besonders schmählichen Fällen, durch den Galgen zu ersetzen; die Guillotine sei eine undeutsche Erfindung. Also die Axt, etwa zwei Jahre lang. Dann wurde sie in aller Stille wieder abgeschafft und ersetzt durch ein Ding, welchem man den schönen deutschen Namen Fallschwert-Maschine gab; Guillotine durfte nun einmal nicht sein. Offenbar hatte es mit der Axt so gräßliche Zwischenfälle gegeben, daß die notwendigen Zeugen am Ende protestierten. Wir kennen das ja aus Berichten über die Hinrichtung der Maria Stuart; wie da der Scharfrichter dreimal zuschlagen mußte – nach dem ersten Schlag hörte man die Königin «Sweet Jesus» murmeln –, um zuletzt das Beil noch als Säge zu gebrauchen ... Jener, der die Guillotine als undeutsch abschaffte, hat zuletzt, als es ihm um seinen Nachruhm zu tun war, den guten Europäer gespielt – «ich war Europas letzte Chance».

Am nächsten Vormittag das Goethe-Haus;

ein verwunschenes Schloß inmitten gemeiner Gegenwart. Wir waren ganz allein, geführt von einem Hauswart, der ebensogut ein alter Diener hätte sein können und uns manches erzählte, zum Beispiel von Goethes Enkeln; wie kümmerlich sie gelebt hätten und nur aus Gnade zu herzoglich weimarischen Legationsräten ernannt worden seien. Den Lehnstuhl, in dem Goethe starb, glaube ich noch vor mir zu sehen.

Nach Göttingen zurückgekehrt, fand ich einen Brief meiner Mutter aus Arosa vor; sie würden noch eine Weile in der Schweiz bleiben und meine älteren Geschwister seien «sozusagen unabkömmlich» – sollte heißen, sie befanden sich in Frankreich und glaubten, bis auf weiteres nicht nach Deutschland zurückkehren zu können. Nun wohne aber immer noch im Münchner Haus das ganze Personal ohne Arbeit, ohne Kontrolle; ob ich solche nicht für einige Zeit übernehmen könnte? Natürlich tat ich's; Kai Köster war willig, mich zu begleiten. Meine Bücher ließ ich in Göttingen und zahlte dem Studienrat einen Monat voraus. Noch immer keine Klarheit über die Zukunft.

In München verfolgten wir am Radio die beiden Ereignisse vom 21. und 24. März. Die Feier in der Potsdamer Garnisonskirche und die Annahme des Ermächtigungsgesetzes im Reichstag.

(...)

Für die Bürokratie bedeutete das Ermächtigungsgesetz Entscheidendes. Von ihr hatte Max Weber ehedem behauptet, sie diene *jeder* Regierung. Gewiß; aber die deutsche Beamtenschaft bedurfte der Legalität. Seit dem Ermächtigungsgesetz war alles und alles legal, was die Regierung verfügte; alle Mördereien, die sie nachträglich für rechtens erklärte. Bis zum Tage, an dem das Gesetz verkündet wurde, war, so las ich in dem großen Werk *Bayern unter dem Nationalsozialismus*, die Staatsanwaltschaft pflichttreu noch immer jedem Mord nachgegangen, der in dem neuen Konzentrationslager Dachau geschah; danach nicht mehr ... Dachau – meiner Großmutter Pringsheim wurde zugetragen, meine Schwester Erika sitze nun dort und «spinne keine Seide». Das mußte einer erfunden haben, und dann wurde es mit Vergnügen kolportiert, gewiß auch von solchen, die vor wenigen Wochen noch sich im Cabaret *Die Pfeffermühle* amüsiert hatten. Schadenfreude.

«Warum war sie auch so frech? Warum glaubten die M.s überhaupt, sie seien besser als wir?» Wer den Schaden hat, braucht für den Spott nicht zu sorgen. Unter Lachen erzählte mir mein Onkel Viktor, mit weitem Abstand – 19 und 15 Jahre – jüngerer Bruder Heinrichs und TMs, der bayerische Innenminister der gefallenen Regierung, namens Stützel, habe, als er nachts im Bett verhaftet wurde, schmutzige Füße gehabt. Später lernte ich: wenn immer gestürzte Inhaber der Macht, demokratische Minister oder Diktatoren, nächtens gefangen genommen wurden, dann mußten sie irgend etwas Schmutziges am Leib gehabt haben – es gehört zum Ritus der Schadenfreude. Auch ließ Onkel Viktor eine Schimpfkanonade gegen den Ministerpräsidenten Held los, für den er ohne Zweifel noch gestimmt hatte: seine Reden im Wahlkampf seien wahrhaft erbärmlich gewesen: «*So* kann man es eben nicht machen!» Im Begriff, zu den neuen Herren überzugehen, mußte er die alten verachten, so gut es ihm gelang. Nicht nur vor den anderen, auch vor sich selber. Denn schließlich, man war ein Ehrenmann, einer von Abermillionen «Mitläufern», wie sie später genannt wurden. Man mußte sich der Vorteile, die nun zu gewinnen waren, guten Gewissens erfreuen können. In der Bayerischen Handelsbank als Diplomlandwirt tätig und dort noch nicht einmal Prokurist, stieg Onkel Viktor nun rasch zum Direktor auf und vertauschte seine bescheidene Wohnung in München-Ost mit einer ungleich eleganteren in Schwabing; ein Aufstieg, welchen er dem Auszug seiner jüdischen Kollegen verdankte. Seine Frau, eine Münchner Bourgeoise, bemerkte zu jemandem, von dem ich es über einen Dritten erfuhr: Sie habe den Namen M. nun überhaupt satt. Als ich solches später dem Onkel Heinrich erzählte, lispelte er in seiner sonoren, für mich immer leicht französisch gefärbten Sprache: «Die Gans wird frech.»

Was nun aber auch im Konzentrationslager Dachau, was in den Kellern der neuen «Politischen Partei» geschah, die Atmosphäre der bayerischen Hauptstadt war nichts weniger als düster. Der Frühling kam und man erfreute sich seiner und der neuen Machtsonne auch, des Sieges im Bürgerkrieg, der nicht stattgefunden hatte. Gewiß mag man sagen, es sei gut, daß er nicht stattgefunden, daß es nicht jahrelange monströse Schlächtereien gegeben hatte, wie später im spanischen Bürgerkrieg auf beiden Seiten. Den Spaniern lag das nur allzu sehr, ihre Geschichte lehrt es; den Deutschen ganz und gar nicht. Trotzdem hatte dieser Sieg ohne Kampf wieder etwas Abscheuliches. Die ohne Gegenwehr Besiegten, zuerst die Kommunisten, dann, mehr und mehr, die Juden, dann auch demokratische oder liberale Politiker, zuletzt der preußische und bayerische Adel wurde behandelt, *als ob* ein Bürgerkrieg gewesen wäre. Aber das berührte die gewaltige Mehrheit wenig; jetzt nicht und auch später nicht viel. Es war doch *Ordnung*, endlich wieder, und *Macht* dahinter! SS-Offiziere in ihren kleidsamen schwarzen Uniformen promenierten durch die Straßen der Innenstadt; die neuen Machthaber selber sah ich in großen Wagen durch die Theatinerstraße fahren, der Herr, die Zigarre zwischen den Lippen, im Fond, vorne Chauffeur und Leibwächter. Mein Eindruck: Das ist die Konservative Revolution nicht. Es ist eine Machtergreifung durch Plebejer; und auch die materielle Seite der Sache genießen sie in vollen Zügen. Von der «Statthalterei» – Sitz des neuernannten Reichsstatthalters im Prinz-Carl-Palais – sprach man, als hätte es nie einen anderen Namen getragen. Zu Hause fand ich noch meine Schwester Elisabeth, Medi vor, nun eine fünfzehnjährige Gymnasiastin. Sie erzählte mir, ihr Rektor – es war Erikas ehemaliger Klassenlehrer Dr. Jobst – habe in der Aula eine Rede gehalten, in welcher er kundtat: aus einem imperialen Staat sei nun ein idealer geworden – was die Schwester nicht verstand. Er kannte wohl ein wenig deutsche Philosophie und meinte: die Nation sei bis unlängst von Fremden beherrscht gewesen, jetzt aber sei sie selber der Staat … Am 1. April gab es den von Goebbels verordneten Boykott jüdischer Geschäfte, die gleichwohl gezwungen wurden, ihre Läden offen zu halten; ein Spektakel, das ich meinerseits boykottierte. Jedoch hörte ich, die Münchner Bürger seien zwar der Aufforderung, nichts zu kaufen, gefolgt – noble Ausnahmen gab es –, hätten aber kaum Zeichen des Beifalls gegeben.

Traurig ging es bei meinen Großeltern Pringsheim zu. Noch immer lebten sie im Prunk ihres verödeten Hauses an der Arcisstraße, vereinsamt längst und jetzt erst recht. In meinem Tagebuch – das Heft mit den Eintragungen ab 9. April existiert wieder: «Die armen Pringsheims. Dem Alten schielt der Tod aus den Augen; kein schöner. ‹Daß man das noch erleben muß!› murmelt er.» Die Großmutter, eine alte Verehrerin Napoleons – im Haus gab es ein Napoleon-Zimmer, mit Bildern und Büchern ganz dem Kaiser gewidmet –, konnte sich einer zarten Bewunderung Hitlers nicht erwehren, worüber es zwischen den Greisen zu häufigen Streitereien kam.

MONIKA MANN

München 1910–1992 Leverkusen

Ausbildung zur Pianistin in Lausanne, Studium der Musik und Kunstgeschichte in Florenz. Emigriert 1933 in die Schweiz. 1938 tschechische Staatsbürgerschaft, 1939 Heirat mit dem ungarischen Kunsthistoriker Jenö Lányi, der 1940 während der gemeinsamen Überfahrt von London nach Amerika ums Leben kommt, als das Schiff – von einem deutschen U-Boot torpediert – untergeht. Verbringt die nächsten Jahre in Amerika, kehrt 1953 nach Europa zurück und lebt ab 1955 auf der Insel Capri, zieht nach dem Tod des Lebensgefährten 1985 zum Bruder Golo nach Kilchberg in der Schweiz.

«Ich lebe auf einer Insel. Es ist still da, und die Menschen machen sich Gedanken», lauten die ersten beiden Sätze der Erinnerungen von Monika Mann, die sie wohl nach Übersiedlung auf die Insel Capri (1955) zu schreiben beginnt. Während sie noch daran arbeitet, stirbt ihr Vater, den Moment markiert sie im Buch mit einem Kreuz: «Der Tod meines Vaters steht mir noch zu nah, als daß ich viel über ihn aussagen wollte. Eines nur – seine Gegenwart war stark. Seine Abwesenheit ist stark. Aber seine Abwesenheit ist voll Gegenwart. Und war seine Gegenwart nicht auch voll Abwesenheit?» *Vergangenes und Gegenwärtiges* erscheint 1956.

Die ausgewählten Teile umfassen Reflexionen über den Vater als Dichter, das Leben im Exil – in New York –, dann die Rückkehr nach Europa und den Papst-Besuch des Vaters im Mai 1953.

Aus ihrem gleichnamigen Gedichtband von 1963 stammen die vorangestellten *Tupfen im All*.

Drei Herren im Zylinder

Weihen sie ein Denkmal ein, begraben sie einen Kaiser, verkünden sie eine neue Ordnung unserer Welt, sind sie zugegen, wo man Engel vermählt – was für Fragen sie entzünden, auf was deuten sie hin, die drei Herren im Zylinder? Am Ende der Straße, auf der sie gehen, scheint das Außergewöhnliche zu stehen, was jeder Mensch jeden Tag erwartet.

Der Auswanderer

Gestreift und kurzgeschoren wie ein Zuchthausding, doch federleicht und ungebunden tritt sie aus dem Weisenzug und spricht zu ihm – ich kenn Vater nicht und Mutter, die Bindung nicht zum Leben wie zum Tod, weiß nicht, was wahr ist, was zu wissen, aber grünverschneit sind meine Wiesen, komm, dort ist's schön!

Und das Nönnlein im Schattenkleid mahnt die rauhe arme freie Weise, die spricht nur immer leise «komm» zu ihm, er stellt den Koffer nieder, um's zu hören – die Straße spricht's – er geht sie immer.

Die Pferde

Das Orgelbrausen der Kanäle und raschen Himmelsflut, das Fest des Regens, es schert die Pferde nicht, die vor dem Wagen stehen triefend und unberührt: jede Fiber ist stumpfe Selbstvergessenheit, wo Erhabenes spukt wie eine andere und höhere Geburt.

Der Dichter

Ich meine, der Dichter erfaßt dich wie eine Garbe Korn, auf daß er an dir nähre seinen Sinn und kläre dich darin wie wohl kein Spiegel.

Die Shopping-Dame

Sie stöckelt durch das köstliche Revier von Pelzen, Bonbonnieren, Schmuckbehang, kauft das Kamel aus Marzipan und sitzt nun neben mir in dem Café. Sie schwätzt von bibelfrommen Karawanen und dieser neuen hochpotenten Welt, und emsig eine grüne Torte gabelnd, fährt wie ein Blitz durch sie die Alb-Idee, daß Wüste einmal diese Stadt gewesen und Wüste werden würde – unversehens.

Vergangenes und Gegenwärtiges

Schwärmer und Dichter sind Zweifler und Abgründige, weil das Inständige ihres Wesens an ihnen zerrt, und der prosaische, kaltblütige, sachliche Mann ist lebensfähiger als der Poet. Denn in ihm wohnt etwas, das ich das «Unleben» nenne. Alice im Wunderland spricht von 366 Tagen eines Jahres, damit sie auch einen «unbirthday» habe. Dies Un- oder Übersinnige liegt auch im Sein des Poeten. Ich stamme aus einem Haus, das, so weit ich zurückdenken kann, von jenem Unleben erfüllt war. Ein starker, in sich befangener, nach jener Selbstbefreiung inständig ringender Geist durchsetzte das warm-bürgerliche Heim wie eine Art Spuk. Und noch ehe ich auch nur im mindesten begriff, was eine Künstlerseele ist, erlebte ich ihr heimliches Ringen, das wie eine Naturkraft war. Und noch ehe ich ein Buch gelesen und wußte, was Kunst ist, spürte ich, daß jene Naturkraft weit in die Welt hinausreichte. Ich mochte auch spüren, daß das von wildem Wein und Heckenrosen umrankte Haus – ländlich abgeschieden, wie es war – die große und verworrene Welt widerspiegelte, und zwar nicht nur, weil Post und Besuch von überallher darauf einströmte, sondern weil der väterliche Geist, bei aller selbstkonzentrierten Zurückgezogenheit, weltoffen, weltverbunden war. Und verriet das ruhige, bürgerliche Sein von damals nichts von dem Wanderleben, das ich später führen sollte, so lebte ich von früh auf im Zwielicht der mondänen Einsamkeit. Zugleich mit jener Weltoffenheit hatte das elterliche Haus eine große innere Abgeschlossenheit. Die starke und verhaltene Persönlichkeit meines Vaters und das dynamische Gegenspiel meiner Mutter bildeten eine atmosphärische Macht und Einheit, gegen die das fremde Leben verblaßte. Der Trupp Geschwister, Freunde, Mägde und Tiere tat ein übriges, jene Macht auszubreiten und zu festigen. (…)

Ich wuchs also in einer Art kunstvoller Ordnung und fiktiven Wohlstands auf, der mir gut anschlug, mich aber, etwaigen Unwesen gegenüber, um so empfindlicher machte. Hungrige, Frierende, vom Kriege Beleidigte trieb es zu Verbrechen und Verzweiflungstaten, und ein

«Herrschaftshaus» war oft Objekt des Neides und Hasses. Es schien – oder war umlungert. Es war schrecklich genug, wenn das Zimmermädchen als Diebin entlarvt, polizeilich verabschiedet wurde, oder wenn es im Souterrain dubiöse Bräutigame empfing, die behaupteten, der Hund habe ihre Hosen zerrissen, und unter furchtbaren Drohungen einen neuen Anzug von meiner Mutter forderten. Aber das Unwesen war zu meinem höchsten Schrecken auf die Spitze getrieben, als ein Mann sich vor unserer Gartentür erschoß. Das Schauerliche und Unbegreifliche erfuhr wenig Linderung in meinem Gemüt dadurch, daß der Selbstmörder fehlgeschossen hatte und kurz nach seiner Tat von Papa mit Cognac bewirtet wurde. Es war im Winter zur späten Teestunde, als der nahe Schuß ins Dunkel fiel und Papa unverzüglich auf die Allee hinaustrat, wo er einen Menschen verenden zu sehen meinte. Im spärlichen Schein der Gaslaterne lehnte einer, verdrehten Auges einen Frauennamen röchelnd, an unserem Gartenzaun, auf dessen weißen Latten Blutspritzer waren. Der glatte Armschuß hatte keine ernsten Folgen, und der fremde junge Hysteriker hätte wohl auch ohne Papas Cognachilfe in dies Leben zurückgefunden. Sicher ist, daß das Ereignis schaurig und mein zarter, sensationsabgewandter Vater es helfend zu ergründen zur Stelle war. Nicht als barmherziger Samariter, dem das edle Herz schwellen mochte, vielmehr entsprang seine ruhige, entschlossene Bereitschaft dem unbewußten kalten, sachlichen Gefühl der Notwendigkeit. Auf ihn, den eher Fernen – den der Engländer «aloof» nennen würde –, war im Elementar-Menschlichen immer zu zählen.

Der ewige Kampf um das Gelingen – um jene Selbstbefreiung –, das inständig ichwärts gekehrte väterliche Wesen wirkten einschüchternd, ja beklemmend auf uns und gewährte uns zugleich eine große Freiheit. Unser Kindertun und -lassen stand im Licht einer im wahrsten Sinne des Wortes liberalen Instanz, das zornig oder nervös aufflackerte, aber sich uns nie versagte. Unsere Mutter, die in der Tat unser Dasein regelte und betreute, nährte sich und ließ sich leiten von diesem Licht. Papas Liberalismus mochte uns zu spüren geben, daß in diesem Leben alles möglich, vielleicht alles entschuldbar sei, daß aber das persönliche Ich weitgehend für sich selber aufkommen müsse, für alles verantwortlich sei und sich nicht wundern dürfe, wenn ihm Unrecht geschah. Er mochte uns ferner zu spüren geben, daß es geboten sei, das Möglich-Unmögliche mutigen Sinnes heranzulocken, sich mit ihm gut zu stellen. Die Welt bestand aus dem Greifbaren, Faktischen, Wirklichen, Abnutzbaren, Beschränkten; und aus dem, das man glaubend selber schuf, dem Wahren, Grenzenlosen. Der Rationalist und «Trockenköstler» lebte dem ersten nach; der Romantiker und Schwelger dem zweiten. Aber beides hochanständig zu verbinden und verweben, war das Ziel des ganzen Menschen. Ganz war er dadurch, daß er das Mögliche und Unmögliche, die Realität und Phantasie, das Wirkliche und Wahre, Beschränkte und Schrankenlose, Begrenzte und Grenzenlose Hand in Hand gehen ließ, ihr Miteinandergehen tolerierte, indem er sein ganzes Wollen daransetzte, ihnen gleiche Rechte einzuräumen. (…)

Das motorisierte Mittelalter war hereingebrochen. Technik und Vernichtung, Fortschritt und Sadismus marschierten Hand in Hand –. Das Herz unseres Landes wurde gefoltert. Das Kleine wurde groß, das Niedere kam nach oben, das Unfreie glaubte frei zu sein auf dem Wege der Gewalt. Sprach ich am Anfang dieser Zeilen von jenem inständigen Ringen, also dem Kampf von innen, von jenem christlichen Drang zur Selbstbefreiung, so war die «Bewegung» unseres Landes, mit ihrem Durchbruch von außen, das Antichristliche. Mein Vater war nicht der einzige gewesen, der das Übel hatte heranwachsen sehen und der, wann immer Gelegenheit sich bot, davor gewarnt hatte. Jetzt, da im vollen Triumph Verbrechen und Wahn im Namen der Freiheit regierten, wandte er sich empört ab. Er saß auf der kleinen Terrasse seines südfranzösischen Studios und blickte entsetzt vor sich hin, blind vor den glühend bunten Blumen, dem blauen Himmel und dem blauen Meer.

«Weltbürgern» war ihm noch unbekannt; er empfand den Verlust der Heimat als den eigenen Untergang. Und seine völlige Machtlosigkeit gegen das Unwesen seiner Landsleute legte ihn lahm. «Nun?» schien sein Blick zu sagen – «Ich bin draußen, aber was die da drinnen tun, wohin führt es? Es ist nicht auszudenken.» Und sein Blick ging ins Dunkel, als er jenes verzweifelte «Nun?» zu wiederholen schien. Es war müßig, sich an den Schreibtisch zu setzen. Joseph mochte in der Grube bleiben, von wilden Tieren zerrissen werden, und Jakob mochte weinen. Es war ohnedies alles zum Weinen.

Enteignung, Ausbürgerung, die Bücherverbrennung und all die anderen Schmähungen und Schmählichkeiten – das persönliche Schicksal war nur ein Krümchen, ein Symptömchen einer spukhaften Entgleisung, einer gigantischen Mißlichkeit, die um sich griff wie das Feuer im Wind. Da die Greuel im Namen einer nationalen Erhebung geschahen, da die Idee des Nationalen einer so vollkommenen Pervertierung ausgesetzt war, wurde «draußen» unwillkürlich ihr Wert auf ein Minimum reduziert oder als eine Art Privatgut bewahrt. Man war «deutsch» oder «französisch», «holländisch», «britisch», «belgisch» auf höchst stille und bescheidene Art. Im intimen Rahmen, im psychologisch-persönlichen Zusammenhang mochte es interessant sein, «was» man war, im öffentlichen Sinn war es nicht mehr wichtig. Unter dem Einfluß der Verhunzung und der kosmopolitischen Strömungen, die an der Tagesordnung waren, schwand das Nationale immer mehr dahin und verwandelte sich ins Universelle. Joseph, Nesthäkchen und Vaterliebling, wurde zum Weltkind. Freiwillig oder nicht, er überwand die Härten, wurde es ganz und war also dazu bestimmt. Auch mein Vater überwand die Härten, wurde es ganz und war dazu bestimmt. Wir alle – im geringeren Maßstab – waren bestimmt, Weltkinder zu sein: übrigens klärte und festigte sich gerade durch diese seelische Erweiterung «Kern», «Heimat», das jetzt durch den äußeren Verzicht ein rein Inneres wurde. Eine Art Geheimschatz.

Der Exilierte wurzelt im Ursprung, trägt seine geistige Herkunft gleichsam wie Nägel an den Stiefeln, um auf dem Glatteis der Fremde nicht auszurutschen. Mein Vater parlierte französisch, fuhr in einem «Peugeot» und aß «Croissons», aber in ihm vertiefte sich das «Goetheerlebnis», die deutsche Liederkunst und anderes mehr. Unversehrtes. Wahre Schätze des Ursprungs, denen das wirkliche Heute nichts anhaben konnte. Oder? Man wurde mißtrauisch, witterte Zusammenhänge – Nietzsche, Wagner, Schiller, Schumann … «kranke Romantik», «Pomp» und «Heroskult» – was war noch rein? Aber halt! Man schlug auf den Tisch: man durfte sie nicht preisgeben, man mußte sie rein erhalten, es war Pflicht, eine männliche Pflicht. Das erste Heim der Verbannung – oder der Selbstverbannung, denn nur zu gern hätten die «Brüder» meinen Vater für sich gewonnen, schon weil sie ihn als Feind fürchteten – unser erstes Heim in der Fremde hieß «La Tranquille». Theater, Konzerte und Oper, Vortragsreisen und Empfänge – die Mondänität, von der trotz der arbeitsamen Zurückgezogenheit das Leben meines Vaters gefärbt war, hatte ein Ende. Hier war es still: nachdem das erste Entsetzen und die erste Depression gewichen waren, öffneten sich allmählich Auge und Sinn für die vielfältigen Reize jenes Südens. Die herb-süße Großartigkeit der Landschaft fing an, die Seele ins Schwingen, den Geist in Tätigkeit zu versetzen. Mein Vater nahm seine Arbeit wieder auf, und unser Dasein erhielt ein relativ normales Gesicht. Man faßte gleichsam Fuß im Vagen, nicht wissend, von welcher Dauer und welchen Konsequenzen das «Entsetzliche» für das eigene und das Schicksal der Welt sein würde. Jener Zustand der pessimistischen Spannung machte eine Aktivität notwendiger denn je und erweckte Sehnsucht nach dem Positiven. Wir ergriffen alles Gute wie ein Geschenk, die Schönheit der Landschaft, die Freunde, das Pittoreske des alten Fischerhafens, und schließlich war da das Meer … Überhaupt schienen wir «draußen» den Eindrücken offener, empfänglicher und sensibler für die wahren Werte, und «La Tranquille» wurde – bei allem Dunkel im Hintergrund – zum Ort der Arbeit, der freundlichen Zusammenkunft und der Beschaulichkeit.

Wir wurden immer mehr. Nämlich dahin, wo noch Freiheit war, kamen immer mehr von dort, wo keine war. Terror ging wie eine Brunst über Europa, und es war bald kein Platz mehr für uns. Wir überschwemmten die Schweiz und waren froh und dankbar, daß wir es durften. Aber unsere «Überschwemmung» würde das gräßliche Machtfeuer nicht löschen, dessen Flamme jeden Moment herüberschlagen mochte. Es roch nach Weltexplosion. – Bei Kriegsausbruch befanden sich meine Eltern auf einem zum Bersten überfüllten holländischen Schiff, das gen Amerika steuerte. Amerika. Für mich war es vorläufig nur ein Wort, oder doch etwas sehr Fernes, Abstraktes, das mich mit einer Art heiterem Respekt, Neugierde und leisem Grauen erfüllte. Schon weil es so sehr weit weg war und weil in meiner Vorstellung die Monotonie der Freiheit und der Gleichheit und des Glücks in einer Exzentrik der Menschen und der Natur ausartete, deren Wolkenkratzer und Hurrikane, endlosen Steppen und Lichtreklamen die Welt eines anderen Planeten darzustellen schienen. Mein Vater hatte damals eine «Ehrenprofessur» an der Universität Princeton, New Jersey, und wohnte in einem Hause, das, als ich es später kennenlernte, mich ein wenig an ein Geisterschloß gemahnte mit seinem verwachsenen Garten, den verwitterten Mauern, knarrenden Treppen und großen, steillehnigen roten Damaststühlen in dämmrigen Sälen, die eigentlich je von einem makabren Lakai hätten bewacht werden müssen. Statt dessen gab es den schokoladenfarbenen John in der weißen Jacke, der mit einem freundlich-blitzenden Grinsen dem Mister und der Missis Män seine Dienste anzutragen wußte. Manchmal fehlte John beim Servieren, weil er zu Bett lag und «disgusted» war, wie seine Frau uns belehrte, die im übrigen die Küche versah. John hatte viel Phantasie und ein gutes

Herz, und gerade deshalb war er wohl in Anbetracht der leidigen Umstände, die seine Rasse betrafen, leicht «disgusted». John hatte einmal mir gegenüber – nicht ohne sein gewinnendes Kinderlächeln spielen zu lassen – das Problem des «schwarzen Schafes» mit den Worten gelöst – There is no black God, there ist no white God, but there ist only one God. – Indes schien die Welt von allen Göttern verlassen …

Ich war zu der Zeit mit meinem Mann in London, wo der «Blitzkrieg» wütete. Zwei Jahre später als meine Eltern landete ich in Amerika als Witwe.

(…)

Es ist nicht meine Absicht, ein Essay über das Werk meines Vaters zu schreiben. Es würde mir wenig anstehen, auch könnte ich es gar nicht. Tausende mögen es «besser» kennen und haben mich deshalb gesprächsweise schon manches Mal in Verlegenheit gebracht. Wenn es zu Zitaten kommt oder gar zu «akuter Kenntnis» literaturhistorischer Zusammenhänge, verstecke ich mich hinter meiner Unwissenheit, die allerdings teilweise Finte ist. Ich fühle mich bei solchen Gesprächen dumm gemacht und auch «in den Wurzeln» angegriffen, aus denen es arrogant zu flehen scheint – Bitte schweigen Sie doch! Ich habe «ihn» nicht mehr gelesen als einen anderen Autor, aber da ist doch eine «organische» Verbundenheit zu dem Werk wie zu keinem anderen. Als mein Vater mir den «Faustus» von Pacific Palisades nach Manhattan sandte, schrieb er hinein – Für Mönchen, sie wird es schon verstehen. Darin liegt eine flüchtige, schon abgetane Geringschätzung, an deren Stelle sofort Vertrauen tritt. Und jener Widmung entspricht ungefähr mein eigenes Empfinden: paradox ausgedrückt, ohne gründliche Kenntnis kenne ich das Werk von Grund auf. Mein Vater sagte, daß «Stil» die Anpassung an den Stoff sei. Gut. Jedoch sein Stil überflügelt, überstrahlt den Stoff. Das klingt, als ob er ein Virtuose sei. Er ist es. Aber – denkt man an Passagen im «Joseph» oder «Tod in Venedig» – jene «formale Oberhand» ist eine rührend schöne, beseelte Virtuosität. Ich möchte sagen, das Werk meines Vaters ist mehr vergeistigte Form als geformter Geist. Es ist nicht wahr, daß Leben und Werk zwei sind, sie sind – und gerade bei ihm – eins. War nicht – wie sein großes Epos – auch sein Leben von der Form beherrscht, so sehr, daß es gleichsam mehr gelebte Form als geformtes Leben war? Die Form diente ihm nicht, sie war primär. Ordnung, Höflichkeit, Maß, Geduld waren nicht Mittel, sondern Uressenz, denen er Leben und Sinn verlieh. Welch tiefe Ordnung und Form beherrscht sein Leben und seinen Tod! Bei Sonntagsglocken wurde er geboren, und das Festgeläut seines hohen Wiegenfestes klingt in seinen Tod hinein. All die hohen Ehrungen, die ihm zuletzt erwiesen wurden, all die offiziellen und privaten Danksagungen und Anerkennungen – diese letzte Hymne an ihn, das war auch ein Sonntag. Und zwischen jenem ersten und diesem letzten Sonntag liegt eine schwere Arbeitswoche. –

Sprach ich von der «absoluten Kunst», so ist New York die «absolute Stadt». Die All-Stadt, in der die Städte sich aufheben, Stadt bis zur Abstraktheit. Die Architektur, das Licht, das Tempo, das Klima, die Größe, das Kosmopolitische sind Komponenten, viel bleibt, das Geheimnis ist. Wenn man im Zimmer von einem «rooming house» bei heruntergelassenen «blinds» mit geschlossenen Augen auf einem Sofa liegt, ahnt man es, das helle, harte, reine, abstrakte, hochgespannte, klassische Wesen dieser Stadt der Städte. Wenn man sich erhebt, ans Fenster tritt, die «blinds» öffnet und hinausschaut, ahnt man es nicht mehr, sondern weiß, daß man Teil davon ist. Und wenn man durch den «Central Park», die «Fifth Avenue», den «Broadway», die vielen, vielen Parallelstraßen geht, ist man Teil davon, ohne es zu wissen. Die Solidarität zwischen den Menschen ist nicht groß, weil ein systematisiertes, unabhängiges Leben Kameradschaft, menschliche Annäherung fast ausschließt. Dafür gibt es eine unbewußte große Zugehörigkeit in dieser Stadt wie in keiner anderen. Jenes systematisierte Dasein, das die Menschen voneinander trennt, sie einsam macht, bildet ein Ganzes, in dessen Schutz man steht. Ja, in New York ist man einsam wie in keiner anderen Stadt, zugleich gewährt es eine Protektion wie eine riesige stählerne, abstrakte Mutter. Obgleich man sie nicht bewußt genießt, gibt sie einem nicht nur die Kraft für jene harte Einsamkeit, sondern manchmal ein unbegreifliches Glücksgefühl. Wenn ein Mandelbäumchen im bleichen Licht sein nacktes Gezweig gegen die Wolkenkratzer erhebt, wenn Hunderte von Füßen auf den «Subway»-Treppen schlürfen und bleiche Mienen blind emportauchen – blind für den anderen, nur das eigene Ziel im Auge –, wenn alles unberührt von Wärme so geradeaus nach vorwärts treibt, wenn plötzlich jenseits des Hudson das Licht sich verfärbt und Mandelbäumchen, blinde Mienen, Wolkenkratzer in Sonnenrot taucht und die Sirene vorbeigellt wie krasse Erlösung – so geht man darin auf, fühlt sich geborgen wie in einem Element, möchte es festhalten, heiligen, so unbegreiflich stolz und schön ist es.

Die vielleicht für europäische Begriffe prosaische, amusische «kalte» Stadt hat ihre eigene rigide, stolze Poesie – wie wir sie schon von Walt Whitman her kennen und von Gershwins Melodie. Man ist einverwebt in jene Melodie, die trotz ihrer Mannigfaltigkeit wie eine Leier ist. Eine hektische Monotonie scheint aus ihr zu strömen, eine eiserne Schwermut und eine Verschworenheit an das Heut und Jetzt. Und weil es das Gestern und das Morgen nicht zu geben scheint, ist das Heute immer stark und rein wie ein junger Löwe im Vakuum. Ohne Erinnerung, im Grund ohne Ehrgeiz lebt man in der Gegenwart. Man verdient die Dollar und gibt sie aus, man heiratet eine Frau und tauscht sie für eine andere ein, man ißt von Papiertellern und wirft sie in den Eimer, man hat einen Beruf und wechselt ihn, man kauft sich ein Auto und man verkauft es ... Sich nur nicht an etwas verhaften, frei sein, ohne Bindung, ohne Tradition sein: ihre Tradition ist im Heute. Bedauert jemand etwas von vorgestern, so heißt es gleich – That's a long time ago, that's done and over now, let's forget about it, let's start anew! (Das ist lang her, das ist geschehen und vorbei, begraben wir es, fangen wir von vorn an!) (...)

Zweimal im Jahr kamen die Eltern durch New York. Manchmal traf ich dort meine Geschwister: besonders hatte ich mit meinem seligen ältesten Bruder dort innige Stunden. Auch kam gelegentlich meine jüngste Schwester mit Aktenmappe aus Chikago «herüber». Ich frühstückte mit meiner ältesten Schwester, die im Bett lag, da sie eben eine «lecturetour» von 52 Städten absolviert hatte, oder mein jüngster Bruder besuchte mich, mit seiner Geige auf dem Wege von San Franzisko nach Deutschland, zu einem rotweinseligen Abend. Ich verbrachte gute Tage mit den Eltern in «streamlined» Hotels bei traulichen Gesprächen. Bei Tisch hielt sich Papa wie gewöhnlich an die Suppe – die er sehr heiß mit sichtlichem Behagen rhythmisch auszulöffeln pflegte – und an den «ice-cream»: seit vielen Jahren langweilte, ja quälte ihn das Hauptgericht. Er freute sich an dem wenn auch fließenden so doch drolligen Deutsch des Kellners und gab mit kindlich überraschtem, zugleich glücklichem Lächeln irgendeinem herzugetretenen Gast ein Autogramm. Er rauchte zwischen den Gängen die längliche, etwas feminine Zigarette «Reeges» und trank ohne Skrupel zwei Täßchen starken Kaffee. Zum Tee empfing Papa in der gedämpften «Suite» mit dem handdicken Bodenbelag, den fraisfarbenen Fauteuils, goldgerahmten Spiegeln, vor denen Gladiolen ihre etwas hohle Pracht entfalteten, einen Verleger, einen Journalisten, einen Freund oder einen Fremden, der meine Mutter am Telephon davon überzeugt hatte, daß er «den Meister zehn Minuten sehen müsse». Nachdem er seine Verehrung ausgesprochen, wollte er entweder 1000 Dollar oder einen «menschlichen Rat» oder er zog ein umfangreiches Manuskript aus der Tasche, für das mein Vater Propaganda treiben sollte: als er es las, mußte er entdecken, daß es Unsinn war. Der Fremde kam verzerrten Angesichts noch einmal zum Tee, erhielt sein Manuskript zurück mit einem herzlich bedauernden Lächeln, einem kleinen Geldpräsent und dem höflichen Rat, Hühner zu züchten, Kunst sei nun einmal nicht für jedermann. Im übrigen könne es trotzdem sehr wohl sein, daß er auf der Hühnerfarm eines Tages eine sehr nette kleine Novelle schriebe.

Einmal spazierten wir die Fifth Avenue gegen den Central Park zu, ganz ähnlich, wie wir später in Rom die Via Veneto zur Villa Borghese hinaufspazierten – jene mondänen Stadtteile ähneln einander –, es war eine absurde Hitze. Papa ging aufrecht, Panamahut und Spazierstock in der Hand. Ein klein wenig mochten seine Schultern hängen, mochte sein Hals schräg vorwärts geschoben sein, als er das Auge an den Gebäuden emporschweifen ließ und stehenblieb. Er zog das nach Veilchen duftende Stecktuch aus dem Sommerrock – der, obwohl er «von der Stange» war, sehr elegant an ihm wirkte – und führte es zur Stirn, sie sorgsam betupfend. Dann ging er gleichsam gestrafft und befriedigt weiter. Die Schultern hingen zwar wirklich ein wenig, und der Hals war etwas seitlich vorgeschoben – er schien ein bißchen traurig, ein bißchen «auf der Hut», ein bißchen in sich hineinschauend angesichts der Wucht dieser Stadt. Was tat der Lübecker Patriziersohn in ihr, wie kam er hierher? Was hatte jenes uralte, giebelig verzweigte, aber handfeste Hafenstädtchen mit diesen kolossalen und zugleich schwebenden, nackten, himmelstrebenden Massen von Stahl und Stein zu tun? Man frage nicht. Man war eben hier. Es war so gekommen – aus «historischen Anlässen», aus «Schicksalsschrullen», aus heimlichem Eigenwillen ... vieles kam zusammen, daß es so kam, und man hatte sein Scherflein dazu beigetragen, denn ohne einen selbst passiert einem nichts. Die Hitze war absurd. Auf dem Rücken des Sommerrocks war ein runder nasser Fleck. Die Hitze verschlang den Lärm, er schien in ihr zu ersticken. Ein feuchter Schleier schien über den ironisch lächelnden Augen meines Vaters zu hängen. Er nickte. Er schwang seinen Panamahut, als winkte er mit ihm auf die andere Straßenseite hinüber, er drehte sich um, blieb stehen, nickte – schien beständig auf Bekannte zu stoßen, so daß er endlich den Blick senkte, seinen Schritt beschleunigte und ein Lachen zu verbergen schien. (...)

Nach zwölfjähriger Abwesenheit sah ich Europa wieder. Was bewegte mich, dorthin zurückzukehren, und kehrte ich dorthin zurück mit der Absicht, mich von Amerika loszusagen? Ich verließ es recht absichtslos, ließ meine Habe – Bücher und Hausrat – da und auch ein gut Teil meiner selbst. Diesen Kontinent tut man nicht einfach ab. Und obwohl ich schon seit Jahren wieder in der «alten Erde» wurzle, nach der es mich unwiderstehlich zog, habe ich ihn bis heute nicht abgetan. Sein weites, anonymes, kindhaftes Wesen öffnet einem die Augen, erfrischt einem den Sinn, der Blick und das Herz sind mir durch ihn offener geworden: offener und unbefangener, kritischer und dankbarer für die Welt. Die Vergleichsmöglichkeiten, die Parallelen, die sich im Unendlichen treffen, erweitern den Horizont, stimmen loyaler und gleichsam wehmütiger, weil das Kind nun weiß, was hinter jenem Vorhang ist, Neugierde und Illusion dahin sind. Ich habe jetzt manchmal einen Italiener oder Deutschen getroffen, der spöttisch oder sehnsüchtig sagte – Das möchte ich auch einmal sehen, dies Amerika! Und ich wollte ihm erwidern – Geh nur hin, all deine lächerlichen oder herrlichen Vorstellungen werden einstürzen und eine neue Wirklichkeit wird wie eine Gewalt, wie eine Festung vor dir stehen! Wir machten uns ein wenig über unsere eigene Bewegtheit lustig, mein jüngster Bruder und ich, als wir Genua auftauchen sahen. Es tauchte auf wie eine Vision, und indes sie ein immer klareres Gesicht annahm, die Paläste sich über den buntbelebten Hafenwassern türmten, weinten, sangen und schrien die Heimkehrenden auf unserem Schiff. Es war gut, daß wir uns ein wenig über uns lustig machten, denn wie das Überglückliche oder Übertraurige leicht ins Komische fällt, so fehlte es auch in diesem überrührenden Moment nicht an Groteskem. Indes auch uns die Herzen klopften und die Tränen in den Augen standen, waren wir wie gelähmt, zwischen unseren zahllosen Gepäckstücken und aufgeregtem Volk, chaotischen Zollproblemen, Dolmetschern, Fremdenführern, Bettlern, Kindern und Halunken, die uns das Geld aus der Tasche zogen und das Blut erhitzten – bis wir, in sanfte Raserei verfallend, jede «Hilfe» von uns wiesen und uns endlich in einem «dubiösen» Hotel geborgen sahen und uns zwischen Weinen und Lachen der ersten heimischen Nacht hingaben. (…)

Ohne Kompromiß ging es nicht ab. Denn ich vermochte nicht, in der «alten Erde» mein Heimatland als meine Bleibe zu wählen, sondern Italien, das schon lang die Heimat meines Herzens war.

Ich glaube, in dem Kompromiß liegt weder Ressentiment noch Entsagung, sondern eine natürliche, ehrliche Fügung. Es wäre Vermessenheit, ins Einst zurückzukehren: zu sehr ist das Fremde mir zur Heimat geworden. Und nirgends ist – wie in Italien – das Fremde so heimatlich. In der Exotik seiner Landschaft, seiner Städte, seiner Menschen, seiner Sprache liegt so viel Musik und Urverwandtes, als komme man selber von da her. Da ist so viel Naives und Authentisches, so viel anspruchsloser, natürlicher Wert, so viel Kindlichkeit in so viel alter Zeit, so viel Natur und Geschichte, so viel Stolz und Bescheidung, so viel Armut und so viel Glück. Ich meine hier weniger die motorisierten, ambitiösen Großstädter – sogar sie sind noch «echt», zuletzt unkorrumpierbar –, ich meine vor allem das Volk mit seiner angeborenen, tief menschlichen Grazie – die Bauern und Fischer und Handwerker, die kinderreichen Armen, deren Dasein oft von biblischer Primitivität und

Schönheit ist. Das Volk, obwohl es arm ist, unterdrückt und dienend, obgleich es auf der Erde herumkriecht für ein paar gefallene Oliven, für ein Stück Brennholz, für eine Lire, die ein Reicher ihm hinwarf, das Volk ist es, das dennoch das dominierende, das eigentliche Element des Landes ist. In aller Demut regiert es das Land, schwebt es wie eine schlichte, heilige Urkraft über einem verbohrten Bürokratismus, über muffigem ungelüftetem, bösem Kleinbürgertum, über opportunistischem, hypokritischem Pfaffentum, über abwegigem, fanatischem Parteientum. Ich glaube, Italien ist das einzige Land auf der Welt, wo ein gesunder Individualismus und ein natürlicher Sinn für humane Urgesetze einer mechanisierten Massenbewegung nie ganz Platz machen werden. Daß sie verführbar und abenteuernd sind, ändert nichts an diesem Grundzug und meinem Glauben an sie.

Während ich München, die Stadt meiner Kindheit, nach zwanzig Jahren wiedererlebte, drängte es mich zu ihnen. Nach ein paar Wochen in meiner Vaterstadt fuhr ich nach Rom. Meine Vaterstadt ängstigte mich. Nicht nur, weil vieles in ihr zerstört und verändert war und weil ich fast niemanden mehr dort kannte, sondern weil mein Erschüttertsein auf der Straße lag wie ein Apfel, den man zertrat. «Hauptgefühle» erlebt man lieber zu Hause, ungesehen, ich aber, indes ich durch unsere Stadt «mondwandelte», erlebte sie in aller Öffentlichkeit grausam exponiert und grausam unerkannt, so daß ich mich vor den Leuten schämte. Schämte, aber ich fühlte mich auch versucht, sie am Ärmel zu zupfen, ihnen Verschiedenes ins Ohr zu sagen, ihnen einen flammenden Bericht zu geben und dann laut zu sagen – Sehen Sie, nun wissen Sie's, lieber Mann. Sogar sein Gamsbarthut und sein Lodenmantel mochten mir nun wohltuend eingeweiht erscheinen, und sein genagelter Schritt, der sich über das Pflaster entfernte, stählte mir das Herz. Ich weiß nicht, welcher Kobold mich zwickte, als ich unvermittelt in gebrochenem Deutsch einen Zeitungsverkäufer nach einem bekannten Platz fragte. Er erklärte mir's auf seine Art – mehr gutmütig als deutlich –, worauf ich eine möglichst ausländische Zeitung bei ihm kaufte und jenem Platz zusteuerte. Als ich mich dort in ein Café setzte und die ausländische Zeitung las, konnte ich das Spiel vom

Ernst nicht mehr unterscheiden, denn es war kein Zweifel, daß ich zu einem guten Teil mich als Fremde fühlte. Es war November und dikker Nebel. Ich nahm ein Taxi, weil die Trambahnnummern gar nicht mehr «stimmten», was mich befremdete. Es fuhr wie der Teufel. Als ich ausstieg und bezahlte, sagte der Chauffeur – Jetzt haben wir es doch geschafft. Habe ich Ihnen denn gesagt, daß es so pressiert? fragte ich den Mann, heiter-entsetzt von der halsbrecherischen Fahrt. G'schafft hammers doch! sagte er stur und lustig. Ich sah nur Nebel und ein Haus, das ich nicht kannte. Die Fenster waren hohl, in einem Fenster pendelte ein Anstreicher und schlug mit einem großen Lappenpinsel Kalk an die Wände. Ich sah entgeistert zu ihm hinauf. Er grinste. Ich grinste zurück, worauf er ernst, fast mürrisch herunterfragte – Ziehen Sie hier ein? Ich glaube nicht. Nicht glauben tun Sie? Nein, sagte ich, und überhaupt sei ich nicht von hier. Ich ging weiter. Als ich wieder an dem Haus vorbeikam, war der Anstreicher unten auf der Straße. Er trug jetzt eine dunkle Jacke zu seiner weißen Hose, er schwang sich aufs Rad, als er mir sein junges Gesicht zuwandte und herüberrief – Grüß Gott,

Fräulein! Ich wollte rufen – Halt! Aber er war schon verschwunden.

Das unbekannte Haus da im dicken Nebel stand an Stelle meines Elternhauses. Der Gartenzaun stand noch da, ein wenig verwittert, aber es war unverkennbar unser Gartenzaun. Durch die Latten hindurch sah ich, daß die Birken nicht mehr da waren, die Rosenbeete und die Fliederbüsche – nicht einmal die Kastanie: nur der «Laubengang» war noch da, und allerlei Schutt lag aufgehäuft. Ich hätte hineingehen können, es war niemand da, ich tat es nicht – es war alles so traurig und unsinnig. Es tat weh, so unsinnig war es. Aber etwas triumphierte in mir. Was war da zu triumphieren? Daß ich da stand an der trüben, verwehten, maskierten Stätte meiner Kindheit und sah und fühlte – mit hochgestelltem Mantelkragen, die Stirne in Falten gelegt, ein wenig auf meinen Schirm gestützt wie ein General, der auf seinem Säbel gestützt über die Trümmer des Schlachtfelds blickt. Ich ging zu den «Chauffeuren», nämlich in jene Kneipe oberhalb des Flusses, wo wir als Kinder manchmal zu einem Glas Bier oder Limonade eingekehrt waren. Ich ging über die Brücke, hinter der die Kirche mit dem Zwiebelturm steht, deren Schlagen voller Strenge und Verhängnis war – wenn wir zur Schule gingen. Da schlug sie wieder, wie eine Parodie über die Jahrzehnte weg. Und ich ging in den Englischen Garten, wo schöne Hunde und nette Kinder zwischen den vernebelten Bäumen tollten und wo ein nagelneues Karussell leer kreisend und orgelnd zur Fahrt einlud, und ich begegnete einer alten Schulkameradin, der ich in fünf Minuten mein Leben erzählte, und ich ging in den «Freischütz» und labte mich an den Schrecken der Wolfsschlucht wie als Kind … und ich besuchte eine alte Tante und das Nationalmuseum, dazwischen «sprach» ich am Radio und kam mir lächerlich vor: was war da zu sprechen, es war ja alles wie im Traum! Und ich schloß mich in mein Hotelzimmer ein und entschied, daß ich nicht hierbleiben wolle. Daß ich mich mit dem Traum begnügen und fortfahren wolle, ehe ich erwachte. Ich will nicht sagen, daß die Begegnung mit meiner Vaterstadt eine Enttäuschung war, sie war eine Prüfung, die ich mir selber im Fluge ablegte. Wäre ich «niedergegangen», hätte ich sie wohl nicht bestanden. (…)

Und Rom? Ja, hundert Jahre reichten wohl

aus, um seine Fülle zu begreifen. Ich stürzte mich nicht darauf, sondern ließ es langsam auf mich einwirken – etwa wie hohe Bergluft oder alten Wein. In meinem Äbtissinnengemach hörte man den Lärm nur von fern. Vor meinen Fenstern hingen die Glyzinien wie schwer parfümierte Trauben, und das ehemalige «convento» blickte auf Flachdächer, wo üppige Mädchen singend die Wäsche zum Trocknen hingen. Die Motoren und Glocken, die kühne, ja brutale Stimme Roms klang hier wie eine Vision. Hier schrieb ich meine «verwegenen Stückchen», wie mein Vater sie nannte, ordnete meine kleinen Gedanken auf dem großen Tisch, der für mich viel zu massiv und ehrwürdig war. Aber das Massive und Ehrwürdige in Rom ist gleichsam wie ein großes heiliges Tier, das sich von uns Menschlein streicheln läßt. Die mächtigen uralten Dinge, Paläste, Säulen, Tempel, Brunnen, Gärten und Ruinen sind trotz ihrer Jahrtausendschwere leicht und voll Gegenwart, voll buntem, warmem Tumult des Lebens, das seit seinem Anbeginn bis heute ein ununterbrochener Tag zu sein scheint. So ist es auch in der Ordnung, daß hier das Alte Schulter an Schulter mit dem Neuen steht, daß «streamlined» Autos vor dem Pantheon stehen, «streamlined ladies» und lateinisch redende Mönche auf dem Pincio spazierengehen.

Meine Eltern kamen nach Rom. Mein Vater hatte es seit genau fünfzig Jahren nicht gesehen und schwelgte in Jugenderinnerungen. Dort stand noch dieselbe Kneipe, wo er mit seinem Bruder Heinrich lange Unterhaltungen mit dem Wirt pflegte, dort war die Spanische Treppe, wo sie Goethes italienische Reise zitierten und Karikaturen malten, und hier war das Theater, wo Wagner ausgepfiffen und «Viva Verdi!» geschrien wurde, da war die Villa Adria und Ostia Antica – jene landschaftlichen Stadtfragmente mit ihren reinen Formen und Mosaikvisionen, in denen Menschenwerk Natur geworden ist … «Roma!» – mein Vater exklamierte es mit jenem klassisch-italienischen offenen O, und bei dem Klang war er sich seines ganzen Wertes bewußt: stolze Tradition und kindlicher Ewigkeitssinn schwangen hier mit. Er wußte manche solche Klänge hinzulegen, ohne der Sprache kundig zu sein, und es genügte vollauf, es war durchaus wesentlich für die Atmosphäre dieser Stadt, die er verehrend liebte. Es war wohl mehr eine künstlerische als eine menschliche Liebe, es war wohl eine innere Fusion von Kunst und Religion, ein Sichbeugen vor den ewigen Werten. Als wir auf dem Aventino, jenem vornehmsten und feierlichsten der sieben Hügel, spazierten und auf die Vatikanische Stadt im Frühlingsglanz blickten, scherzte der eingefleischte nordische Protestant – Wenn ich hier leben würde, würde ich wahrscheinlich katholisch werden. Und so gescherzt war es auch wieder nicht! In diesen Worten kam jenes «Universelle», jenes «All-Umarmende» zum Ausdruck, das sein Alter gleichsam verklärte, und er wollte wohl damit sagen, daß – rein symbolisch betrachtet, frei von allem Mißlich-Wirklichen – hier eine einzige und hohe Festung stand, inmitten einer zerrinnenden Welt.

Dies hat ihn wohl bewogen, beim Papst um Audienz zu ersuchen. Sie war ihm gewährt, und er war bis zu seinem Ende erfüllt davon. Werde ich's vergessen, wie er in der «Lobby» meiner Pension saß und erzählte? Im schwarzen Kleid – das winzige, aber rote Abzeichen der Ehrenlegion im Knopfloch – wirkte er wie einer, der eben eine hohe Prüfung abgelegt, oder wie ein Mitwirkender eines eben verrauschten hohen Schauspiels. Er erzählte wie ein Knabe, der einen schönen Traum erlebt, oder vielmehr, dem ein schöner Traum in Erfüllung gegangen war. Der wirklich von einem Goldsaal zum anderen wandeln durfte – ganz wie er es geträumt – und endlich zwischen großen Herren einen Platz angewiesen bekam (es ging jetzt ungefähr zu wie im Wartesaal eines großen Arztes), um sogleich aufgerufen und von einer Schweizergarde und einem Kardinal durch das letzte endgültige Portal vor das Angesicht des Heiligen Vaters geführt zu werden. «Er kam mir entgegen, nicht ich sollte auf ihn zutreten, und er stand während der Unterhaltung. Er hält immer stehend Audienz. Es kam mir vollkommen natürlich vor, beim Abschied vor ihm ins Knie zu gehen und den Fischerring zu küssen. Ich beugte mich vor den Jahrtausenden.» Er sah in Papst Pius XII. – der übrigens im gleichen Alter mit ihm stand, von zarter, anfälliger Gesundheit war wie er und dessen Geist und Wille auch immer wieder über physische Gebrechen siegte –, er sah in ihm einen symbolischen Bruder, einen, der gleichzeitig – nur auf geistlicher Ebene – mit ihm den Geist vertrat.

ELISABETH MANN BORGESE

München 1918–2002 St. Moritz / Schweiz

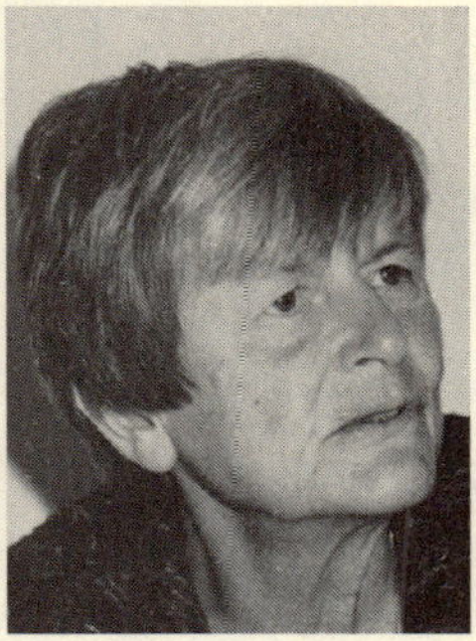

Folgte den Eltern 1933 ins Schweizer und 1938 dann ins amerikanische Exil. Ausbildung zur Pianistin. Studierte Musik, Mathematik und Soziologie in München, Zürich und Chicago. 1939 Heirat mit dem emigrierten italienischen Historiker, Literaturwissenschaftler, Schriftsteller und Kritiker Giuseppe Antonio Borgese. Zwei Kinder, Angelica (1940) und Dominica (1944). 1970 Mitbegründerin des «Club of Rome». Betätigte sich als Schriftstellerin (Essays, Theaterstücke, Erzählungen), setzte sich als Meeresforscherin vor allem für die Denuklearisierung der Meere ein, gründete und leitete 1972 das International Ocean Institute auf Malta, lebte seit 1980 als Professorin für Politische Wissenschaften an der Dalhousie University in Halifax, Canada.

«Sie ist in gewissem Sinne mein *erstes* Kind», kommentiert der Vater das für ihn so freudige Ereignis der Geburt seiner Zweitjüngsten und verfaßt den *Gesang vom Kindchen*.

Erzählungen von Elisabeth Mann Borgese erscheinen erstmals 1965 in deutscher Sprache, darunter auch die hier ausgewählten. ***Das wahre Selbst*** und ***Das andere Delphi*** entstanden in den 50er Jahren, letztere hat noch die freundliche Anerkennung ihres Vaters gefunden. «Ich würde gern erreichen, daß man meine Erzählungen so liest, wie man ein Bild von Mondrian betrachtet oder ein Musikstück von Luigi Nono anhört», sagt die bis zu ihrem Tod als Autorin tätige Elisabeth Mann Borgese, deren leitende Fragestellung immer wieder lautet: «Was ist ein Individuum? Wo ist seine Grenze – im Raum, gegenüber der Gemeinschaft, der Umwelt, von der es doch ein Teil ist?» und: «Wie frei ist der freie Wille?»

Das wahre Selbst

1

Prima wurde in Empfang genommen.

«Ihre Anmeldung?»

«Mr. Pierre, um halb neun.»

«Ihr Name?»

«Mrs. Brogan.»

«Hier steht Snyder. Möglicherweise falsch geschrieben. Geradeaus, bitte.»

Sie nahmen ihr den Mantel ab, dann das Kleid. Zwei, drei Mädchen umringten sie, überaus adrett in ihren Krankenhauskitteln, streiften ihr einen ebensolchen Kittel über den Kopf. Sie bemächtigten sich ihrer Krokodilledertasche und steckten sie in eine Art wasserdichten Behälters, den sie an der Armlehne des Zahnarztstuhls befestigten, auf dem sie zu sitzen genötigt wurde. «So haben Sie die Tasche bei sich, ohne daß sie angesengt, bespritzt, verfärbt, verätzt oder gequetscht wird, wenn wir Sie behandeln.»

Da standen ungefähr zwölf Zahnarztstühle, jeder einem Wandspiegel gegenüber; sämtlich noch leer. Einer stand ein wenig abseits, thronartig, darüber ein Stahlring an der Decke, an dem wie ein Baldachin ein Vorhang befestigt war. Der Vorhang konnte herabgelassen werden und entzog dann den Thron den Blicken der Welt.

Prima saß einfach da. Bald erschien eine Dame in exquisitem, stahlblauem Kostüm mit dazu passendem Halstuch. Alles an ihr war vollkommen; Gang und Haltung, der Sitz ihrer hochhackigen Pumps, der weiche Fall ihrer platinfarbenen Locken, Form und Schattierung ihrer langbewimperten Augen. So früh am Morgen. Ihr Lächeln entblößte makellose Zähne. «Ist dies Ihr erster Besuch bei uns, Mrs. Brogan?» fragte sie mit leiser und bescheidener, angenehmer und klangvoller Stimme. «Ja – ich war noch nie hier.» – «Wir hoffen, daß Sie recht oft wiederkommen.» Sie lächelte nochmals und ging hinaus.

Und bald erschien eine andere Dame, nicht minder vollkommen als die erste. Doch während die erste auf Blau abgestimmt gewesen war, hatte die zweite Rot als Grundton gewählt. Ein enganliegendes, vorn durchgeknöpftes Kleid in Altrot, dazu goldrote Schuhe und flammendes Haar. Sie lächelte ihr Lächeln und sagte: «Möchten Sie etwas zu lesen?» Dann befestigte sie ein gläsernes Tablett an der Armlehne des Zahnarztstuhls und warf lässig drei oder vier illustrierte Zeitschriften darauf; sie schienen sich fast selbsttätig so zu ordnen, daß man sämtliche Titel und Nummern lesen konnte: ein geschmackvolles, sorgfältig einstudiertes Arrangement. Dann lächelte die Dame nochmals und ging hinaus.

Die dritte Dame gehörte zu denen in den Krankenhauskitteln. Doch es war erstaunlich, was ein einfacher Gürtel, eine passende Anstecknadel, ein wie zufällig unter den aufgeschlagenen Manschetten hervorgleitender Armreif ausmachen kann. An der Spange, die ihre kastanienbraunen Locken hielt, hatte die Dame eine Kornblume befestigt. Sie trug Slipper aus weißem Satin und wirkte selbst in einem Krankenhauskittel nicht weniger vollkommen als ihre beiden Vorgängerinnen.

«Möchten Sie etwas aus der Bar?» fragte sie und nahm Primas verneinende Antwort mit einem Lächeln entgegen – einem zurückhaltenden, verständnisvollen Lächeln.

Inzwischen begannen andere Kundinnen hereinzusickern – weit weniger vollkommen als die Damen des Instituts. Eine hatte eine Laufmasche im Strumpf; eine andere deformierte Zehen; auf den Nägeln einer dritten war der Lack abgeplatzt; die vierte schüttelte Schuppen aus ungekämmten, fettigen Zotteln. Sie gingen unbeholfen, ihre Haut war stumpf, ihre Augen kunstlos.

Betrachtete man die Kundinnen und die Damen des Personals, so ergab sich nicht nur die Frage, wie viele Sitzungen die ersteren benötigen mochten, um die Vollkommenheit der letzteren zu erreichen, sondern vielleicht auch die, ob das Personal nicht einfach aus Kundinnen bestand, die das Institut oft und geduldig besucht und damit neben der ästhetischen Perfektion auch das Privileg erworben hatten, als Mitarbeiter zu fungieren – ein Privileg, das auch Patienten und Insassen anderer Häuser und Institutionen bei guter Führung zuteil wird.

Nachdem sie ihre Kleider abgelegt, ihre Kittel übergestreift, ihre Taschen in schützenden Behältern sicher verstaut hatten, nahmen die

Damen auf den Zahnarztstühlen Platz; bald überbrückte derbe Unterhaltung die Kluft von Stuhl zu Stuhl.

«Sind Sie nicht heilfroh, daß sie nicht in der Broadstreet wohnen? Also ich sage ihnen – es war entsetzlich gestern abend!»

«Ich hörte um acht Uhr im Radio davon. Es wurde in allen Einzelheiten berichtet. So etwas habe ich noch nie gehört …!»

«Ich habe es heute früh in der Zeitung gelesen. Diese Bilder! Einfach grauenhaft. Ich weiß nicht, wie sie das gemacht haben – die Haare konnten einem zu Berge stehen.»

«Ihr Vater, wissen Sie, der Arme – Sie wissen, er wurde letzten Monat überfahren, ach, das wußten Sie nicht – war ein Vetter zweiten Grades von Mrs. Barnes' Schwager. Deshalb wußte ich es längst. Mich konnte es nicht mehr überraschen, wissen Sie …»

Wissen Sie – immer wieder, wie von einer zersprungenen Schallplatte. *Wissensiewissensiewissensie*, von Mal zu Mal stummer, schließlich wie Luftblasen, die zur Oberfläche eines Gewässers aufsteigen. Tatsächlich hatte man den Kopf der Dame mit Mr. Pierres Shampoo überschüttet.

«Schönheit», sagte Mr. Pierre erläuternd zu

Prima, «Schönheit ist keineswegs etwas, das man den Leuten aufpappen, aufzeichnen, aufpinseln kann. Sehen Sie die Dame dort», sagte er; der Ringvorhang hob sich gerade, und man rollte sie auf einer Bahre heraus, steif und kalt, «sie ist einfach langweilig. Keine Empfindung, keine Ausdruckstiefe, einerlei, wieviel Schichten Make-up man aufbringt. Trotzdem möchte – oder soll – die Dame tiefgründig wirken, sensitiv, lebenserfahren. Was mache ich? Ich ertränke sie. In fünfzehn Minuten wird man sie wiederbeleben – die üblichen Griffe, die jeder Badewärter ausführen kann. So wirkt Mr. Pierres weltberühmtes Shampoo – auch bei Ihnen. Werfen Sie einen Blick in diesen kleinen Prospekt ...»

... REINIGT IHRE ATEMORGANE
Kein bellender Husten –
Kein keuchendes Asthma
... VERSÜSST IHREN ATEM
Mr. Pierres Spezialaromen: auch für Sie
ein Weg, aufs neue geliebt zu werden
Frühlingsodem
Meeresduft – Herrenspezial
Thymian – Zephyrfeuer

Glühender Südwind

... LEIHT IHNEN DEN WISSENDEN BLICK

derer, die dem Tod von Angesicht zu Angesicht gegenüberstanden

IHR TOD – SPUTNIK IHRER SCHÖNHEIT

Wir starten und widerrufen ihn, um ihr zu dienen

Einfache Anwendung $ 10.–

Sechsfache Anwendung $ 40.–

Vollständige Untersuchung durch unsere eigenen besonders geschulten medizinischen Berater

«Hallo, alle miteinander.» Mrs. Firestones Stimme klang tief, ungestüm und nasal. Sie war eine Bohnenstange, höchst unvollkommen, eine dunkelrandige Brille auf der glänzenden Nase; sie ging wie ein Dragoner.

«Sie haben ihn gefaßt, wissen Sie. Ich sah es eben im Fernsehen. Geistesgestört? Das wußten Sie längst? Was Sie nicht sagen! Das behaupten sie doch immer, um sich vor dem elektrischen Stuhl zu retten. Sie haben doch selbst gesehen, was er gestern abend begangen hat. Jedenfalls hoffe ich, er kommt auf den Stuhl. Ich hoffe sogar, sie müssen ihn zwei- oder dreimal unter Strom setzen. Einfach gleich sterben, das wäre keine Strafe für ihn ...»

«Kommen Sie bitte herüber, Mrs. Firestone? Mr. Irving bedient Sie sofort.»

2

Ein Mann – es sei denn Mr. Pierre in schwarzgegürteter Bluse, dessen manikürte Hände den schwarzen, makellos gestutzten Van-Dyck-Bart streicheln; es seien denn Mr. Frédéric, Mr. Irving oder Mr. Robert, gesichtslos in weißem Kittel, mit gepflegten, von aller Bedeutung freigebleichten Worten schwachen Tabac- oder Eau-de-Cologne-Duft ausströmend – ein Mann ist in einem Schönheitssalon fehl am Platze. Er verursacht nervöses Drängen und Flattern. Das Gespräch bricht ab, Handtücher bedecken nackte Beine, Vorhänge werden zugezogen, Stühle umgedreht, Spiegel verhüllt. Wenn er sein Eindringen doch nur mit einem wohltuend weißen Kittel verschleierte! Wenn er – wie zu Besuch kommende Väter in der Entbindungsstation – doch nur sein Gesicht maskierte! Doch da saß er, uneingeschränkt maskulin, in einem grellgestreiften Anzug. Er saß auf der Armlehne des

Stuhls, bei seinem Mädchen, beide in eine Modezeitschrift vertieft, die offen auf dem Schoß des Mädchens lag. Das Mädchen selbst: plump in schwarzem Pullover und grauem Rock. Die Strümpfe faltig, die Absätze schiefgetreten. Die Hände fleischig, fett und gelb wie das Gesicht, in dem zwei große schwarze Augen rollten, wenn es – zu oft, zu willig – die Worte des Mannes mit einem Nicken hinnahm. Die Lippen zu dick, stark geschminkt, dennoch unschuldig wie die eines Kindes.

MANN: Die dort gefällt mir. Würde großartig zu dem Kleid passen.

MÄDCHEN (nickt, großäugig und mit Nachdruck.)

MR. PIERRE: Sir – dies ist Ihr erster Besuch bei uns, nicht wahr? Wären Sie so freundlich, hier herüberzukommen? Sehen Sie – die Damen …

MANN UND MÄDCHEN (stehen auf, folgen Mr. Pierre zu einem Stuhl in der Ecke, vor dem Mr. Frédéric und Mr. Robert hastig einen Wandschirm aufstellen.)

MANN (wieder auf der Armlehne des Stuhls sitzend, läßt die Beine baumeln und schaut zu Mr. Pierre auf): Sehen Sie dieses Kleid da? Es ist nichts im Vergleich zu dem, was ich ihr gekauft habe. Ich weiß nicht, wie ich es je habe erschwingen können. Sicher, die Bedingungen waren günstig; trotzdem läuft es auf ein ganzes Jahresgehalt hinaus. Es wirkt so schlicht wie dieses hier. Aber es ist aus verschiedenen Metallen gearbeitet, kostbaren Metallen, vermute ich, auf Kristallgrund; und die Farbwirkung … – sehen Sie: ihr Haar müßte goldrot sein, um dazu zu passen. Ich meine, das sollte nicht allzu schwierig sein – aber dann diese Augen. Könnten wir diese Kuhaugen loswerden – gewiß, sie sind sehr hübsch, aber zu dem Kleid …

MÄDCHEN (nickt großäugig.)

MR. PIERRE: Das läßt sich ohne weiteres machen. Drei Injektionen; wir töten die Quelle der Pigmentierung völlig ab und stellen die Farbskala auf Albino-Basis. Das hat zwar zwei kleine Unannehmlichkeiten zur Folge: Myopie und Konjunktivitis; aber auch dagegen läßt sich etwas tun: Mr. Pierres flüssige Kontaktlinsen mit Spezial-Immerklar-Augenliquid. Kinderleicht anzuwenden. Ein Monatsbedarf in leicht mitzuführender Plastikflasche im Taschenformat für nur acht Dollars.

MANN: Natürlich; aber diese Lippen, ohne die Augen – ein störender Fleck in all dem Gold. Sie würden den Halsausschnitt sprengen. Sie würden die Betrachtung des Ganzen blockieren …

MR. PIERRE: Wir können einen guten Teil davon wegbringen. – Aber wenn Sie gekommen sind, um sich von mir beraten zu lassen, möchte ich Ihnen sagen, daß Sie ganz falsch an die Sache herangehen. Schönheit, sehen Sie – Schönheit erreichen Sie nicht, indem Sie die Dame dem von Ihnen gewählten und bevorzugten Kleid anpassen, sondern indem Sie ein Kleid wählen, das der schönen, von Ihnen bevorzugten Dame steht.

MÄDCHEN (läßt fragende Kuhaugen von einem zum anderen wandern.)

MANN: Die Dame – sie ist meine Verlobte. Sie ist jung. Vera, Liebling, würdest du nicht gern so aussehen wie das Mädchen in diesem Kleid hier?

MÄDCHEN (nickt, großäugig und mit Nachdruck.)

MR. PIERRE: Um wirklich schön zu sein, darf die Dame nicht aussehen wie irgendeine andere Dame. Sie muß aussehen wie sie selbst –

wie ihr wahres Selbst. Wir müssen ihre vorteilhaften Züge erkennen, unterstreichen, entwickeln; die weniger vorteilhaften müssen wir zurückdrängen und verschwinden lassen. Eleganz, sehen Sie, heißt Auswahl – Beschränkung auf das Wesentliche.

MANN: Und wer entscheidet, was das Wesentliche ist? Wer kennt ihr wahres Selbst?

MR. PIERRE (ist ihr mit einem Kamm durchs Haar gefahren, hat es hochgeschoben, hält ihren Kopf, schaut über ihren Kopf hinweg in den Spiegel und mustert mit aufwärtsgewandten Augen sein eigenes feierliches Gesicht; befriedigt): Ich. Dazu bin ich da. Und meine Lebenserfahrung mit schönen und nicht ganz so schönen Damen.

MANN (zweifelnd): Und wenn Ihre Vorstellungen mit den meinen nicht übereinstimmen? Das Kleid – Sie haben es nicht gesehen … bitte, denken Sie an die Farbzusammenstellung, den Halsausschnitt, den Rhythmus, den Faltenwurf; Vera, Liebling, du möchtest doch … nicht wahr …

MÄDCHEN (nickt, großäugig und mit Nachdruck.)

MR. PIERRE (fixiert seine eigenen Augen im

Spiegel, beschwörend): Wenn ich erst einmal mit der Dame fertig bin, wird sie in jedem Kleid schön sein.

MANN (mit versagender Stimme): Was schlagen Sie vor?

MR. PIERRE (hält noch immer den Kopf des Mädchens, mustert noch immer seine eigenen Augen im Spiegel): Ja – vor allem stimmt die Gesichtsfarbe nicht; zuviel Oberfläche. Und dann diese Speckfalten um die Taille. Ein bißchen plump, die ganze kleine Dame.

MANN: Diät? Massage?

MR. PIERRE: Nein, Sir. Eine veraltete Methode. In den meisten Fällen erfolglos. Sie kennen die Damen doch: die verstohlenen nächtlichen Ausflüge zum Kühlschrank ...

MANN: Ich weiß von vielen Fällen, in denen mit bestem Erfolg ...

MR. PIERRE: Dann haben Sie vermutlich nie die Gesichter gesehen, in denen seit Monaten aufgestaute Begierde, triumphierende Willenskraft, Härte gegen sich selbst und gegen andere Spuren bestürzendster Unweiblichkeit hinterlassen. Dazu noch der Effekt starken, ausgleichenden Rauchens: sie werden nervös – bösartig. Nein, besten Dank – mein

Bedarf an Damen, die Diät halten, ist gedeckt.

MANN: Gut, was schlagen Sie vor?

MR. PIERRE (löst den Blick vom Spiegel und richtet ihn plötzlich auf den Mann): Von-Barbar-Maske und Deutsches Bad. In zwei Stunden ist alles vorbei.

MANN (eingeschüchtert): Wenn Sie meinen … immerhin – ein bißchen schlanker … das Kleid … und was noch?

MR. PIERRE: Man sollte die Augen aufhellen, aber ohne Blauzusatz. Die Haarstruktur muß geändert werden.

MANN: Es ist zu wollig.

MR. PIERRE: Und die Hände … wir werden sie uns nach der Von-Barbar-Behandlung ansehen. Ich nehme an, daß sie ganz und gar ausgewechselt werden müssen.

MANN: Die Hände-Bank. Aber das ist eine heikle Sache – die Ärmel des Kleides …

MR. PIERRE: Überlassen Sie mir das. Ich versichere Ihnen, ich weiß, was für sie das Beste ist. Ich habe mich noch nie geirrt. Sie können sie in drei Stunden abholen. Goodbye, Sir.

3

Mrs. Firestone kam unter die Trockenhaube. Der Kopf, mit eingerolltem lockenwickler-gespicktem Haar dem eines Eingeborenenkriegers ähnlich, unter der Haube, die nackten Füße in einem Fußbad, um sie für die Pediküre aufzuweichen. «Heute gerösteter Kopf und überbrühte Füße», sprudelte sie. Und als die Haube ihr in die Ohren dröhnte, kreischte sie die Bedienung an: «Liebste, würden Sie mir meine Tasche geben?»

«Wir können Sie hören, Mrs. Firestone», sagte das Mädchen freundlich, den Mund dicht an ihrem Ohr. «Sie brauchen nicht zu schreien.»

«Die Haube ist schrecklich laut», kreischte Mrs. Firestone. «Ich weiß selbst nicht, ob ich schreie oder flüstere.»

«Wir tun das mit Absicht», erläuterte Mr. Pierre einer Dame, die er gerade frisierte. «Der Lärm und die damit verbundene Isolierung tun den Nerven der Damen gut – und folglich auch ihrer Schönheit. Beides entspannt. Einige haben mir erzählt, sie hörten Musik im Dröhnen der Haube; andere werden ohnmächtig. Natürlich – wenn sie es so überschreien, nützt es nichts.

Die Fingernägel, Mrs. Dirtworth – möchten Sie Blütenfroh oder Seelenrosa?»

«Liebste», kreischte Mrs. Firestone, «ich verbrenne! Können Sie das Ding nicht etwas weniger heiß einstellen? Wissen Sie – eine Freundin von mir machte sich eine Dauerwelle, die Trokkenhaube war zu heiß, und stellen Sie sich vor, hinterher fiel ihr das ganze Haar aus.» Mrs. Firestone schnippte mit den Fingern. «Die Wickler fielen einfach ab, mit dem versengten Haar. Man stelle sich vor! Sie ist buchstäblich daran gestorben.»

Mr. Pierre ging hinüber und lüftete die Haube so weit, daß Mrs. Firestone ihn hören konnte.

«Bitte, Mrs. Firestone, Sie sollten nicht so laut sprechen. Es schadet Ihnen und stört die anderen Damen.»

Es tat Mrs. Firestone wohl, von ihm ausgescholten zu werden. Sie umschlang ihn mit schmelzenden, schmachtenden Blicken.

«Übrigens», fügte er – gewissermaßen zur Belohnung – hinzu, «ich versprach, Ihnen eine Von-Barbar-Maske zu zeigen; ich mache gerade eine. Dort drüben; Sie können sehen, wie alles vonstatten geht.»

Er kehrte zu Vera zurück. Ein halbes Dutzend Mädchen war damit beschäftigt, Flüssigkeiten und Essenzen, Bunsenbrenner und Injektionsnadeln zu ordnen. Sie arbeiteten schweigend, feierlich wie bei einem Ritual – wie Kellner, die crêpes Suzette zubereiten.

Mr. Pierre streifte die Ärmel hoch und verkündete, daß alle es hören konnten:

«Sehen Sie, es ist einfach so: wenn man das Von-Barbar-Präparat auf die Haut bringt – vertrocknete Haut, verdorbene, unreine Haut, alte, faltige Haut, Fettgewebe –, dann stirbt sie ab. Sie stirbt ganz einfach ab – völlig schmerzlos. Die Dame hier ist jung; sie braucht nicht viel. Wir können mit einer Applikation zwei Zentimeter in die Tiefe gehen; manche brauchen mehr. Dann muß die Behandlung nach ein paar Tagen wiederholt werden; in der Zwischenzeit können Sie unsere Kundinnen auf der Straße und sogar bei Parties treffen, fingerdick mit totem Fleisch bedeckt. Oder Männer, am sonnigen Strand, mit stumm murmelnden, toten Lippen. Es ist nichts dabei. Die meisten von ihnen sehen vor der Behandlung, die – richtig durchgeführt – nur existentielle Tatsachen bestätigt, nicht weniger tot aus.»

Unter Mr. Pierres wachsamer Aufsicht glühten die Mädchen Instrumente aus, mischten knisternde, dampfende Flüssigkeiten, löschten aufzüngelnde Flammen, kühlten das fertige Präparat mit Fächern und verteilten es vorsichtig auf Veras Gesicht, Hals, Arme, Beine, Hüften und Bauch. Ihre ohnehin schlaffe, gelbliche Haut wurde noch schlaffer, noch gelblicher.

«Hierauf», fuhr Mr. Pierre mit seiner Erläuterung fort, «bringen wir sie ins Deutsche Bad, und das ganze Zeug löst sich ab – wie die vertrockneten Außenschalen einer Zwiebel, bis der frische, saftige Kern zum Vorschein kommt. Auf diese Art kann eine Dame in zwei Stunden zwanzig Pfund überflüssigen Fettgewebes, unreiner Haut und verbrauchten Haars loswerden. Sie ist rank und schlank, wenn sie sich aus dem Deutschen Bad erhebt, wenn auch ein wenig kleiner; und ganz jung.»

Einige Damen, unter Trockenhauben, über Maniküretischen, riefen aus:

«Ja, ja – es ist wie ein Wunder.»

«Das sollte man meinen», sagte Mr. Pierre, massierte Veras welke Wangen, die Haut noch tiefer abtötend, mit dem Daumen und betrachtete dabei seine eigenen Augen im Spiegel.

«Das sollte man meinen. Außerdem gebe ich Ihnen ein Merkblatt, jeder Dame ein individuelles Merkblatt, das ihr sagt, was sie tun muß, um zu bleiben, wie sie ist, und wie sie die Fehler vermeidet, die sie zu dem machten, was sie war. Aber es ist kaum zu glauben: sobald sie den Raum verlassen haben, stürzen sie förmlich in ihr altes Selbst zurück. Unglaublich, wie schnell sie es schaffen, wieder alt und häßlich auszusehen. Dabei schmälert der Prozeß den Kern; es geht an die Substanz, wenn man so schnell verblüht. Und man darf die Behandlung nicht öfter als zwei- oder dreimal wiederholen; sonst spült das Deutsche Bad schließlich alles fort, was eine Dame ausmacht. Ich empfehle es deshalb auch nur in ganz besonderen Fällen: eine späte, unansehnliche Debütantin, eine entlassene leitende Angestellte, eine Witwe, die mit ihrem Leben von vorn anfangen muß – will sagen, wenn es nicht nur eine Sache von ein paar Zentimetern ist … Wie geht's, Mrs. Evergreen? Würden Sie bitte hier herüberkommen? Nehmen Sie doch Platz, Mr. Frédéric ist sofort bei Ihnen. Sie bekommen heute Ihr drittes Shampoo? Ihr Ausdruck hat an Tiefe gewonnen. Hat Ihr Gatte es nicht auch schon festgestellt? Nun – glückliche Reise!»

«Was tun Sie eigentlich, daß Ihnen die Gasrechnung nicht über den Kopf wächst?» röhrte eine Dame unter der Trockenhaube hervor; dann wandte sie sich dem manikürenden Mädchen zu. «Geben Sie nur acht», sagte sie, «daß Sie mir nicht den Finger abschneiden.»

«Ich nehme nur zwei Brenner, niemals drei», kreischte die Dame unter der benachbarten Haube. «Und ich backe selten. Im Topf auf der Flamme geschmort, kommt es billiger.»

«Außerdem, wissen Sie – jedesmal, wenn sich jemand selbst in der Küche vergast, macht es sich auf der Rechnung bemerkbar; abscheulich! – Au! Habe ich es nicht gesagt? Jetzt haben Sie ihn mir doch abgehackt …»

In diesem Augenblick öffnete sich die Tür, und der Mann kam zurück. Auf den Armen trug er das Kleid vor sich, wie ein schlafendes Schneewittchen. Um nicht zu stören, ging er auf Zehenspitzen. Seine Wangen waren gerötet, sein Kinn kalkweiß, seine Stirn mit Schweißtropfen bedeckt; die Augen glänzten feucht, jede Geste spannte sich in tiefer Erregung. Er ging geradewegs auf den Stuhl zu, auf dem er das Mädchen zurückgelassen hatte. Einen Moment lang starrte er sie an, dann an ihr vorbei, und fragte schließlich: «Wo ist Vera? Ist sie fertig?»

Sieben Mädchen, im Halbkreis über dem ausgestreckten Körper beschäftigt, hoben die lockigen Köpfe. Sie wirkten wie ein großer Heiligenschein aus Engelsgesichtern, der die Liegende umgab; ihre Kittel verschwammen vor seinen feuchtglänzenden Augen zu einer einzigen weißen Fläche. Sie zuckten die Achseln; es sah aus wie eine Woge, die den Halbkreis durchlief.

«Mr. Pierre hat Sie darauf aufmerksam gemacht», sagte die erste.

«Daß es ungefähr drei Stunden dauern würde», sagte die zweite.

«Sie ist noch nicht fertig», sagte die dritte.

«Es kann noch eine Stunde dauern», sagte die vierte.

«WO IST SIE?» unterbrach er völlig fassungslos.

Sie senkten die Blicke. Sie senkten die blonden Locken, bis sie einen Kranz großer Sonnenblumen um Veras Kopf bildeten. Er tat ihnen leid.

«Hier ist sie», sagten die fünfte, sechste und siebente – leise, fast flüsternd.

Der Anblick war gräßlich. Die Von-Barbar-Maske mußte den Höhepunkt ihrer Wirkung erreicht haben; Vera wirkte ganz und gar tot – ein Eindruck, verstärkt noch durch das gespenstisch blaßgrüne Licht, mit dem eine zu ihren Füßen aufgestellte Reflektorlampe sie übergoß. Ihre Augen, gelbwässrig gebleicht und durch kleine Pflöcke weit offengehalten, starrten verglast in das milchige Licht. Ihr Haar umfloß sie wie ein nasser Fetzen, ein bösartig dunkles Kupferrot; Tropfen der gleichen Farbe rannen ihr unbekümmert über Stirn und Wangen. Ihre Arme waren ausgebreitet, ihre Hände mit Handschellen an den Armlehnen des Zahnarztstuhls befestigt. Rück- und Armlehnen waren so gesenkt, daß der Stuhl ein kreuzförmiges Bett bildete.

Der Sonnenblumenkranz wich auseinander; die schwarze Gestalt Mr. Pierres schob sich dazwischen, beugte sich über ihren Kopf. Ein Lächeln versuchte sich unter der schweren, toten Schicht zu regen, gelangte jedoch nicht ganz bis zur Oberfläche. Ihr verschwommener Blick sammelte sich zu einem goldenen Strahl, der sich voller Liebe, voll Verlangen in seine Augen senkte. «Und wie geht es der kleinen Dame?» fragte er mit sanftem Lächeln. Dann griff er zu einem Spatel, stieß ihn ihr in die Seite, drehte ihn, zerriß abgestorbenes Fleisch. Es kam kein Blut. «Ich glaube, wir sind fertig», sagte er, seine Stimme klang befriedigt.

Der Mann ließ beinahe das Kleid fallen. «Ve ... – Ve ...» stammelte er verwirrt. Dann hob er das Kleid mit beiden Händen; es wirkte seltsam lebendig im blaßgrünen Licht. Er preßte es an die Brust, umarmte es schützend, leidenschaftlich, und stürzte ohne ein weiteres Wort hinaus.

Vera war rank und schlank, als sie aus dem Deutschen Bad kam. Mr. Pierre kämmte ihr Haar, schob es mit einer eleganten Handbewegung hoch und fragte, über ihren Kopf hinweg sein eigenes Spiegelbild musternd: «Sind wir zufrieden, kleine Dame? Morgen bekommen wir unseren ersten Unterricht in individuellem Make-up. Und morgen werden wir eine bessere Haltung und korrekteres Benehmen lernen. Und morgen werden wir aufhören, so oft mit unserem kleinen Kopf zu nicken. Und morgen ...»

Damen kamen, Damen gingen. Vera wartete. Sie sah Shampoos und Masken und Bäder, gewöhnte sich an sie und wartete. Sie hörte viel grobschlächtiges Gerede von Stuhl zu Stuhl: soviel Unglück, Verbrechen, Betrug, Bedrängnis. Und sie wartete.

Die elegante Empfangsdame in dem stahlblauen Kostüm mit passendem Tuch rief ihr zu: «Sieh nur, wie reizend wir jetzt aussehen!» Und dann: Liebste, Ihr Rock ist Ihnen jetzt viel zu weit. Sie könnten ihn ebensogut passend machen, wenn Sie schon hier warten.

Ultima erhob sich aus dem Zahnarztstuhl. Sie nahmen ihr den Kittel ab, bürsteten ihr den leuchtenden Hals, die Schultern. Sie streiften ihr das Kleid über, reichten ihr die Tasche, staubbürstend, wischend, an die Vervollkommnung ihres Werkes letzte Hand legend.

Die Dame in Altrot winkte Vera zu sich und gab ihr einen weißen Kittel. «Legen Sie ab, Liebste, und ziehen Sie das über; dann können Sie Ihre Sachen besser richten.» Und sie schloß den Kittel geschickt mit einem passenden Gürtel, einer reizvollen Nadel.

Die Mädchen bestreuten den Fußboden mit Sägemehl und begannen zu fegen. Sie besprühten die Spiegel mit einem Putzmittel, staubten die Stühle ab, sterilisierten die Kämme, räumten die Lockenwickler fort, hängten Handtücher auf, verschlossen den Safe.

Die elegante Dame in dem weißen Kittel mit der hübschen Nadel, dazu passendem Armreif und der Kornblume in der Haarspange trat zu Vera. Sie sahen jetzt aus wie Schwestern – nur daß Vera um eine Spur leichter, neuer wirkte. «Liebste», sagte die Dame und lächelte ihr vollkommenes Lächeln, «Liebste – wollen Sie uns nicht ein wenig zur Hand gehen, wenn Sie schon hier warten?»

Howard saß spreizbeinig auf der Fensterbank, entschlossen, sich nicht vom Fleck zu rühren. An einem Vierten Juli, am Nationalfeiertag – nie! Er saß spreizbeinig auf der Fensterbank, genau um Mittag, das eine nackte, haarige Bein im Blumenkasten, in dem Basilikum, Rosmarin und Minze grünte, das andere in einer Wanne mit kaltem Wasser auf den Karteikästen. Drinnen war es stickig wie draußen; Schweiß tropfte von seiner Brust, von seiner niedrigen Stirn. Seine Handrücken waren feucht, er trocknete die dicken Finger, indem er mit seinem Bart spielte, seine Brille war so beschlagen, daß er sie auf die kindliche Nasenspitze herunterschieben mußte, um über die Gläser hinwegzuspähen – über die Blumenkästen und den Gartenzaun hinweg auf die Straße und die dreifache Wagenschlange, aufgehalten von Volksmengen, die sich, die Straße kreuzend, quer hindurchdrängten und ostwärts, westwärts, so weit er sehen konnte, die Straße verstopften. Irgendwo mußte etwas geschehen sein, niemand kam von der Stelle, die Leute kletterten auf die Wagendächer, um etwas weniger vergiftete Luft zu atmen, um zu sehen, was eigentlich los wäre – oder sie stiegen nur aus, rauchten eine Zigarette, unterhielten sich und schimpften. Dann schwoll zielloses Hupen; dann gab man das Hupen wieder auf. Und noch immer kein Weiterkommen. Keine zehn Pferde hätten Howard auf die Straße gebracht. Nicht für eine Million Dollars hätte er sich vom Fleck gerührt. Bis der Feiertag zu Ende war, prophezeiten die Zeitungen, würde es 384 Tote geben – Opfer dieses irren Verkehrs. Howard würde ganz sicher nicht zu ihnen gehören. Es würden fünf weniger sein als im vergangenen Jahr, siebenundzwanzig mehr als am Tag der Arbeit. Im vergangenen Jahr hatte sich die Vorhersage mit erstaunlicher Präzision bewahrheitet. Und in den anderen Jahren. Howard sah die Linie vor sich: ansteigend, mit gelinden, durch den Krieg bedingten Senkungen; Schicksal. Ob nun dem Vogelflug abgelauscht oder aus Diagrammen und Tabellen gefolgert – sinistres Wissen einer von Dämpfen narkotisierten Priesterschaft. Der Dreifuß der Pythia ragt im düsteren Delphi zahlloser statistischer Büros. Dergleichen erfüllte Howard mit Ehrfurcht. Auch die Tiere im Asyl – er zog Schlüsse aus ihrer Art, ihre Käfige abzuschreiten; nachdem er sie eingeschläfert hatte, schlitzte er sie auf, um die Weissagung ihrer Eingeweide zu erkunden. Er führte Buch darüber, wie viele in jedem Monat eingeliefert wurden – Hunde, Katzen, Vögel, Männchen, Weibchen – und sah das Gesetz erscheinen; jeder unerwünschte Wurf, jeder Hundefänger trug unwissentlich zur Erfüllung des Gesetzes bei. Statistik. Alles war zur Hand, musterhaft geordnet in den Karteikästen unter der Wanne mit kaltem Wasser.

Dieser Vierte Juli war heißer als alle, die Howard je registriert hatte. Und er hatte viel registriert. Denn auch das Wetter war ein ungemein dankbares Objekt. Ein Barometer, ein Thermometer, endlose Diagramme bildeten den einzigen Wandschmuck seines Zimmers. Dazu Bevölkerungsstatistik: die zu jeder Jahreszeit geborenen Knaben und Mädchen. Weshalb wurden in Großstädten stets relativ mehr Mädchen geboren als auf dem Lande. Dazu Unfälle. Unfälle. Besonders an Feiertagen. Ein unerschöpfliches, überaus anregendes Gebiet.

Doch es gab auch speziellere Fragen: zum Beispiel, wieviel Menschen pro Tausend mit einer Hasenscharte geboren wurden. Oder der Prozentsatz von Linkshändern unter den Jungen, die in die Besserungsanstalt von St. Charles kamen, und ihre Herkunft. Inländer, Ausländer und unbek. Unbek war eine Bezeichnung, die er liebte. Sie erinnerte ihn an die Postkarten. Das hinter sich zu bringen, war der Tag so geeignet wie jeder andere. Howard ergriff seinen Stock, schwang den gesunden Fuß über die Fensterbank, zog den schweren Klumpfuß aus der Wanne, sprang herab und hinkte zum Schreibtisch. Dann nahm er ein Päckchen von hundert Postkarten aus der linken oberen Schublade. Zweihundert waren bereits fertig. Heute hundert; weitere hundert am Tag der Arbeit. Dann war es Zeit, sie alle abzusenden. Auf diese Art ließ er dem Schicksal reichlich Zeit, sich zu erfüllen, bevor sein Gewebe plötzlich zerrissen wurde; zugleich ließ er auch der Priesterschaft Zeit, die Katastrophe zu registrieren.

Unter den vielen merkwürdigen Dingen, von denen Howard wußte, hatte ein ganz besonderer Gegenstand seine Aufmerksamkeit erregt und seinen Zorn geweckt. Behauptete da doch die Priesterschaft, seine Mitbürger im Stadtgebiet würfen pro Jahr 802 Postkarten unfrankiert in die Briefkästen – Ansichtskarten, die auswärtigen Freunden attraktive Winkel der Stadt vorführten, belanglose Mitteilungen. 802. 803. 801. Eine Konstante, ganz geringer Spielraum für Abweichungen nach oben und unten; so das Orakel. Und es erfüllte sich, jahrein, jahraus.

Howard wand sich. Er blieb am Vierten Juli zu Hause, schmollte, weigerte sich, dem Schicksal die Hand zu reichen – und wußte dennoch, daß er nichts tun konnte. Sein kleines, zerbrechliches Leben stand gegen das von Millionen. Er wußte es: morgen würden die Zeitungen die vorherbestimmte Nachricht bringen: 384 Verkehrsopfer. Und gegen die Kinder, die in diesem oder irgendeinem Jahr mit Hasenscharten geboren wurden, gegen die linkshändigen Jungen von St. Charles konnte er ebensowenig unternehmen. Nichts also. Nur bei den unfrankierten Postkarten lagen die Dinge anders. Da konnte er etwas tun; konnte die Priesterschaft der Statistik Lügen strafen, konnte einem blinden Schicksal, an das zu glauben er nicht länger gewillt war, seinen Verstand und seine Tatkraft entgegenstellen. Einsam, hinkend, innerlich gealtert, war er dennoch stärker als jene Göttin, die solchen Unsinn wie eine Konstante jährlich im Stadtgebiet unfrankiert eingeworfener Postkarten zum Gesetz erhob. Nicht nur sein eigener freier Wille, die Willensfreiheit als solche stand auf dem Spiel.

Nach seinen bisherigen Erfahrungen mit der Statistik mußte ein plötzlicher Anstieg um fünfzig Prozent wie eine Bombe einschlagen.

Armer Howard! Für jemanden, der allein war und weder Freunde noch Familie hatte, war es nicht einfach, vierhundert Postkarten zu schreiben. Die Postkarten mußten wie normale Postkarten aussehen, mit einer Adresse und einer Mitteilung; andernfalls wurden sie möglicherweise gesondert klassifiziert, und alles war umsonst. Das Telefonbuch wollte er erst am Tag der Arbeit heranziehen, für die letzten hundert, wenn alle anderen Möglichkeiten erschöpft waren. Heute beschloß er, fünfzig Karten an sich selbst zu schreiben. Er bekam ohnehin nie Post, die Gelegenheit war günstig. Er unterschrieb die Karten mit den Namen verschiedener Personen aus seiner Kartei – alter

Damen, Kinder, fahriger Familienväter, die irgendwann einmal unerwünschtes Getier ins Asyl gebracht hatten. Er ließ sich nun von ihnen schreiben, in unterschiedlicher Kalligraphie, mit Bleistift, in blau, grün und rot (Howard besaß einen dieser Kugelschreiber mit drei Farbpatronen); sie dankten für seine Hilfe und baten um Nachricht über ihre Exlieblinge. Dann nahm Howard ein zweites Päckchen von fünfzig Karten, einen anderen Federhalter, und dankte ihnen allen dafür, daß sie sich seiner erinnert hatten. Er leckte sich die vollen Lippen. Ein Hochgefühl beseelte ihn, Gottähnlichkeit. Für heute genügte es.

Die Wochen vergingen in grauer Einförmigkeit. Die Hitze ließ nach, Howard mußte seine Sporthemden gegen Pullover vertauschen, die wie jedes Jahr nach Mottenpulver rochen. Der Tag der Arbeit kam; er schrieb den letzten Stapel Postkarten, griff unter jedem Anfangsbuchstaben im Telefonbuch aufs Geratewohl vier Namen heraus und machte ihren Trägern gelangweilte, unverständliche oder obszöne Mitteilungen, wie sie ihm der betreffende Name gerade eingab. Dann verpackte er alle vierhundert Karten in zwei Kartons, machte seine

Runde durch die Stadt und hinterließ in jedem Briefkasten, an dem er vorbeikam, ein bescheidenes Päckchen unfrankierter Karten. Als alles vollbracht war, war Howard erschöpft – weniger von der physischen Anstrengung, als von der Bedeutung der Sache selbst. Zitternd kam er zu Hause an; die nächsten Wochen verbrachte er in einem Zustand höchster Erregung.

Dann kam der Tag. Howard kaufte seine Morgenzeitung, als er ging, um Kaffee zu trinken; und noch am zugigen Stand, während man seinen Kaffee zubereitete, entdeckte er die kleine Notiz auf Seite sieben. «Während der letzten zwölf Monate 802 Postkarten unfrankiert eingeworfen.» Er putzte seine Brille und las es noch einmal. Er trank seinen Kaffee, dann einen Kognak, und las es wieder und wieder. Er hinkte benommen nach Hause und las es nochmals. Doch es stand immer noch da. Howard sank auf den Stuhl am Telefon; mit zitternden Fingern suchte er die Nummer des Statistischen Amtes. Wer für diese Nachricht verantwortlich wäre? – Weil – nun, da müsse einfach ein Irrtum vorliegen. Oder eine Fehlangabe. Oder die gleiche Zahl würde Jahr für Jahr ungeprüft wiederholt. Es handle sich um einen Testfall. Er würde gern mit dem zuständigen Herrn sprechen. Seine Stimme bebte, in seinen Ohren dröhnte es derart, daß ihm das Kichern der Telefonistin am anderen Ende der Leitung entging. Wie bitte? Natürlich wäre es ihm recht. Zwischen elf und zwölf also würde er im Technologischen Institut, Stock 4 F, den Professor für Statistik aufsuchen.

Es war ein so herrlicher Herbsttag, wie man ihn in unseren Städten nur ein- oder zweimal im Jahr erlebt. Ein winziger, flacher Nebelstreif über dem Fluß, der die scharfe Kontur der Häuser, der Bäume, der Berge nur um so schärfer hervortreten läßt; unvorstellbare Frische der Farben, der Luft. Jene Art Pracht, die den Heiteren noch heiterer, die anderen dagegen noch trauriger werden läßt, indem sie ihre Herzen der Unzulänglichkeit, der Niedergeschlagenheit öffnet. Howard war zumute wie dem König Ödipus vor dem Auftritt des Letzten Boten. Und die Stufen, die zu dem riesigen griechischen Tempelbau des Technologischen Instituts hinaufführten, schienen endlos. Zuerst der gesunde Fuß, dann der Stock, dann der kranke Fuß. Gesunder Fuß – Stock – kranker Fuß; Fuß,

Stock, Fuß, fußstockfuß – *valse macabre*, erregt, gehetzt. Oben angekommen, blieb Howard stehen und nahm den Hut ab, als gälte es, einen heiligen Ort zu betreten – in Wirklichkeit nur, um sich den Schweiß von der Stirn zu wischen. Drinnen verschiedene Hinweisschilder, dann der Abstieg zum Erdmittelpunkt. 4 F war das vierte Untergeschoß – dunkel, endlos, Staub und Düsternis, Korridor um Korridor.

Der Professor erhob sich höflich; er war um zwei Köpfe größer als Howard. Doch auch er trug einen Bart und eine Brille, die er auf die Spitze seiner kleinen Nase herunterschob, um seine weitsichtigen Augen auf den Besucher zu richten. Howard sah, daß er eine Hasenscharte hatte und den Federhalter mit der Linken hielt. Überall standen Karteikästchen, denen Howards ähnlich, nur viel größer und zahlreicher. Es war düster in dieser Höhle und staubig.

«Bitte, Sir?»

Howard trug seinen Fall vor, so gelassen er konnte. Er wies auf den Zeitungsausschnitt. «Dabei habe ich vierhundert persönlich eingeworfen. Ich selbst. Und wieder waren es 802!»

Der Professor ließ ein kleines, bellendes Lachen hören.

«Der Himmel segne Ihre Einfalt!»

Keine Bemerkung hätte in dieser teuflischen Umgebung beleidigender wirken können.

Dann ließ der Professor ein lautes Gelächter erdröhnen und hämmerte dazu mit der Faust auf den Tisch.

«Wissen Sie denn nicht – ja, wissen Sie denn nicht» – der nasale, kehlige Ton kam von der Hasenscharte; seine Augen lachten wie die aller Hasenschartigen, weil ihre Lippen nicht lachen können – «wissen Sie denn nicht, daß *jedes Jahr irgendein armer Narr versucht, die Statistik aus dem Gleichgewicht zu bringen*?»

Hätte König Laios nicht versucht, seinem Schicksal auszuweichen – es hätte sich vielleicht nicht erfüllt.

Als Howard mir diese Geschichte erzählte, hatte er die Stadt längst verlassen und war auf Reisen. Ostwärts; ich hörte später, er sei buddhistischer Mönch geworden.

MICHAEL MANN

München 1919 – 1977 Orinda / Kalifornien

Emigriert 1933 als jüngstes Kind mit den Eltern in die Schweiz. Besuch des Musik-Konservatoriums Zürich mit abschließendem Lehrdiplom. Ab 1937 Geigenstudium in Paris; 1938 Übersiedlung nach Amerika; 1939 Heirat mit der Schweizerin Gret Moser. Zwei Kinder, Frido (1940) und Toni (1942). Seit 1942 Mitglied verschiedener Orchester; 1949 Beginn der Solokarriere als Bratschist, musiktheoretische Arbeiten. Ab 1957 Studium der Germanistik an der Harvard University; 1961 Lehrstelle im German Department an der University of California in Berkeley, wissenschaftliche Publikationen und Essays. Stirbt in der Silvesternacht 1976 an einer Kombination von Alkohol und Barbituraten.

Er habe einen «ungeheuren Anspruch an sich selbst» und eine «eiserne Disziplin» gehabt, erinnert sich der Sohn Frido an seinen Vater Michael Mann, der sich selbst schon als Elfjähriger in der Novelle *Unordnung und frühes Leid* (1926) von seinem Vater Thomas unschmeichelhaft als «Beißer» beschrieben findet.

Michael Mann verfaßte im Anschluß an seine Musikerkarriere vor allem musik- und literaturtheoretische Texte. Die Geschichte ***Verwechslungen*** veröffentlichte er 1973 im *Merkur. Deutsche Zeitschrift für europäisches Denken.* Im Oktober 1972 schreibt er der Mutter Katia: «hier ist nun doch und trotzallem, meiner Art entsprechend, die *novella.* Zu sagen, daß ich sie an trautem Ort unter Deiner Hut begann, würde denn doch bei weitem zu anspruchsvolle Assoziationen bewirken! Indessen: Deinem Urteil sei es überlassen, ob das nun ein erster bester oder gar ein bester erster Versuch auf diesem Gebiet geworden ist.»

Verwechslungen

Was mir die ganze Geschichte wieder ins Gedächtnis ruft, ist eigentlich nicht eben eine *Verwechslung*, eher das Gegenteil. Seit einer Stunde fasziniert mich der Herr am Tisch quer gegenüber: dieses stets ein wenig nach vorne gestreckte Bourbonengesicht mit dem zugespitzt saugenden Mund, diesen Herrn kenne ich oder er erinnert sehr an jemand, den ich kenne. Das Rätsel löst sich auf überraschende Art: Wem dieser Gast in so frappanter Weise ähnelt, das ist der Kellner, der mich, seitdem ich hier in diesem Lokal sitze, bedient hat. – Merkwürdig einseitige Orientierung. Schwer begreifliche Zensur unseres Bewußtseins! Warum habe ich mir dieselbe Frage nicht auch im Hinblick auf den Kellner …? Aber genug von diesem Zufallsanlaß meiner Reminiszenzen.

Paris, Ende Mai – die beste Jahreszeit! Welch aufregende Stadt, immer wieder! Ich war gestern abend, ist das nicht komisch? zum ersten Mal auf dem Eiffelturm. Architektonisches

Wahrzeichen von Paris, wie lange schon? Der Erbauer Alexandre Gustave Eiffel (1823–1932, nach Baedeker) soll, neben einer Eisenbrücke über die Garonne, auch noch irgendwo ein ungeheures Viadukt errichtet haben. Dann wurde er in den berühmten Panamakanalschwindel verwickelt, verhaftet – und schnell wieder entlassen. Wer hätte auch den Stifter eines solchen Turmes im Ernste aus der Gesellschaft verstoßen wollen …

Paris, 1971 – zur Zeit der ersten amerikanischen Währungskrise. Morgens neun Uhr achtundzwanzig. In zwei Minuten öffnen sich die Türen der *American-Express*-Wechselstube – zum ersten Mal nach mehreren Wochen größter Einschränkungen, eines unter unendlichen Scherereien den Dollartouristen verabreichten, winzigen *per diem*, das keinen Gedanken an die höheren (oder tieferen) Reisefreuden aufkommen ließ. Im Vorgefühl souveränen Lebensgenusses, federnden Schrittes und mit im wörtlichsten Sinne geschwellter Brust von den dort aufgespeicherten Reiseschecks, überquere ich den Boulevard des Capucines, gegen das ehrwürdige Geschäftsgebäude hin. Da hat sich mir einer zur Seite gesellt, der mit mir Schritt hält. Hier beginnt mein Abenteuer.

Ein Schwarzwechsler wie sich sofort herausstellt. Untersetzt, dunkelhäutig, offenbar vom Stamm jenes Arabergesindels, das jahrelang in Paris herumbettelte, scharenweise in den Treppenhäusern der Metro nächtigend, viel verdächtigt und inzwischen wohl entweder verdorben oder besser eingerichtet. Wie dieser. Mit sicherem Blick hat er in meinem Palm-Beach-Anzug seinen Mann erkannt. Übrigens scheint er seinerseits in seiner Kleidung, der Leichtigkeit seines kaffeebraunen Gabardineanzugs mit mir und meinesgleichen geradezu wetteifern zu wollen. Nur der ekle, nasse Ring unter den Achseln verrät den professionellen Asphaltjäger, eine wohl schon mehrstündige, hitzige Straßengeschäftigkeit an diesem Morgen. – Natürlich werde ich mich des Mannes entledigen. Gestern noch wäre er mir willkommen gewesen. Jetzt bedarf ich seiner nicht. Aber, was vermag nicht eine gewitzte Rhetorik! Der Algerier besitzt und übt sie im Schutz der dunklen Gläser seiner über die Beduinennase gestülpten Sonnenbrille. Er hat Gründe – Gründe für den ganz einmaligen, günstigen, von ihm mir gebotenen Kurs, Gründe für meine Gründe, seine Offerte anzunehmen. Wie soll ich sie beurteilen? Ich bin auf Ferien und Privatier. Dieser Straßenhandel bedeutet einen Eingriff in das öffentliche, ja das politische Leben; und solche Eingriffe sind mir noch nie gut bekommen. Überdies ist mir dieser Afrikaner in jeder Hinsicht unangenehm. Aber seine Rhetorik hat mich schon umgarnt: Monsieur solle doch hinaufgehen in das Büro, selbst sehen, vergleichen und – dann – wählen. Ich gehe hinauf, vergleiche und, eingedenk der höheren (und tieferen) Reisefreuden, wähle – zu seinen Gunsten.

Hätte, da ich wieder aus dem Gebäude trete, irgend ein publikes Ärgernis sich ereignet, wäre etwa einer der weißbehandschuhten, elegant be«cape»ten Verkehrspolizisten auch nur zufällig vorbeigeschlendert und hätte, in momentaner Ermangelung würdigerer Geschäfte, die vor dem Portal des Gebäudes schunkelnden Touristen – sie bedeuten kaum einen Gewinn für den Fremdenverkehr – wegen des ihren Zigaretten entströmenden auffallenden Aromas streng zu Rede gestellt, oder wäre zum Beispiel jene Frau, die da eben in ihrer Windjacke auf dem Leichtmotorrad vorbeifährt, plötzlich zu Boden gestürzt, vornüber, die verkrampften Hände noch rutschend gegen das Pflaster gestemmt, auf dem sich rasch eine Blutlache und um die Blutlache ein Menschenauflauf gebildet hätte – ich hätte mich dann gewiß umsonst nach dem Manne umgesehn, wäre nach kurzem Zögern wieder zum Schalter im ersten Stock zurückgekehrt um, in nachlässig apologetischem Ton, den Eintausch der amerikanischen Banknoten, in die ich, auf das Geheiß des Mannes, meine Reiseschecks umgewechselt hatte, in französische zu beantragen; nach solch ehrbarer Erledigung meiner Geschäfte aber hätte ich eines der unten in der Straßenmitte wartenden Taxis bestiegen, den Mann, sollte er sich wieder zeigen, mit einem kurzen Kopfschütteln verabschiedend oder, noch besser, starr an ihm vorüber blickend. Nichts derartiges geschah. Und pünktlich ist er zur Stelle.

Er ist erregter als zuvor. Seine Frage, ob ich die Dollarnoten bei mir trage, entbehrt nicht einer gewissen, unverhohlenen Härte. Ich bin jetzt in seiner Gewalt. Ich würde mich vor mir selber lächerlich machen, wollte ich nun, auf halber Strecke, noch umkehren. Wir sind jetzt ein Paar; und als solches, wie ein gut aufeinander eingespieltes Gespann, setzen wir uns in Bewegung. Wohin und warum? Er hat es eilig; offenbar aber nicht mit dem Abschluß des Geschäftes, sondern zunächst nur damit, sich von dem Gebäude zu entfernen. Dieser Straßenhandel ist ungesetzlich und das Gesetz hat tausend Augen, wie er, vor Eile keuchend, versetzt, da wir eben das Gäßchen passieren, in das er sich zurückgezogen, während ich oben, ein willenloses Werkzeug seiner Absichten, für ihn agierte. Kein schlechter Ort eigentlich, dieses Gäßchen, um mich niederzuschlagen. Aber vielleicht weiß er einen besseren. Die Entschlossenheit, mit der er ausschreitet, läßt darauf schließen. Eins, zwei, drei, und du bist tot. Mit einem kleinen rhythmischen Trick fügt sich das Abzählverschen genau in das Geklapper der neben mir im diktatorischen Gleichschritt vorwärtshastenden, spitzen Schuhe. Spitz – eins, zwei, drei –, aber etwas ausgelatscht. Oder zu groß. Vielleicht – und du bist tot – von seinem letzten Opfer. Auch mein Palm-Beach-Anzug wird ihm gut stehn. Nur die Hosen etwas heraufnehmen; und alles gründlich waschen, denn ich bin ein Bluter. Ein kleiner Tritt mit der

Schuhspitze in die Kniekehle; und ich stürze vornüber, die verkrampften Hände noch rutschend gegen das Pflaster gestemmt, auf dem sich rasch eine Blutlache sammelt. Aber keine Menschen. Nicht einmal ein Vorhang wird neugierig beiseite geschoben hinter einem jener Fenster, an denen mein Hilferuf verhallt. Nichts derartiges geschah. Und (wie es in jeder Abenteuergeschichte unvermeidlich einmal heißt) wenige Augenblicke später befand ich mich wohlbehalten mir selbst überlassen – und zwar mitten im Menschengedränge des Boulevard des Capucines.

Dort hatte er angehalten und hatte der Handel sich vollzogen. Das Bündel französischer Banknoten, das er mir überlassen, hielt ich noch immer mit meiner Rechten umklammert in meiner rechten Rocktasche. Rechts, weil er zum Schluß sich zu meiner Linken gehalten. Aber das waren nur wenige Sekunden gewesen. Seltsamerweise hatte seine Erregtheit gerade *nach* Abschluß des Geschäfts ihr Höchstmaß erreicht. Ich solle das Geld sofort beiseite stecken, um es neugierigen Blicken zu entziehn, das hatte er mir mehr zugefaucht als zugeflüstert und war dann, etwas von einem uns verfolgenden Gendarm zischend, in der Menge entschwunden – durch seine übermäßige Eile wohl in der Tat manchen neugierigen Blick auf sich lenkend. Armer Teufel! Seine verbrauchten algerischen Nerven waren diesem Beruf offenbar nicht gewachsen. Und noch dazu: armer Krüppel! Daß ihm an seiner rechten Hand der Mittelfinger fehlte, hatte ich erst während unserer Transaktion bemerkt. Dieser physische Mangel verlangsamte beträchtlich den Prozeß des Zählens. Er hatte den Anfang gemacht, seine Francs hervorgezogen und mir Stück für Stück vorgerechnet, lauter schöne *nouveaux* Hundertfranc-Noten, wie ich genau sehe, die er, geschickt aber doch behindert, mit Zeigefinger und Daumen durchblättert. Es ist die verabredete Summe. Ich reiche sie ihm wortlos zurück und ziehe meine Dollars aus ihrem Versteck, in der äußeren Brusttasche; und nun überläßt er mir das Geschäft des Nachzählens, die Beduinennase eng über meine Banknoten gebeugt, die er mit den hinter der dunklen Brille lauernden Augen förmlich durchbohrt, während ich meine Arbeit leiste, nicht minder gewissenhaft als er, sogar, gleichsam aus Takt, fast etwas länger als nötig hinzögere. Dann hatte der Pakettausch stattgefunden, gleichzeitig, kreuzweise, zweckmäßig logisch, in aller Korrektheit, wie es unbedingt schien – und doch war ich, man weiß es längst, bei diesem Handel der Betrogene.

Die Sache protokolliert sich leichter als sie sich, da sie mir just passierte, begreifen ließ. Der Menschengeist besitzt gewisse natürliche Schutzvorrichtungen gegen Unausstehliches; und zu diesen gehört wohl, etwa neben Wahnsinn oder Ohnmachten, auch der *Unglaube*. Zu ihm nahm ich meine Zuflucht, da ich, mein Geldbündel aus der Tasche fördernd, in dem obersten Billett anstatt einer Hundertnote einen Zehnfrancschein erkannte – dem mir vom Algerier vorgewiesenen Hundertfrancschein in Format, Farbe und Zeichnung zum Verwechseln ähnlich; nur eben eine Null weniger. Mit Unglauben begegnete ich der Möglichkeit, daß etwa auch in dem darunter liegenden Blatt derselbe Anblick meiner wartete. Ungläubig durchkämmte ich den ganzen Stoß schöner Zehnernoten. Unglaublich blieb mir die Tatsache, daß durch diesen Betrug meine Ersparnisse um neun Zehntel verkleinert, also genau auf ein Zehntel zusammengeschmolzen waren. Allerdings zu einem guten Kurs! wenn man es so rechnete. Ein attraktiver und doch kein unmöglicher Kurs. – Darin lag der erste und wichtigste Kniff dieses genialen Psychologen und Taschenspielers. Alles übrige mußte bei seinem Metier wohl den jeweils wechselnden Umständen überlassen werden. Kunden mit Bargeld sind schwieriger, mein Fall gehörte gewiß zu den einfachsten: In aller Ruhe die Vorbereitung der beiden gleich dicken Geldpakete während meiner Abwesenheit, in aller Ruhe die Unterschiebung des falschen Pakets, da ich ihm, in taktvoller Gewissenhaftigkeit, meine Dollars vorzähle. Endlich die vor dem Tausch wohl mehr gespielte, nachher aber fraglos echte Nervosität, gipfelnd in der nur allzu begründeten hastigen Aufforderung, das Geldbündel schleunigst wegzupacken – all dies überdachte ich nun mit eben jener Umsicht, welche der Dieb in so bewundernswerter Weise zu besitzen schien und an der ich es so schmählich hatte fehlen lassen. Schmählich!

Ich bin kein Freund poetischer Metaphern. Ich könnte sonst nur sagen: die Empfindung der Schmach, meiner Dummheit wegen, schlug wie eine rote Welle über mir zusammen, mich fortspülend, um und um wirbelnd. Aber: was sind Empfindungen? Subjektive, ephemere Deutungen unserer Erlebnisse. Sie sind wahr, solange sie anhalten. Und gottlob halten sie nie lange an. Diesem meinem Erlebnis aber sollte eine objektivere Deutung zuteil werden seitens eines Richters mit unumstößlichen Ansichten. Und um diese Deutung willen, bin ich auch sehr geneigt, sie verworren zu nennen, scheint mir der bisher geschilderte Vorfall doch erst buchenswert. Ich werde nun also dem «Richter» das Wort geben, aber nicht das letzte. Dieses überlasse ich dem Leser.

Während der Algerier kaum einer eingehenden Charakterisierung bedurfte oder lohne und während ich daher, bei der Beschreibung unseres unerquicklichen Rencontres, mich bewußt einer dramatisch-direkten Darstellungsweise bediente, erfordert die Einführung des Richters eigentlich einen epischen Ton. Ich war viel zu involviert mit dem Algerier, um ihn genauer anzusehn und dementsprechend schildern zu können. Ganz anders meine Beziehung zum Richter: dem stehe ich distant und demnach sehend gegenüber. Wie ich seinem Blick ausgesetzt bin, so blicke auch ich selbst an ihn.

Mit diesem Gegenblick wahre ich mir meine Freiheit. Und in diesem Blickgeplänkel besteht recht eigentlich das seltsame Nachspiel, das sich von der oben beschriebenen Aktion auch durch seine Lokalität wohltätig abhebt: es ist die schattig-luftige Kühle eines Taxis – desselben, zuvörderst in der Straßenmitte wartenden, das ich, weit besser, eine halbe Stunde früher bestiegen hätte.

Ich erkannte den Fahrer an dem kleinen Strauß Margueriten, den er zuvor, neben seinem Wagen stehend im Geplauder mit Kollegen, merkwürdigerweise in Händen gehalten und der jetzt neben ihm auf dem Vordersitz lag. Da ich dort, wie ich es vorzugsweise tue, Platz zu nehmen suchte, steckte er ihn rasch in eine Tasche seines bäurisch geschnittenen Leinenkittels. Was am Blick dieses Mannes zu allererst auffiel, war eine gewisse Ungleichheit der Augen – offenbar ein leichter Fall von Fazialislähmung, das linke Auge war etwas kleiner, fast muß man wohl sagen, verkümmert, aber eben dies war es, was dem Blick des Äugleins etwas Zwinkernd-Pfiffiges, fast Verwegenes gab. Das rechte Auge dagegen war weit geöffnet und voll entwickelt; was einen da jedoch, von rechts, anblickte, stand in geradem Widerspruch zur Witzigkeit von links, eine Art leere Strenge, leer im Sinne eines Ins-Leere-Starren, sowie aus der Leere; einer Leere der Verzweiflung.

Mit dieser höchst auffallenden Disharmonie des Blicks ist im Grunde der Mann charakterisiert: eigentlich war das ein schöner Kopf. Die ganze Erscheinung hatte etwas herrenhaft Soigniertes, eine Feinheit, welche allerdings nicht nur die wie gesagt tendenziöse Schlichtheit der Kleidung widerlegte (unter dem Bauernkittel ein schlampig offener Hemdkragen, der eine ärmliche Körperlichkeit unnötig zur Schau stellte); auch die platte, derbe Nase und sehr gewöhnliche Augenbrauen paßten nicht in das distinguierte Oval dieses Gesichts, paßten nicht zu dem fein-geschlängelten Mund, der fast noch mehr als Ekel Verachtung auszudrücken schien. Alles in allem hätte man sich ebensowenig gewundert, wäre man dieses kahlgeschorenen Schädels auf einer Fotografie ansichtig geworden, darunter eine Sträflingsnummer angebracht zu finden; wie man nicht erstaunt gewesen wäre, von diesem Herrn, sein Sherryglas in der Hand, zur Cocktailstunde in einem seiner Landhäuser empfangen zu werden.

So viel über den Blick und Anblick, mit dem ich es aufzunehmen hatte. – Ein Erlebnis wie das meine macht mitteilungsbedürftig und leutselig: Paris, Ende Mai – die beste Jahreszeit! Welch aufregende Stadt, immer wieder! Ich war gestern abend, ist das nicht komisch? zum ersten Mal auf dem Eiffelturm ... Diese Introduktion hätte ich mir sparen können, wie die verzweifelte Leere, die völlige Teilnahmslosigkeit des rechten Auges bewies. Nun, ich hatte mit Interessanterem aufzuwarten; und, da ich erst mit einer Geschichte herausrückte, merkte ich auch bald, daß ich in diesem Mann nicht nur den ersten besten Zuhörer, sondern, in gewissem Sinne, den besten gefunden hatte. Meine Erzählung berührte den Zentralnerv seiner Existenz: Kriminalistik, Verbrecher- und Spitzbubentum aller Art, sowie Probleme des Strafrechts erwiesen sich als seine Manie. Aber nicht, wie man vielleicht erwartet, im Sinne von Gruselgier oder gar menschlichem Interesse, sondern einer gleichsam nur phänomenologischen Vergnügungssucht. So wurde er denn nicht müde, unter lebhaft zwinkernder Teilnahme des linken Auges meiner Erzählung mit pfiffigen Erwägungen von Parallelfällen oder anderen witzigen Assoziationen zu unterbrechen. Seine Erfahrungen und Kenntnisse waren enorm. Übrigens nur zum geringsten Teil aus erster Hand als Frucht seines Berufslebens, aus Zeiten des ihm zugemuteten Nachtdienstes, der ihn zum Ohren- und Augenzeugen (und wohl auch öfters fast zum Opfer) mancher Untat gemacht hatte. Auf solch persönliche Kontakte mit dem Bösen bezog er sich, sofern er sich durch meine Erzählung dazu genötigt glaubte, jedoch nur in kurzen dunklen Andeutungen, wobei der Ausdruck von Gram und Leere in seiner Miene überhand nahm, ja, eine Art heiliger Schrecken ihn zu befallen schien. Aber rasch lichtete sich seine Miene dann wieder bis zur Verwegenheit, sprach er von Fällen, die er nur vom Hörensagen kannte. Dabei geriet er vom Hundertsten ins Tausendste, vom Taschendiebstahl zum Falschmünzertum, von dort zur Giftmischerei. Da und da habe dann und dann eine Frau es durch ordentlich angestellte Versuche mit Giftpulvern so weit gebracht, daß sie den entfernten Todestag mit ziemlicher Zuverlässigkeit vorausbestimmen konnte. Er beklagte die Abschaffung der Todesstrafe – ungewiß, ob dabei das linke oder rechte

Auge stärker in Funktion trat. Er besaß zu Hause eine Sammlung zierlicher Miniaturguillotinen *(«des guillotinettes»)*, deren Ergänzung ihm zunehmende Schwierigkeit bereitete.

Wurde dieser produktive Zuhörer solcher Abschweifungen nicht müde, so wurde ich es doch. Ich erzählte schlecht, verlor den Faden, merkte, wie ich mir selbst widersprach. Das ist aber gewiß nicht der einzige Grund dafür, daß er meine Erzählung offenbar mißverstand, woraus ich mir seine verworrene Deutung meines Erlebnisses erkläre. «Das ist gut», sagte er, da ich endlich mit Mühe meinen Bericht abgeschlossen hatte. «Und natürlich bist du selbst» (es war das *tu* eines Pariser Taxichauffeurs) – «bist du selbst daran schuld.» Nun, das wußte ich. Aber so meinte er es nicht, da er fortfuhr: «der klassische Fall des betrogenen Betrügers». Betrügers, wieso? Er winkte ab; und ich mußte befürchten, das rechte Auge provoziert zu haben. Moralische Fragen, das hatte er mir hinlänglich zu verstehen gegeben, waren seine Sache nicht. Es war das Ende unserer Konversation. Ich war erschöpft und auch noch von meinem Abenteuer erhitzt. Unter den Achseln fühlte ich sogar die Andeutung eines feuchten

Rings. Eins, zwei, drei, und du bist tot. Da war das Abzählverschen wieder, während er sich nun ausschwieg. Wenn man beim Zählen mit dem Daumen oder dem kleinen Finger beginnt, so trifft «tot» immer auf den Mittelfinger. Mich erinnerte das an jemanden. Einseitige Orientierung. Schwer begreifliche Zensur unseres Bewußtseins.

Das Blickgeplänkel war nicht gut für mich ausgegangen. Von jeher neige ich angesichts irgend eines gegen mich, zu Recht oder Unrecht gehegten oder auch nur von mir vermuteten Verdachts – von jeher neige ich da zu Lügenaugen. Eine Neigung zu allzu widerstandsloser Kapitulation. Ich spürte, wie, unter seinem Blick, dieses Übel mich mit ungewöhnlicher Heftigkeit befiel. Hielt der Mann mich eigentlich für einen Lügner? Glaubte er, meine Geschichte nicht wörtlich nehmen zu dürfen? Ähnliches muß mir durch den Kopf gegangen sein, da ich, gleichsam als physisches Beweisstück für das mir Zugestoßene und mir Angetane, das schlimme Geldbündel hervorzog und ihm vor die Augen hielt. Er betrachtete es einen Moment; und dann passierte, was sich eigentlich jeder vernünftigen Erklärung entzieht. Er rückte etwas von mir ab, warf einen kurzen Blick erst auf mich, dann hastig um sich her, als ob er etwas suchte, oder richtiger, wie zur Vergewisserung, daß noch alles, Logbuch, Mütze und Geldranzen, an seinem Platze sei. Dann umfaßte er, fester als vorher, mit beiden Händen das Steuerrad, und in seiner Miene verbreitete sich jener mir schon bekannte Ausdruck des Grams, ja heiligen Schreckens.

Erklären läßt sich das kaum. Und nur sehr undeutlich kann ich mir vorstellen, was bei dem Anblick meiner Indizien in dem Mann vorging: er spürte wohl einen Moment lang etwas von jenem ihm widerwärtigen persönlichen Kontakt mit dem, was er aus der Ferne zu betrachten liebte. – Ist aber, frage ich, der, dem man einen Zauberring in die Hand gedrückt hat, deshalb schon selbst ein Zauberer? und ist der kein ehrlicher Spieler, der im Kartenspiel den Schwarzen Peter gezogen?

Um jedoch von dem Richter noch einmal auf den Algerier zurückzukommen: ich habe die Genialität dieses Gauners doch eigentlich sehr überschätzt. Seine ganze Psychologie besteht im Grunde in der simplen Einsicht, daß man Geld nur *einmal* genau ansieht. Ich habe das neulich in einem Kaffeehaus ausprobiert. Ich legte dem Zahlkellner einen Zwanzigdollarschein auf den Tisch, und während er die siebzehn Dollars Wechselgeld hervorkramte, vertauschte ich, rein zweckmäßigkeitshalber, die Zwanziger- mit einer Zehnernote. Der Erfolg war glänzend.

FRIDO MANN

Monterey / Kalifornien 1940

Wächst als der älteste Sohn von Michael und Gret Mann in Amerika auf, ist der erklärte Lieblingsenkel seines Großvaters Thomas. Studiert Musik in der Schweiz, Theologie, Psychologie und Medizin in Deutschland. 1966 Heirat mit Christine Heisenberg, 1968 Geburt des Sohnes Stefan. Fünf Jahre therapeutische Tätigkeit in einem psychiatrischen Krankenhaus, Habilitation in Leipzig und München. Seither Professor für Medizinische Psychologie in Münster, freier Schriftsteller und Publizist, ausgezeichnet mit dem Literaturpreis der Stadt Zürich.

Frido Mann veröffentlichte 1985 seinen autobiographischen Roman *Professor Parsifal*, nicht zuletzt eine Auseinandersetzung mit dem «Erbe» des Großvaters, der ihn, seine «letzte Liebe», im *Doktor Faustus* in der Figur des Nepomuk Schneidewein, genannt Echo, porträtiert und einen frühen Tod hatte sterben lassen: «literarische Modelle haben es nun einmal an sich, daß sie sich gegen ihre künstlerische Vereinnahmung in der Regel erst wehren können, wenn es zu spät ist», so Frido Mann 1977.

Der Infant, geschrieben 1992, ist sein zweiter Roman. Er spielt in einer psychiatrischen Klinik im wiedervereinten Deutschland: der dorthin zwangsverbrachte Sohn eines (westdeutschen) Pressemoguls versucht obsessiv schreibend gegen den übermächtigen Vater, dessen Massenblatt und politische Machenschaften anzukommen – und zwar mittels einer «radikalen Spracherneuerung». *Der Infant* «ist eine Auseinandersetzung mit der Übermacht der Sprache, die, wenn als Mittel des Machtmißbrauchs eingesetzt, tödlich wirken kann» (Frido Mann).

Zitiert wird im folgenden das erste Kapitel, es handelt von einer pompösen, hochoffiziösen Feier anläßlich des Jahrestags der Wiedervereinigung in «Papas Schwarzer Zentrale» in Berlin.

Der Infant

Jedesmal wenn ich mich hinsetze, um zu schreiben, heißt es, es sei ein neuer Krankheitsschub im Anzug. Die Schizophrenie. Und als Zeichen dafür, auf das sie närrisch versessen sind, nehmen sie mein gesteigertes Mitteilungsbedürfnis.

Meine Existenz ist in der Tat nicht die angenehmste, seitdem sie mich hierher, weit weg von zu Hause, gebracht haben, damals, als ich Papa meine Schande machte. Geblieben sind mir ein blumenmusterbetuchtes Tischchen, Papier und Schreibzeug, das mir gute Geister diskret, das heißt abgeteilt, zuzaubern. Darum herum äußerst spärlicher Raum, schwaches Licht vom Oberfenster und, leider, ausreichend Luft zum Atmen. Solange sich meine Schreibwut in den nervenärztlich gesteckten Grenzen hält, läßt man mich damit mehr oder weniger unbehelligt gegen Vaters Imperium zu Felde ziehen. Die Mittel, derer ich mich dabei bediene, sind schließlich dieselben wie die seinen.

Auch ein Irrer kann mit der Waffe des Wortes umgehen. Nur, daß ich sie um hundertachtzig Grad gedreht einsetze: zur Aufdeckung der Wahrheit, nicht zu ihrer Unterdrückung.

(…)

Beginnen wir mit dem Ereignis, das mir zum letzten großen Stolperstein geworden ist: das von unserer Schwarzen Zentrale gelenkte Lügenjubiläum des Pressekonzerns vom Herrn Papa, wo die Unterwelt vollzählig versammelt war. Ich muß zugeben, daß ich nicht mehr weiß, wann genau sich das zugetragen hat, das heißt, seit wann ich hier bin, so als ob ich jetzt schon Wochen mit Monaten oder Jahren verwechselte. Offenbar beginnt die Gegenwart die übrige Zeit zu zerfressen. Glücklich der Narr, der davon dispensiert ist, in einem zeit- und geschichtsverwirrten Land wie dem unsrigen andauernd in das große Märchen von der Großen Zeit und der Großen Geschichte miteinzustimmen und in Zeiten herumzuspringen, die es gar nicht mehr gibt. Geblieben ist mir nur noch das Bewußtsein, daß das besagte Ereignis einer wohl nicht allzu weit entfernten sogenannten Vergangenheit angehört und für die sogenannte Zukunft einer Enthüllung bedarf, gesetztenfalls diese Zukunft ist noch vorhanden. Diese Enthüllung ist natürlich immer auch meine Enthüllung. Denn nur durch die Enthüllung meines Tiefstandes kann auch der meines Erzeugers zutage gebracht werden. Und das geht nur mit einem extra darauf zugeschnittenen Code. Was bedeutet, daß ich erst unser verkalktes Alphabet aufknacken und seine seit Jahrtausenden klaffenden Lücken mit einer Revolution menschlich-allzumenschlicher Zeichen füllen muß. Denn erst wenn die Goldadern eines neuen Sprechzeitalters aufgespürt sind und die Münzen der Selbstentäußerung wieder klingeln, dürfen wir uns alle dem Firmament entgegenstrecken und Holla und Amen rufen. So ist es mir aufgetragen worden und nicht anders.

Das weiter zu Klärende ist die Raumfrage. Mein einziger Orientierungspunkt außerhalb dieser Anstalt ist Papas Schwarze Zentrale. Paradoxerweise befand die sich ursprünglich am äußersten Rand, nämlich dort, wo sich die verlorengegangene Teilung unserer Welt am schärfsten zuspitzte, an einer waffenstarrenden Grenzmauer, die gleichzeitig auch unsere nationale Identität aus guten Gründen zerschnitten halten sollte. Und ausgerechnet die hirnrissige Minderheit, die diesen randständigen Lunapark weiterhin stur zur Reichshauptstadt und zum schwarzen Mittelpunkt der Welt deklarierte und sogar dorthin übersiedelte, wie zum Beispiel Papa, sollte recht behalten. Die ewig Gestrigen wurden in ewig Morgige verwandelt. Und das nur, weil im entscheidenden Augenblick der sogenannten Wende die Menschen im eigentlichen Zentrum das sozialistische Grundprinzip der Arbeit zugunsten einer besonders wölfischen Variante des Kapitalismus verraten und damit die Chance für eine echte Volksherrschaft für immer verpaßt haben. Daß in Anbetracht einer solch willkürlichen Austauschbarkeit von Zentrum und Rand einem normalen Bürger der Ortssinn abhanden kommt, ist kein Wunder. Deshalb kann es mir auch niemand verübeln, wenn ich diese schicksalhafte Jubiläumsfeier nicht mehr recht orten kann, abgesehen von den mir noch genau erinnerlichen Einzelheiten ihres Interieurs.

Mir ist, als hätte es angesichts der hochgespielten Bedeutung sogar mehrere Feiern gegeben: Eine streng geschlossene Hauptfeier unter schärfster Bewachung in der Schwarzen Zentrale selbst bzw. am ehemaligen Rand und einige etwas zwanglosere – oder sagen wir: halboffene – Nebenfeiern weiter draußen im Grünen. Die, die ich meine, fand in irgendeiner großen Kirche oder in einem Schloß statt, mit nur bedingtem Schießbefehl an der Schranke. Genauso bedingt gehalten war dort auch der Gegensatz zwischen Pomp und Elend. Letzteres hatte zwar, wie immer, laut Protokoll draußen vor der Tür zu bleiben, konnte sich jedoch ohne allzu großes Risiko auch Zugang nach innen verschaffen. Solange das nicht der Fall war, glitzerte und glänzte drinnen im Festgewölbe die blumengeschmückte Grelle ungehindert und wurde lediglich vom Schwarz der zentralen Totenanzüge verschluckt. In Reih und Glied saß die orden- und kettenbehangene Gratulantenschaft aufgebahrt: besonders anstößig die Specknacken von Kultur, Staat und Regierung, darunter auch solche in nationaler Kriegsbemalung und im Stiefelwichs. Vollzählig ferner die Cour der Verleger-Konkurrenten, denen die Maske der Ehrerbietung leidlich festsaß. Dazwischen das Wogen von riesigen Damenhüten. Auf den billigen Plätzen ragte die Spitze der hauseigenen Hühnerleiter in die Höhe.

Sämtliche Haupt- und Seitensprossen unserer über das ganze Land verstreuten Zeitungen und Zeitschriften. Insbesondere das Super-Blatt, dessen Mob unverwechselbar mit einer seine Schmierigkeit um ein Vielfaches potenzierenden Festschminke bekleistert war.

Es blendet mich immer noch. Eine höhere Eingebung hat mir empfohlen, mir rhythmisch und weich über die Brauen zu streichen, wenn es mit der Blendung allzu toll wird. Als ob dadurch irgendetwas besser würde!

Das Jubelschauspiel wurde, wie jedesmal, vom gesamten dem Staat zur Verfügung stehenden Durchleuchtungsarsenal fixiert. Das verlangt das Auge des Gesetzes. Man mußte sich gegen die drohenden Übergriffe seitens des Thronfolgers schützen. Denn den hatte man notgedrungen zu der Veranstaltung mitgeschleift. Der ganze Aufwand galt mir. Das Blinken der magischen Fotografen- und Fernseh-Augen während der Direktübertragung der angeblich salonfähigen Szenen in die Wohnzimmer von Millionen war nur ein billiges Ablenkungsmanöver. Was die in Wirklichkeit auf mich gerichteten Radarblicke betrifft, so gab es nichts herauszugeheimnissen.

Weit vorn nämlich saß höchstpersönlich der Oberspäher, glatzköpfig und als einziger mit einem glänzend violetten Anzug angetan, die Augen zur Tarnung hinter den dicken Brillengläsern zu Pünktchen zusammengezogen, dafür zu um so unschuldsvollerer Größe weit aufgeschürzt der verschwiegene Mund. Sein eigentliches Satans-Amt übte er heute nicht aus. Er fungierte offiziell in seiner weißen Weste als Kulturdezernent. Das Spähen überließ er seinem Adlatus, einem hochgewachsenen, karierten Schnäuzer namens Kurz, der rechtsaußen saß und seinen schmalzigen Blick im Saal schweifen und zwischendurch in verräterischen Fermaten auf mir ruhen ließ.

Auf dem Höhepunkt der Feierstunde, als die Kameras noch surren durften, hielt Papa, heute wieder ein sich in Eitelkeit wiegendes Gemälde seiner selbst, die Festrede. Zuvor hatte ihn die Frau Ministerin mit den schönen Worten: «Bleiben Sie uns noch lange als unbequemer Mahner erhalten!» offiziell begrüßt. Geschmückt mit dem großen Verdienstkreuz mit Stern und Schulterband und halb verdeckt von einem Gladiolengebüsch rollte er unter dem Wetterleuchten der Blitzlichter die Geschütze seiner

Gardinenpredigt heran. Mit gepreßter Rede, als wollte er sein Magengeschwür zum Schweigen bringen, beschwor er sein mir wohlbekanntes, alle politischen Umwälzungen siegreich überdauerndes Gedankengebäude herauf. Er ließ sich endlos aus über die herausragende Bedeutung seines Verlagsunternehmens für die Wahrung von Freiheit und Ungleichheit und betonte, wie sehr es sich gelohnt habe, vierzig Jahre lang mit heißem Herzen und faßbarer Sprache unser freiheitliches System zu verteidigen und sich konsequent gegen das Schlagwort Entspannung zu verwahren, jenes aktuellste Beispiel für geistige Unterwanderung und psychologische Kriegsführung gegen die christlich-freiheitliche Welt und ihre ideellen Fundamente. Denn nur diese unpopuläre Beharrlichkeit habe die Wende möglich gemacht, in der unsere Freiheit zur europäischen Allgemeinpflicht erhoben wurde, so sagte er. Als er dann nach einem Rückblick auf die jahrzehntelangen Berg- und Talfahrten der Firma seit ihrer Gründung durch Großvater zu der krönenden Bemerkung kam, daß die Theorie von der Gleichheit aller Menschen das Todesurteil der echten Freiheit sei und unser neues Gesamteuropa im

Interesse des Glücks der Menschen gut daran tue, durch eine Aufrechterhaltung des Gefälles zwischen Plüsch- und Holzklasse zu verhindern, daß die natürliche Ungleichheit zerstört werde, weil die Menschen nun einmal nicht gleich seien, da mußte ich meinen Papa wegen seiner Wahrheitstreue plötzlich innig lieben. Ich hätte zu ihm hinspringen mögen, um ihm die Füße zu küssen. Aber das wäre mir als Attentat auf ihn ausgelegt worden und meine Mission wäre beendet gewesen. Darum verstummte mein plötzlich aufgekommenes Erschauern wieder. Aber dann ging es weiter mit Papas Festlegung darauf, Freiheit in Verbündetenmanier als ‹unbegrenzte Möglichkeiten› umzudeuten. Denn mit der Unbegrenztheit verhält es sich ja wie mit der Unendlichkeit. Was sich dort schneidet, schneidet sich nie. Die Möglichkeiten derer, die schon besitzen, sind begrenzt. Sie umfassen alles Realisierbare, das konkret existiert. Woraus folgt, daß für die am unteren Ende des Gefälles keine Möglichkeiten mehr übrig bleiben. Freiheit bedeutet nichts anderes als unbegrenzte Unmöglichkeit. Es ist ein Frei-Sein von lästigen Besitztümern und risikobehafteten Chancen und damit eine Erlösung von den Bürden des Diesseits. Damit soll unendlich auch dasselbe wie jenseitig bedeuten. Und da haben wir die schon so oft besungene Vertröstung der Habenichtse auf den Himmel, den altbewährten Gratis- und Gnadenbasar. Mit anderen Worten: Freiheit als Opium fürs Volk. Auf diese Weise schraubte sich Papas Cäsarenwahn in immer versponnere und verstiegenere Höhen hinauf. Mit einem seltsamen fremden und beharrlichen Lächeln um seinen weichen Mund, den er zwischendurch immer wieder priesterlich mit den aneinander gelegten Fingerspitzen seiner beiden Hände berührte, trieb er es als nächstes mit dem Christentum. Dem politischen, versteht sich. Wobei mir klar wurde, daß die Anwesenden im Festsaal ihm als dem Sieger im Kampf gegen die Gleichheit aller Menschen diesen kleinen anachronistischen Exkurs von Herzen gönnten. Er beklagte in diesem Zusammenhang den Gottesabfall als die schwerste Krankheit unserer Zeit und entdeckte in ihm die Wurzel des Terrorismus (weil dort, wo kein Vaterland sei, auch Gott nicht mehr sein könne). Schließlich schweifte seine Rede wie ein Komet von der Gottesfurcht zur benachbarten Intellektuellenverachtung, in der sich Papa besonders zuhause fühlte. Er legte seine Fittiche über alle Kinder seiner Zeitungsentenfamilie und teilte jedem von ihnen seine besondere Aufgabe im obrigkeitlich angeordneten Schädlingsbekämpfungsfeldzug zu. Er gedachte dabei des Tages, an dem er sich mit einem weinenden Auge gezwungen gesehen habe, sein zweitliebstes Blatt auf seiner Generalstabskarte zu verschieben und sich von ihm in die Provinz hinein zu trennen. Solange jedenfalls, bis er es mit Gottes Hilfe fertig brächte, aus der Geteilten Stadt wieder eine ordentliche Reichshauptstadt zu machen, wo die Zeitung letztenendes hingehöre, was ihm ja, aller ursprünglichen Aussichtslosigkeit zum Trotz, inzwischen großartig gelungen sei und sich als erdrückend genialer Vorausblick erwiesen habe. Und während er das sagte, schielte sein anderes Auge bereits auf sein seßhaft gebliebenes Balg, das bunt aufgemachte Groschenprodukt, das er überhaupt nicht mehr aus seinem Hymnus entlassen wollte. Dessen erste Strophe bestand noch aus trockener Verkaufszahlenakrobatik. Dann aber zelebrierte er die Kratzspuren, die das Blatt in täglich neuer Farbe erzeugt. Nicht nur in unseren klassischen Bildungszentren, sondern inzwischen auch in den hintersten Ostwinkeln unseres vergrößerten Staates, in die die Zeitung trotz aller neuen Konkurrenz dort belebend ausstrahlen würde. Diese Errungenschaften – und das war in Papas Tiraden der Generalbaß beziehungsweise der cantus firmus, je nachdem, ob man die Misere von oben oder von unten betrachtet – diese Errungenschaften also bürgten, halleluja, für das Bodenständig-Volksnahe, für das Holzschnittartige einer Massenzeitung. Die rauschende Schlußkadenz bestand in der Hervorhebung der politischen Aufgabe: eine Mauer – nein, das konnte nur ein Versprecher sein, denn diese Mauer gab es ja nicht mehr, es sei denn, Papa meinte die Mauer zwischen ihm und mir – jedenfalls eine Bastion gegen jeden das Errungene in Frage stellenden und gefährdenden Ungeist im Namen der Freiheit, Freiheit und nochmals Freiheit.

Dressurgerecht lösten die letzten Reizworte seiner Rede brausenden Beifall aus. In der vorderen Front durchaus konventionell in Form von Händeklatschen. Wohingegen die Blattmacher-Hinterbänkler geradezu obszön auf dem Parkett herumtrampelten.

Schon wieder dieses Blenden, das mir die Sicht für das Gewesene nimmt. Kein Wunder, bei diesen Hinterbänklern. Oder vielleicht ist es auch nur die Enge meines Kämmerchens. Ruhe, sage ich mir da jedenfalls. Aber solange keine Erregungsumschichtung stattfindet, ist gut reden.

Es war eine große Erleichterung, in diesen Höllenstunden im Festsaal auch gute Menschen in der Nähe zu spüren. So war, wenn ich mich richtig erinnere, auch mein Freund und Aufmacher D. bereits beim Festakt zugegen, obwohl die Abschlachtung seines in die Redaktion eingeschleusten Trojanischen Pferdes ziemlich nah bevorstand. Dies erklärt wohl, daß sich seine Allpräsenz ganz hinten im Saal so unräumlich gestaltete. Mein hauptsächlicher Triumph war, daß seine Anwesenheit mindestens so sehr wie die meine ein Stachel im Fleische meines Vaters war. Aber es war nur zu logisch, daß sich auch D. der Flut von Bedrängnissen nicht entziehen konnte. So hatte auch er entsetzliche Qualen auszustehen. Er brach nur deshalb nicht zusammen, weil er sich seiner bleibenden moralischen Stärke und seiner unbedingten Überlegenheit über seine angeblichen Kollegen aus der Schwarzen Zentrale bewußt war. Sein kleines, hageres Gesicht leuchtete mir trotz seiner Unsichtbarkeit trotzig entgegen. Und unser ständiger Meinungsaustausch über die Antennen unserer Hinterköpfe wirkte wie eine Wohltat. Es waren eine Menge Signale, die wir uns gegenseitig zumorsten und die uns beide elektrisch durchströmten. Wobei ich nicht mehr ganz sicher bin, ob unsere Unterhaltung wirklich damals und nicht erst während meines Abtransports hierher stattfand.

Ich schreibe alles für dich auf, war eine meiner stehenden Reden gewesen. Jeden einzelnen deiner Funksprüche, die unbemerkt aus unserer Firma zu mir dringen, durch alle Metallzäune des Redaktionsgebäudes hindurch und vorbei an den Wachpatrouillen, Schäferhunden und automatischen Schranken, an der dreifach besetzten Pförtnerloge und den verhangenen, panzerverglasten Limousinen. Und meine Feder wird alles in glühende Zeichen verwandeln, mit denen wir Anklage erheben werden, raunte ich ihm zu.

Das willst du wirklich? lautete seine stereotype Frage. Worauf ich ihm nur antworten konnte, daß ich dies mir selbst und meiner Dynastie schuldig sei.

Kaum war Papa mit seiner Festrede fertig, da stürzten sich die anderen Draufschläger von Gottes Gnaden ans Rednerschafott und schaufelten, einer nach dem anderen, ihr Häufchen auf das ihres Vorredners. Danach fädelten sie sich unauffällig in die Specknackenfront zurück.

Schon als der erste von ihnen, ein Fraktionsvorsitzender, antrat, verstummten schlagartig die Fernseh- und Filmkameras, weil das Folgende in der Intimität dieses Gemäuers zu bleiben hatte. Der hochgewachsene, karierte Schnäuzer mit dem schmalzigen Blick, Kurz, hatte diesen Befehl mit unmißverständlichem Handkantenzeichen weitergegeben.

Der Fraktionsvorsitzende, ein alter Kampfgefährte von Papa, reihte sich mit Schweißperlen auf der Stirn und einer sich in Gemütswallungen überschlagenden Stimme in Papas Gemeinplätze ein und drosch ebenfalls wie ein Wilder auf den Leichnam des Marxismus und alle seine ideologischen Abkömmlinge ein. Noch haariger wurde es, als ein anderer Politiker drastische Kollektivstrafen für alle abweichlerischen Elemente im Lande beantragte. Denn nachdem unsere Universitäten und Schulen lange Jahre die Hochburgen marxistischer Bildungspolitik gewesen seien, befand er, müßten mit allen möglichen Vorbeuge- und Abschreckungsmaßnahmen sämtliche Rückfalltendenzen im Keim erstickt werden.

Zur Abwechslung rechnete als nächster irgendein pensionierter Chefpublizist mit den ebenfalls längst kaltgestellten oder freiwillig zurückgetretenen literarischen Vertretern der ‹linken Mafia› ab und tat deren künstlerische Erzeugnisse in Bausch und Bogen als dekadent ab. Die verständnisinnigen Blicke, die er aus dem Parkett erntete, schienen ihn dafür trösten zu wollen, daß er nicht ‹entartet› sagen durfte. In dieses Requiem fügte sich hervorragend das Bonmot eines anderen ein, wonach ‹nicht schießen› dasselbe wie ‹verfehlen› sei. Was dieser übrigens dazu nutzte, seine notorische Forderung nach Wiedereinführung der Todesstrafe wieder einmal anzubringen. Genug. Was dann kam, ich glaube, es ging um die Gastarbeiter und Asylanten und vielleicht auch um Tamilen und eine andere, hierzulande unter einen verlogenen Denkmalschutz gestellte

Rasse, das stob, hörbar an Fenstern und Wänden abprallend, kreuz und quer durch den Saal, immer knapp an meinen Ohren vorbei und wurde vom Absingen der Nationalhymne schrill übertönt.

Wie erleichtert ich war, daß just an dieser Stelle das Anti-Regiebuch nachhalf. Denn jetzt endlich kam das Elend von draußen vor der Tür hereingestürzt.

Es war, als hätte ich plötzlich massenhaft Nachwuchs bekommen: Zwillinge, Drillinge, Fünflinge, Dutzendlinge, Unzahllinge. In dieser wunderbaren Ansammlung wurde es auch mir möglich, meine Anwesenheit astralleibhaftig bis zum Platzen über sämtliche Fugen auszubreiten.

Unter bedrohlichem Schnaufen, auf ihren Prothesen tanzend und sich die Haare raufend, ergossen sie sich durch das endlich freigestochene Nadelöhr. Sie waren so gekleidet, daß die schwarzen Anzüge nicht gern neben ihnen gesessen hätten. Schon lange hatten sie sich draußen mit Scharren, Kratzen und gewissen anderen Geräuschen bemerkbar gemacht. Drinnen hatte man versucht, sich die Ohren zuzuhalten. Auch das Anstimmen der Nationalhymne unter der Stabführung von Kurz sollte wohl als Entgegnung dienen, so lange, bis eben die Deiche nicht mehr zu halten waren.

Die mir zutiefst willkommene Ankunft meiner Freunde von ganz unten stellte alles auf den Kopf. Die Angst stand den offizell Geladenen im Gesicht geschrieben. Sogar der durch seine Specknackenfront besonders günstig flankierte Oberspäher mit den Punktaugen hinter der Brille und dem aufgeschürzten Schweigemund konnte ein leichtes Zittern nicht verbergen, obwohl er heute sein eigentliches anrüchiges Amt gar nicht versah. An eine ordnungsgemäße Fortsetzung des Festprogramms war nicht zu denken. Man war wie gelähmt. Beunruhigenderweise geriet auch mein Freund und Aufmacher D. vorübergehend aus der Reichweite unseres gemeinsamen Sendebereiches. Es sollte sich aber bald zeigen, daß dies nichts weiter Schlimmes zu bedeuten hatte.

Die Eindringlinge bei der Jubelfeier waren nicht irgendwelche hergelaufenen Querulanten von der Sorte, der bekanntlich jedes fremde Leihthema recht ist, um sich in der Weltgeschichte aufzuspielen und die, sobald man ihnen Zunder gibt, ihre edlen Prinzipien rasch wieder an der Garderobe abgeben. Die hier waren von anderem Schrot und Korn. Ich hätte vor lauter Glück in meine mitgeführte Plastiktüte beißen können, als ich in diesen Gestalten fast durchweg hausgemachte Opfer erkannte, die danach dürsteten, bei dieser Gelegenheit endlich in Aktion zu treten. Wobei ich unter ihnen, ganz im Hintergrund und in überaus geschickter Verkleidung, einige der 47 von Papas Presse-Jauchekanonen jahrzehntelang übergossenen Intellektuellen und Künstler zu erkennen glaubte – mit oder ohne Gitarre, aber alle mit demselben ungeliebten Opferschälchen der Vergangenheitsbewältigung in der Hand.

Als erstes erregten die bizarren pantomimischen Verrenkungen einer bildhübschen, überaus sanft und grazil wirkenden Blondine sichtlich die Gemüter der Hinterbänkler. Einige von ihnen wollten sich vielleicht nicht mehr an sie erinnern. Spätestens D.s Ultrakurzwellen riefen ihnen jedoch zwingend ins Bewußtsein, daß das Mädchen mit seiner Darbietung eine bestimmte, ihnen wohlbekannte Kampfsportart imitierte. Die Blattmacher hatten diese unlängst zum Anlaß einer ihrer berüchtigten Sensations- und Lügenspäßchen genommen. Das ursprüngliche Sujet: Eine Kunststudentin, die über fernöstliche Meditation auf diese Kampftechnik gestoßen war und sich nun in einigen Unterrichtsstunden an ihr probieren wollte. Und was hatte die Redaktionsküche daraus gemacht – noch dazu unter Angabe von Name und Anschrift der Frau mit anzüglichem Falschfoto? Einen männermordenden Vampir, der sich aus seltsamen sadistischen Neigungen heraus dieser Sportart befleißigte, um damit dem im wahrsten Sinne des Wortes ihr zu Füßen liegenden starken Geschlecht tödliche Tritte versetzen zu können. D. war damals beim Blatt – in der ersten Zeit nach seinem Einschleichen dort – noch vogelfreier Mitarbeiter gewesen (ein alter Trick, daß man dort fast alle ohne festen Vertrag arbeiten läßt). Ihn hatten sie zu dieser Reportage verdonnert. Sein knapp gehaltener und noch ganz den Tatsachen entsprechender Bericht war, nur Sekunden vor Abgang in die Setzerei, von den Kollegen abgefangen und mit Leuchtfarben von besonders hoher Halbwertzeit verseucht worden. Das entsprechend schief geratene Bild von dem Mädchen hatte in der Bevölkerung zu Haß- und Panikausbrüchen geführt, die die Kleine in einen desperaten Zustand und vorübergehend sogar an den Ort getrieben hatte, an dem ich zur Zeit einsitze.

Jetzt genoß sie also die Narrenfreiheit, sich auf dem Podium Luft zu machen. Sie tat dies beängstigend ekstatisch. Und ihren Reigen von Faustschlägen, Rückgratverbiegungen und Zuckungen begleitete sie mit markerschütternden Urlauten. An den bei einigen Herren dadurch ausgelösten Regungen ließ sich ganz gut erkennen, wer zur Gruppe der in Kurzens Gefolgschaft stehenden Staatsaufpasser gehörte und wer nicht.

Ich könnte noch von vielen anderen meiner makabren Astralleiber berichten, die hier ihr Melodrama vor der Öffentlichkeit inszenierten: Von den Geschundenen und vom Kontor-Geldsäckel Gebeutelten jeden Alters und Geschlechts, die mit ihren Krücken, Prothesen, Gipsverbänden und sonstigen Verteidigungswaffen aufbegehrend auf die mausetot verloschenen Gewissensbisse der mächtigen Meinungsmacher eindroschen, bis sie selbst daran zerbrachen. Sie berichteten über den jüngsten Vorfall in ihren eigenen Reihen, schrien es einander mit ihren rauh gewordenen Stimmen zu.

Die Selbsthinrichtung eines älteren Mannes, der sich aus den Mühlsteinen der Hinterbänkler hatte retten müssen. Denn was diese über seine kürzlich verstorbene Frau verbreitet hatten, hatte dem Armen den Lebensnerv durchschnitten. Die Ungerechtigkeit hatte sich in ein riesiges Flammenmeer über einem Leid auf Leid geschichteten Scheiterhaufen entzündet. Die Leidensgenossen breiteten dieses schauerliche Schicksal vor den Augen aller im Saal Anwesenden so drastisch und lautstark aus, daß keiner daran vorbeikam. Für Augenblicke wurden sogar die dicksten Mauern des Zynismus zum Erschüttern gebracht. Man sah noch einmal die Seele des Unglücklichen unter dem Läuten Hunderter von Glocken aus seinem Leib fahren und sich in jeden einzelnen der hier Anwesenden hinein vervielfachen.

Ich konnte in diesem Augenblick nicht anders, als mich rasch in meine tröstlichen Träume flüchten. Wieder sah ich vor meinem geistigen Auge die unzähligen, seit der Sprachverzerrung durch Papa in tiefste Tiefen verbannten Wörter und Silben unserer verlorengegangenen Sprache. Ganz zaghaft und schüchtern krochen sie hervor. Im blinden Vertrauen auf meine baldige Anführerschaft spannten sie trotz ihrer schweren Beschädigung die Flügel weit auf und flogen zu den am Himmel hängenden Kronleuchtern empor. Dort kündigten sie in kämpferischer Formation ihre baldige, von mir einzuleitende Wiedergeburt an und proklamierten die ehernen Gesetze der Güte und des Anstandes, auf deren Grundlage die universale Neuordnung erstehen sollte. Sie warfen sich in eine Farbenpracht, die alle erstaunen ließ, und verhießen in einem auf Unendlichkeit angelegten Sprechkanon die ihnen von mir vorgezeichnete große Weltverständigung der Zukunft. Eine Weltverständigung höchsten Ausmaßes, die die falsche, von Papa mitverursachte und von der Macht des Geldes diktierte sogenannte Völkerverständigung ablösen sollte. Eine echte, von Herzen kommende Verständigung aller Menschen. Nicht der Verständigungskuhhandel zwischen Bankrottgemachten und Allesbesitzern, das auf Lügengeschäften basierende Einheits-Gelalle, sondern die Aufhebung geistiger Grenzen im Namen universaler Brüderlichkeit. Alle im Festsaal Anwesenden wußten das. Aber die Zeit war noch nicht da. Das erste hoffnungsvolle Aufleuchten mußte in sich zusammenbrechen. Der in der Flammentrauer des Scheiterhaufens erzeugte Aschenregen tauchte meine Vision in ihr altbewährtes Grau zurück und brachte sie so zum Verblassen. Dann spitzte sich alles weiter zu. Die ganze Festversammlung, die Specknacken und Hinterbänkler, die Ober- und Unteraufpasser mit den Damenhüten dazwischen erwachten aus ihrem Dornröschensekundenschlaf. Und sie erhoben wieder ihr altes, von Wehleidigkeit und Raffgier erfülltes Geschrei. Ihre ausgeglüht geglaubte animalische Schläue ringelte sich zu neuem Tatendurst zusammen. Es mußte jetzt unbedingt etwas geschehen.

Und wirklich, es geschah, als die sich immer beängstigender verdichtende Spannung in den eigenen Reihen Zwietracht erzeugte und einige der Hinterbänkler sich anschickten, zu den aufständischen Geusen überzulaufen.

Vorne waren inzwischen Ordnungskräfte herbeigeeilt, um dem gezielten und offenbar von langer Hand geplanten Auftritt meiner Freunde ein rasches Ende zu bereiten. Noch bevor sie ihre eigentliche Mission hätten erfüllen können, nämlich Papa und seiner schwarzen Gefolgschaft einen umfassenden Reformkatalog vorzulegen, hörte man reihenweise die Handschellen klicken, und es wurden in Eile Tragbahren herbeigeschafft, auf denen die unliebsamen Gäste festgeschnallt und hinausbefördert werden sollten. In dem Augenblick vermerkte einer der Blattmacher-Rädelsführer mit Blick auf den Scheiterhaufen-Bericht: Ja, ja. Ich bin damals in diese Sache eingestiegen. Grandios. Der hat wirklich gebrannt wie das alte Rom. Und wir hatten übrigens ein duftes Foto von ihm. Aus glücklichen Zeiten, zusammen mit seiner jungen Tussi. Ich glaube, die Leute haben sich vor Rührung nicht mehr halten können. Das ließ das Gesicht einer unweit sitzenden Kollegin sich zusehends in die Länge ziehen. Mein Gott, Franz-Jochen, sagte sie. Weißt du, was du da redest? Daraus entspann sich ein Wortwechsel, in den nach und nach immer mehr Stimmen einfielen. Das hätte ich mir vor fünf Jahren nicht träumen lassen, kam es wieder von der anderen Seite, nachdenklicher und ernster, als es von dieser Sorte Leute zu erwarten war. Und wieder von anderer: Ich hätte nie gedacht, daß ich eines Tages so tief in diesen Sumpf geraten würde. Damals wäre ich mit Pamphleten gegen euch Halsabschneider

Sturm gelaufen. Dann hagelte es Ohrfeigen, gefolgt von Poltern und allerlei Primitivlauten. Und das Tohuwabohu schwoll lawinenartig zu einem ungeheuerlichen Raufgewühl an.

Da trat ich, vorbei an den ratlos sich reckenden Speckhälsen, nach vorn zu Papa, um mich gerade noch rechtzeitig an die Spitze meiner schon in Abschiebung befindlichen Freunde zu stellen. Ich mußte ihnen, da sie dies selbst nicht mehr konnten, zu ihrer langverdienten Rehabilitation und zu ihren Rechten verhelfen und sie in einer Blatt-Extraausgabe als das würdigen, was sie immer schon gewesen waren: die wahren Helden der Nation.

Frontal standen wir meinem Vater gegenüber. Dem hing das Verdienstkreuz verloren zum Halse heraus, und sein Blick klebte hilfesuchend an der Gasmasken-Brille des Oberspähers. Mir war sogar, als hätte ich Papa in diesem Moment etwas von meiner eigenen Krüppelhaftigkeit abgegeben. Ich vermute, daß ich meinen Auftritt nicht durchgehalten hätte, hätte ich damals nicht in Papa ein Spiegelbild meiner selbst gesehen. Ich weiß. Ich bin immer schon eine mißlungene Kopie meines Vaters gewesen, ein plumper Verschnitt, Papa, aber ein paar

Klassen tiefer. Aber jetzt drehte sich alles um. Papa war jetzt *mein* zerlöchertes Nichts, schief und klein, nur Kopf und Reitstiefel zu lang geraten. Ich dagegen trumpfte auf mit jenem graumelierten Direktorengesicht, das so verwirrend zwischen Felsenhaftigkeit und weitporiger Güte zu oszillieren vermag. Und ich war stolz auf mein gestärktes weißes Hemd und das sonstige seidige Drum und Dran. Um das Maß voll zu machen, mußte noch ein Gespann von Windhunden an langer Leine her. Dann war ich stark genug, um loszulegen.

Zum ersten Mal begegnete ich Mamas Blikken. Das Lächeln ihrer Sternenaugen und ihres schweren Seelenmundes verschwand unter dem Wogen ihres riesigen, mit Obst behangenen Hutes. An ihren Blicken konnte ich ihre Todesängste ablesen. Sie weiß genau, wie furchtbar es ist, wenn meine tagelange Stummheit jäh in nicht mehr zu bremsende Geschwätzigkeit umschlägt. Jetzt teilte sie mir mit, daß es wieder einmal soweit war.

Auch den starken wirren Augen in D s asketischem Gesicht durfte ich zum erstenmal von vorne begegnen. Mir kam es in diesem Augenblick vor, als würden einige meiner vorhin kurz aufgetauchten Wort- und Silbenelemente unserer Kampfsprache erneut aus seinen Augen kollern. Vielleicht hatten sie sich, dem Aschenregen knapp entkommen, wie Geheimkuriere ihren Weg zu meinem Freund und Aufmacher gebahnt, um sich dort genau im richtigen Moment zu Wort zu melden. Schwarzverschnörkelt, so daß niemand anders als wir beide sie entziffern konnte, wenngleich leider recht störend ramponiert, richteten sie sich vor mir auf. Und bald bekam ich das erste notdürftige Gerippe meiner Inthronisationsrede vorgesetzt, die ich nur noch, so laut es irgendwie ging, abzulesen brauchte.

Es war wonnezaubervollgräßlich, dieses Spießrutenlaufen. Im Hinterhalt ausgerechnet die erneut aufwirrenden Schwindeldrehungen in meinem Kopf. Und dann die Sisyphusqual, meine Zunge nicht allzu weit ausrutschen zu lassen. Mamas vor Angst, Liebe und Hoffnung geweiteten Sternenaugen sprühten anfeuernder als je zuvor. Es mußte heraus, was ich so lange stumm in meinen unterirdischen Kanal gestopft hatte. Es drängte förmlich zur stoßweisen Ausschäumung. Das ist kein Leben, sich in seinen schallschluckenden vier Wänden so lange um die eigene Achse zu drehen, bis das Rückenmark restlos geschwunden ist. Daß ausgerechnet ich von der Erzengelschaft dazu ausersehen worden war, die um das Wort betrogenen Millionen zu umschlingen, das bedurfte allerdings einer peniblen philosophischen Beweisführung. Und die flog Papa dann auch wirklich ausführlich um die Ohren, wohin er nur noch verlegen seine Mundwinkel hochziehen konnte.

Treffender hätte ich meine Bestimmung nicht deutlich machen können als mit der Grundformel: *Das Blatt wenden.*

Laß mich endlich das Blatt wenden, Papa. Du wolltest doch mal Träumer, Poet und Bänkelsänger werden. Und sieh, was du aus dir gemacht hast. Wenn *ich* aber dem Blatt zu seinem sprachlichen Neuaufschwung verhelfe, dann ist dem herzbefreienden Poeten- und Bänkelsängertum endlich eine Schneise geschlagen. Wenn das Pendel wieder auf die Seite der Wahrheit ausschlägt, dann wird das Blatt sich wirklich wenden. Nicht mehr des Kaisers neue Kleider, wie bisher, sondern ein goldechtes. Am Himmel unserer neuen Schöpfung werden wegweisende Leuchten angebracht werden, und das Blatt kann dann stolz sein auf seine zahlreichen Zuständigkeiten. Nur Vorsicht: jedes Blatt-Ressort zu seiner Zeit. Am Montag muß der Umweltschutz das Wort haben, nach dem Wochenende der Verwahrlosung. Am Dienstag die Arbeitslosigkeit, wie der Name des Tages es sagt. Von Mittwoch bis Freitag dann die Befreiungsaktionen, zuerst die politischen Gefangenen, dann die Dritte Welt (wie es der Tag des Donners verlangt) und am Freitag schließlich die befreit zu freiende Frau. Das Wochenende reservieren wir dem Schund. Nach ihm schmeckt die Menschenwürde wochentags besser, ähnlich wie die Gesundheit nach der Krankheit.

Natürlich rannte ich mit all dem gegen Papas uralte, nie von ihm niedergerissene Mauer zwischen uns an. Ich konnte sagen, was ich wollte, es kam doppelt und dreifach zurück. Nicht mit Worten. Worte hat Papa schon lange nicht mehr nötig. Die Augen allein sagen es – und sagten es auch diesmal. Es geht dir nicht um diese Menschen mit ihren Rechthabereien und Verblendungen, schleuderte er mir entgegen und wies dabei verächtlich auf meine gefesselten Freunde. Es geht dir nur um dich selbst, deine

Erbärmlichkeit, dein überhebliches, wichtiges Getue. Jetzt hast du erst recht still zu sein. Diese haben sich alle selbst gerichtet und du dich mit ihnen, mit dem ganzen jetzt aufgeflogenen sozialistischen Schwindel. Ich hatte trotz seiner schauerlichen Festrede am Anfang die Hoffnung nicht aufgegeben, der große Geldsieg würde den Alten ein bißchen milder stimmen, sobald es um rein menschliche Dinge ging: schlichtes Mitgefühl, Erbarmen usw. Aber weit gefehlt. Es kam als nächstes dasselbe wie immer, seitdem ich angefangen habe, meine blauen Schulhefte vollzuschreiben, um mich damit gegen seinen lebenslangen Haß zu wehren. Standpauken. Moralpredigten. Beschimpfungen. Gegen sein andauerndes Herunterfetzen, so daß man sich die Ohren zuhalten muß. Und was noch viel schlimmer ist: die subtilen Spitzen, durch die Papa mich täglich spüren ließ, daß er seit meiner Geburt nie Gefallen an mir gefunden hat, an meinem Aussehen, meinen toten Augen, wie er immer sagt, und daß er sich überhaupt einen ganz anderen Nachfolger gewünscht hätte: ein perfektes Ebenbild seiner selbst. Bloß kein eigenständiger Mensch sein, nur dankbar die Krümel vom Tisch der Großen entgegennehmen. Das ist immer schon sein heiligstes Motto, seine königliche Fanfare gewesen. Jahrzehnte habe ich das so eingesteckt. Aber als dann ausgerechnet bei diesem Heucheljubiläum das gesammelte Elend an Land geschwemmt kam, die Opfer, auf deren Rücken Papa fett geworden ist, und er dann noch als nächstes das Beispielloseste bot, das ich je von ihm zu hören bekommen habe, da wars endgültig vorbei mit meiner Beherrschung. Da kam der große Knall. Er warf mir am Schluß nämlich in aller Öffentlichkeit herzloses, einseitig intellektuelles Argumentieren vor, mangelnden Sinn für das Menschliche in der Politik, für das Leid der Opfer von Revolutionen usw. Ausgerechnet er, dieser herzlose Halsabschneider, dieser selbstgerechte König der Gefühllosigkeit, wirft mir mangelndes Mitgefühl vor.

Ich werde dir gleich mal meine Gefühllosigkeit demonstrieren, werde dich ein bißchen einweisen in das Verhältnis von Verstand und Gefühl, das waren meine letzten klaren Gedanken gewesen, an die ich mich erinnere.

Es gibt tatsächlich Augenblicke, in denen man zwischen Verstand und Gefühl nicht mehr unterscheiden kann, nicht mehr weiß, was wovon gesteuert wird. Auch die Abfolge der Ereignisse verläuft dann nicht mehr in der zwingenden Ordnung. Raum und Zeit verändern ihre Richtung. Auch die Ereignisse unmittelbar davor verschwimmen im Nebel oder erscheinen in neuem Licht.

Nach meinem Anfangsplädoyer hielt sich alles noch in Grenzen. Wer wird schon etwas dagegen haben, wenn unsereins beim Referieren rhythmisch in die Hände klatscht, die in der Plastiktüte mitgebrachten Blatt-Exemplare zu Papierhüten formt und auf diesen klangvoll mit den Fingern trommelt oder dutzendemal hintereinander seine Jacke von unten nach oben auf- und dann wieder zuknöpft? Zappenduster wird es, wenn das Ganze in Handgreiflichkeiten ausartet, von denen man in seinem Leben schon so oft und leidenschaftlich geträumt hat, und sich dieser Traum so vor den Alltag zu schieben beginnt wie der Mond vor die Sonne bei deren totaler Verfinsterung. Ich meine die Verschmelzung mit gewissen Leitbildern, Kronprinzenfiguren, die mitten in einer Riesenversammlung auf dem Kirchplatz mit nach unten und oben führenden Treppen, zwischen Palast und Scheiterhaufen versuchen, den überfälligen Monarchen mit dem Schwert zur Abdankung zu zwingen – Sire, meine Zeit ist gekommen … Laß Brabant, laß Flandern mich verwalten –, dann aber entwaffnet werden und ihr vorbestimmtes, bitteres Martyrium antreten.

Es ist auch jetzt noch wunderbar, daran zu denken. Wie gesagt. Ich kann da meiner eigenen Erinnerung nicht trauen. Aber die Folgen sprechen eine unmißverständliche Sprache. Ich weiß nur, daß bei dem, was ich nach dem ganzen harmlosen Vorgeplänkel vom Stapel ließ, meine junggebliebene Mama laut aufschrie und daß auch D.s mich wieder von hinten durchdringenden Blicke keineswegs nur Billigung ausdrückten. Viel Zeit hatte ich ohnehin nicht. Die auffällig getarnten Herren von der staatlichen Zensur taten ihre Pflicht. Sie warteten nicht mehr auf Weisungen von höherer Seite. Mein Wirken war ihnen Wink genug. (…)

Und so ging es gemeinsam im taumelnden Hubschrauber weit fort aus der Umklammerung durch die diensteifrigen Greifvögel von Vaters Gnaden … Merkwürdig übrigens, mit welch amüsantem Wortschatz die Herren Mediziner die sie krankhaft fesselnden Phänomene im nachhinein umschrieben. ‹Absencen› nannten sie das, was mit mir während dieser letzten Augenblicke vor meinem Abtransport hierher geschehen war. Als reines Verdachtssymptom, versteht sich.

Aber das war noch harmlos im Vergleich zu dem, was mir an diesem Ort dann wirklich widerfuhr. In meinem geschwächten Zustand zwingt mich die bloße Erinnerung, eine kleine Schreibpause einzulegen.

Stammbaum der Familie Mann

Johann Mann der Jüngere
Ratsherr und Gewandschneider
*1644 in Parchim †1731 in Grabow
⚭ 1684 Brigitte Catharina Schürer
Pastorentochter aus Möllenbeck
(1664–1696)

Siegmund Mann
Amtsmeister der Schneider
*1687 in Grabow †1772 in Rostock
⚭ 1713 Marie Christine Richter
(1689–1742)

Joachim Siegmund Mann
Brauer und Kaufmann
*1728 in Rostock †1799 in Rostock
⚭ 1757 Maria Dorothea Stüdemann
(†1780)

Johann Siegmund Mann der Ältere
Äldermann und Kaufmann
*1761 in Rostock †1848 in Lübeck
⚭ 1794 Anna Catharina Grotjan
(1766–1842)

Johann Heinrich Marty
Konsul und Kaufmann
*1779 in Glarus †1844 in Lübeck
⚭ 1805 Catharina Elisabeth Croll
(1782–1869)

Johann Siegmund Mann der Jüngere
Konsul, Äldermann und Kaufmann
*1797 in Lübeck †1863 in Lübeck
1. ⚭ 1824 Emilie Wunderlich (1806–1833)

2 Söhne
3 Töchter
aus 1. Ehe

⚭ 1837

Elisabeth Marty
*1811 in Lübeck †1890 in Lübeck

Johann Ludwig Hermann Bruhns
1837 nach Brasilien,
Kaufmann und Pflanzer
*1821 in Lübeck †1893 in Kassel

⚭ 1847

Maria da Silva
*1828 in Angra dos Reis
†1856 in Rio de Janeiro

Marie Elisabeth Amalia Hippolite
*1838 †1917

Johannes
*1842
†1844

Olga Maria
*1845
†1886

Friedrich Wilhelm Leberecht
gen. Friedel
*1847 †1926

Thomas Johann Heinrich Mann
Senator, Konsul
und Kaufmann
*22. 8. 1840 in Lübeck
†13. 10. 1891 in Lübeck

⚭ 1869

Julia da Silva Bruhns
*14. 8. 1851 Angra dos Reis
(Brasilien)
†11. 3. 1923
in Weßling (Obb.)

Manoel
*1848
†1899

Maria
gen.
Mana
*1849
†1914

Luiz
*1850

Paolo
gen.
Nené
*1852

(Kind)
*†1856

Luiz Heinrich Mann
Schriftsteller *27. 3. 1871 in Lübeck
†12. 3. 1950 in Santa Monica (Calif.)
1. ⚭ 1914 Maria Kanova aus Prag
(†1947 in Prag)
2. ⚭ 1939 Nelly Kröger aus Ahrensbök
(†1944 in Los Angeles/Calif.)

Paul Thomas Mann
Schriftsteller *6. 6. 1875 in Lübeck
†12. 8. 1955 in Kilchberg bei Zürich
⚭ 1905 Katja Pringsheim
aus München
(1883–1980)

Julia Elisabeth Therese
gen. Lula
*13. 8. 1877 in Lübeck
†10. 5. 1927 in München
⚭ 1900 Josef Löhr
aus Frankfurt/Main
(1862–1922)

Carla Auguste Olga Maria
Schauspielerin
*23. 9. 1881 in Lübeck
†30. 7. 1910 in Polling (Obb.)

Karl Viktor Mann
Diplomlandwirt
*12. 4. 1890 in Lübeck
†21. 4. 1949 in München
⚭ 1914 Magdalena (Nelly) Kilian
(1895–1962)

Carla Maria Henriette Leonie
(aus 1. Ehe)
*1916 in München
†1986
⚭ Ludvik Aškenazy

Erika
*1905 †1969
1. ⚭ Gustaf
Gründgens
(†1963)
2. ⚭ Wystan
H. Auden
(†1973)

Klaus
*1906
†1949

Gottfried
(Golo)
*1909
†1994

Monika
*1910 †1992
⚭ Jenö Lányi
(†1940)

Elisabeth
*1918 in München
†2002
⚭ Giuseppe Antonio
Borgese
(†1952)

Michael
*1919
†1977
⚭ 1939
Gret Moser

Eva Maria
*1901
in München
⚭ Hans
Bohnenberger

Rosemarie
*1907
in München
⚭ Fritz Alder
(†1942)

Ilsemarie
*1907
in München
⚭ Lünen-
schloß (†)

Quellenverzeichnis

JULIA MANN

Aus Dodos Kindheit, in: *Ich spreche so gern mit meinen Kindern*, Erinnerungen, Skizzen, Briefwechsel mit Heinrich Mann, Aufbau-Verlag, Berlin, Weimar 1991, S. 7–17.

VIKTOR MANN

Wir waren fünf, in: *Wir waren fünf. Bildnis der Familie Mann*, Fischer Taschenbuch Verlag, Frankfurt / Main 1994, S. 9 f., 25–27, 29–32, 39–43, 68–72, 81–87.

HEINRICH MANN

Abdankung. Novelle, in: *Stürmische Morgen. Novellen*, Fischer Taschenbuch Verlag, Frankfurt / Main 1991.

Der Untertan. *Der Untertan*, Roman, Fischer Taschenbuch Verlag, Frankfurt / Main 1998 (1996), Kap. 1, S. 9–17.

Die Deutschen und ihre Juden. Essay, in: *Es kommt der Tag. Deutsches Lesebuch*, Fischer Taschenbuch Verlag, Frankfurt / Main 1992.

THOMAS MANN

Enttäuschung. Erzählung, in: *Der Wille zum Glück. Erzählungen 1893–1903*, Fischer Taschenbuch Verlag, Frankfurt / Main 1997 (1991).

Der Tod in Venedig, in: *Schwere Stunde. Erzählungen 1903–1912*, Fischer Taschenbuch Verlag, Frankfurt / Main 1998 (1991), Kap. 2 / 3, S. 198–200 und 209–217.

Bruder Hitler. Essay, in: *Achtung Europa! Essays 1933–1938,* Fischer Taschenbuch Verlag, Frankfurt / Main 1995.

KATIA MANN

Meine ungeschriebenen Memoiren, nach dem gleichnamigen Erinnerungsband (hg. von Elisabeth Plessen und Michael Mann), Fischer Taschenbuch Verlag, Frankfurt / Main 1998 (1976), S. 15–18, 28–33, 39–46, 72 f., 75 f., 79 f., 104–113, 124–130.

ERIKA MANN

«Die Pfeffermühle», in: Helga Keiser-Hayne, *Erika Mann und ihr politisches Kabarett «Die Pfeffermühle» 1933–1937. Texte, Bilder, Hintergründe,* Rowohlt Taschenbuch Verlag 1995, S. 38, 49 f., 72 ff., 107, 137 f.
Das Kind im Dritten Reich, in: *Zehn Millionen Kinder. Die Erziehung der Jugend im Dritten Reich,* Rowohlt Taschenbuch Verlag, Reinbek 1997, Kap. 1.
Thomas Mann und seine Familie, Artikel für «Vogue» vom März 1939, in: *Mein Vater, der Zauberer* (hg. von Irmela von der Lühe und Uwe Naumann), Übersetzung Ernst-Georg Richter, Rowohlt Verlag, Reinbek 1996.

KLAUS MANN

Der Vulkan. *Der Vulkan. Roman unter Emigranten,* Rowohlt Taschenbuch Verlag, Reinbek 1981, Kap. I / 1, S. 17–20, Kap. II / 1, S. 218–224, Kap. II / 4, S. 343–350.
Drei deutsche Meister, Reportage, in: *Auf verlorenem Posten. Aufsätze, Reden, Kritiken 1942–1949* (hg. von Uwe Naumann und Michael Töteberg), Übersetzung Heribert Hoven, Rowohlt Taschenbuch Verlag 1994, S. 305–309.

GOLO MANN

Eine Jugend in Deutschland, in: *Erinnerungen und Gedanken. Eine Jugend in Deutschland*, Fischer Taschenbuch Verlag, Frankfurt / Main 1997 (1991), S. 209–213, 231 f., 239–242, 244, 257–259, 261–264, 503–506, 509–512.

MONIKA MANN

Tupfen im All, im gleichnamigen Gedichtband, Verlag Jakob Hegner, Köln, Olten 1963.
Vergangenes und Gegenwärtiges, nach dem gleichnamigen Erinnerungsband, Kindler Verlag, München 1956, S. 12 f., 22–25, 87–93, 138–142, 146–149, 151–153, 154–159, 160–164.

ELISABETH MANN BORGESE

Das wahre Selbst. Erzählung, in: *Der unsterbliche Fisch* (hg. von Thomas B. Schumann), Übersetzung Helmut und Christel Wiemken, Edition Memoria, Hürth bei Köln 1998.
Das andere Delphi. Erzählung, ebd.

MICHAEL MANN

Verwechslungen. Erzählung, in: *Fragmente eines Lebens* (hg. von Frederic C. und Sally P. Tubach), edition spangenberg im Ellermann Verlag, München 1983.

FRIDO MANN

Der Infant, *Der Infant*, Roman, Argonauten Presse, Bielefeld 1992, Kap. 1.

Bildnachweis

Heinrich-und-Thomas-Mann-Zentrum, Lübeck: Julia Mann.
Aus: Walter A. Berendsohn, *Thomas Mann und die Seinen,* Bern 1973: Viktor, Golo, Monika und Michael Mann.
Akademie der Künste, Berlin: Heinrich Mann.
Literaturarchiv der Monacensia, München: Thomas, Katia, Erika und Klaus Mann.
George Diaz, München: Elisabeth Mann Borgese.
Rowohlt-Archiv: Frido Mann.

Bestseller

rororo **Bestseller** aus dem Belletristik- und Sachbuchprogramm **großer Druckschrift.**

Maria Frisé
Eine schlesische Kindheit
(rororo Großdruck 33187)

Friedrich Dönhoff / Jasper Barenberg
Ich war bestimmt kein Held
Die Lebensgeschichte von Tönnies Hellmann, Hafenarbeiter in Hamburg
(rororo Großdruck 33151)

Elke Heidenreich
Kolonien der Liebe
Erzählungen
(rororo Großdruck 33119)

Petra Hammesfahr
Der Ausbruch
Erzählungen
(rororo Großdruck 33176)

Peter Høeg
Reise in ein dunkles Herz
Erzählungen
(rororo Großdruck 33177)

Asta Scheib
Eine Zierde in ihrem Hause
Die Geschichte der Ottilie von Faber-Castell. Roman
(rororo Großdruck 33172)

Harper Lee
Wer die Nachtigall stört...
Roman
(rororo Großdruck 33140)

Petra Oelker
Der Sommer des Kometen *Ein historischer Kriminalroman*
(rororo Großdruck 33153)
Tod am Zollhaus *Ein historischer Kriminalroman*
(rororo Großdruck 33142)

rororo Großdruck

Rosamunde Pilcher
Ende eines Sommers *Roman*
(rororo Großdruck 33134)
Wilder Thymian *Roman*
(rororo Großdruck 33150)
Sommer am Meer *Roman*
(rororo Großdruck 33102)

James Herriot
Der Doktor und das liebe Vieh
(rororo Großdruck 33185)

Carola Stern
Der Text meines Herzens
Das Leben der Rahel Varnhagen
(rororo Großdruck 33136)

Hermine Heusler-Edenhuizen
Du mußt es wagen
Lebenserinnerungen der ersten deutschen Frauenärztin
(rororo Großdruck 33186)

Weitere Informationen in der **Rowohlt Revue**, kostenlos im Buchhandel, oder im **Internet: www.rororo.de**

3455/10